뉴 라이프

New Life

3

뉴 라이프 3

송윤미 판타지 장편 소설

초판 1쇄 찍은 날 § 2002년 2월 26일
초판 1쇄 펴낸 날 § 2002년 3월 5일

지은이 § 송윤미
펴낸이 § 서경석

편집장 § 문혜영
편집책임 § 김희정
편집 § 장상수 · 박영주 · 권민정
마케팅 § 정필 · 강양원 · 김규진

펴낸곳 § 도서출판 청어람
등록번호 § 제1081-1-89호
등록일자 § 1999. 5. 31
어람번호 § 제1-0215호

주소 § 경기도 부천시 원미구 심곡1동 350-1 남성B/D 3F (우) 420-011
전화 § 032-656-4452 팩스 § 032-656-4453
http://www.chungeoram.com
E-mail § eoram99@chollian.net

ⓒ 송윤미, 2002

값 7,500원

ISBN 89-5505-263-4 (SET)
ISBN 89-5505-266-9 04810

송윤미 판타지 장편 소설

뉴 라이프

New Life

-

3 하늘의 재능(才能)

도서출판

청어람

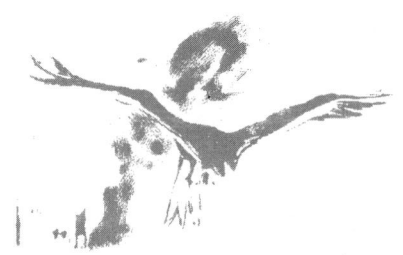

CONTENTS

"하늘이… 윽!"

조금 강한 듯한 바람이 거리를 휩쓸고 하늘로 솟구쳐 흩어졌다.

서울 시내 중심의 보도 한복판. 세련된 쇼윈도 데코레이션이 눈부신 그 거리에 바람이 지나가자 한 소년이 고개를 들어 하늘을 쳐다보고 있었다.

풍성한 금갈색 머리칼.

소년의 하얀 이마 위로 흩어진 금빛 나는 앞 머리칼이 화려한 색감을 이루어 주변인들에게 강렬한 인상을 준다. 게다가 그 불규칙하게 마구잡이로 흐트러진 머리 스타일은 어수선하다고 느낄 정도로 자유분방하다. 방금 전 그 거센 바람 탓이었다. 그리고 또 저 높은 곳을 올려다보는 소년의 눈은… 마치 유리알 같았다. 그 맑고 투명함은 탄성을 자아낼 만큼 아름답다. 하나 소년의 외모는 잘생겼다고 말하기는 좀 어려워 보인다. 군이 표현을 하자면 단정하고 절제된 이미지라고 하는 것이 더 올바를 듯. 아니, 오히려 요리조리 자세히 뜯어본다면 상당한 사람들이 '평범한 아이'라고 주장할 듯한 외모이다.

그러나 그 눈 속에 녹아 숨어 있는 나이답지 않은 깊이감이 사람을 끌어들이는 묘한 흡인력을 가지고 있어 대체적인 평범한 외모임에도 눈에 띄는 소년임은 틀림없다. 게다가 누군가 그 아이와 마주 서서 한 마디라도 나눠본다면 어딘지 모르게 배어 있는 귀족적인 기품과 빨려 들 것 같은 짙은 카리스마로 인해 더욱 그를 무시 못할 존재로 각인하게 될 것이다.

하지만 지금은 불행히 이 길 한가운데엔 자신의 목적지 이외의 것에 관심을 갖는 여유있는 시민은 하나도 없었다. 무표정한 인물들의 스쳐 짐 속에 체크 무늬 남방과 캐주얼 점퍼를 입은 평범한 소년의 모습은 특이할 점이 하나도 없어 보인다. 겉으로 보기엔 말이다.

"비가 올 것 같군."

아~ 비는 딱 질색인데…….

제후는 점차 먹구름이 끼어 지상 위로 그늘을 드리우는 하늘을 쳐다보며 얼굴을 찡그렸다. 이런 날씨는 너무 축축하고, 쓸쓸하고, 어둡고, 춥다. 그리고 또… 음… 뭐 때문이었더라?

"…또 기억이 없군. 에구~ 모르겠다. 예전엔 비가 오면 뼈마디가 쑤시고 시려서 싫었나 보지."

역시 한꺼번에 두뇌 회전을 많이 하면 과부하가 일어나서 부작용이 심해. 이젠 기억 장애까지…….

'역시 불안하다.'

제후가 야구 모자를 들고 빙글빙글 손장난을 치던 두 손바닥을 내려다보며 미간을 찌푸렸다.

회사 일은 걱정되지 않는다. 길을 만들어놨으니 나머지는 어떻게 해서든 성공시켜 놓을 인간들이다. 마음속에 그를 짓누르던 하나의 짐을 해결 본 것 같아 가벼운 기분이었다. 그러나 그의 마음을 불안하게 하는 것은 짓누르는 무게가 아니라 그 마음의 가장 밑바닥인 토대였다.

점차 조금씩 다가오는 불안감이 '나'를 갉아먹고 있는 느낌.

'나는 민제후이지만 민제후가 아냐. 나는 나란 말이다!'

하지만 지금은 자신할 수가 없다. 하긴 자세히 살펴보면 지금의 제후는 전생의 그의 성격과도 판이하게 다르고 굉장히 순수하고 밝은 모습이었다. 전에는 본인도 그저 '나를 아는 사람이 없는 새로운 세상에서 원래의 천성으로 생활하기 때문'이라고 생각했지만, 지금은 다르다. 오늘 그가 김대준 의원이라는 중요 인물을 만나고 나서 더욱 그러해졌다.

김대준 의원. 그 노인을 보고서 더 확실히 느낀 것이었다. 어떤 사람이 살아온 생(生)과 연륜이 녹아 있는 영혼의 느낌은 이러한 것이라는 걸. 그것은 그 영혼이 지나온 발자취를 기억하는 자연스러운 시간의 흔적이므로 쉽게 지워지거나 사라지는 성질의 것이 아니었다. 다시 살아나서 갖게 된 섬세한 초감각은 어떤 인간의 영혼의 느낌까지 어렴풋이 느끼게 하여 알 수 있었던 것이다. 시각적으로 보이는 것은 아니지만 '느낌'으로 알 수 있었다. 사람들이 말하는 '기(氣)'라고 하는 것으로 설명하면 더 쉽게 이해가 될런지 모르겠지만.

'그렇다면 나는 어떻게 된 일이지?'

나 자신은…

뭔진 모르지만 예전과 다른 지금의 나 자신은……

게다가 이제는 전생의 기억까지 드문드문 좀먹은 거적때기처럼 구멍이 나기 시작했다. 아무리 밝은 웃음소리를 내며 고개를 흔들어도 불안하기 그지없다. 내가 내가 아닌 타인이 되어가는 것 같아.

"아, 우산! 우산!"

큰일이다. 금방이라도 쏟아질 것 같애. 큰비가 아니라 잠시 지나가는 소나기면 좋겠는데.

'여기서 학교랑 가까우니까 우선 학교로 가야겠다. 이크!'

제후는 먹구름이 가득 끼어 불안한 하늘을 쳐다보며 성전특고가 있는 방향으로 뛰어가기 시작했다. 다른 사람이면 비 오는 거야 어떻겠냐고 하겠지만 제후는 비 오는 날씨가 이상하게 싫었다. 혼자가 싫었다. 특하나 쏟아지는 빗줄기를 맞는 건 더 더욱 사절이다. 이 시간 학교에 남아 있는 학생이 몇이나 될까 싶기도 했지만.

'뭐 어떠난 말이야! 곰이나 돼지라도 좋으니 아무나 있으라구!!'

비를 피할 수 있는 장소와 혼자 있지만 않게 뭐든 있으면 된다!

민제후라는 소년이 어쩔 줄 모르는 얼굴로 이를 악물고 가깝게 보이는 성전특고의 상징탑을 향해 전력 질주해 뛰어가고 있었다. 한국 경제계를 아무렇지도 않은 얼굴로 가볍게 뒤흔들어놓은 그 인물이 잠시 스쳐 지나가는 빗줄기에 우왕좌왕해서 당황한 그 표정… 그 소년과 그쪽 분야로 연관된 인물들이 못 본다는 것이 아쉽기 그지없었다.

'어라? 뭐야, 이건?'

아무리 '아무나' 라고 했지만 이건 정말 너무하잖아. 난 곰이나 돼지라도 좋다고 했지만…

'마녀는 아니었다구!!'

민제후의 낭패한 표정으로 '제길'이라고 씨부렁거리며 공중에 팔을 내려치자 그 기척에 한 소녀가 뒤돌아보았다.

'이크!!'

제후가 자신 쪽을 향해 돌아보는 한예지를 느끼고 재빨리 몸을 낮춰 대형 화분 뒤로 숨었다. 잎이 넓은 열대성 식물이라 그 하나 정도는 충분히 가려주었다.

그런데 내가 왜 숨어야 하지?

"어머? 분명히 무슨 소리가 들린 것 같았는데… 이상하네."

예지의 어리둥절한 목소리가 들려왔다.

'역시 내가 숨어야 할 이유가 없잖아? 내가 왜 숨어? 참나.'

그러나 제후는 곧 이어 들려오는 예지의 서슬 퍼런 대사에 밖으로 나가려던 발이 멈칫 굳어버렸다.

"꼭 민제후 목소리 같았는데… 너무 간절히 빌었더니 환청까지 들리는 모양이군. 어쨌든 잡히기만 해봐라. 흥! 살아 있는 걸 후회하게 만들어줄 테다. 감히 학생회 간부 둘이나 빼돌리고 작당을 해서 이틀씩이나 공동 결석을 해? 죽.었.어. 민제후!"

아하하하… 나는야 나무… 마음을 비워라. 나는 자연의 일부이니 이곳에 민제후는 사라지고 바람에 흔들리는 나무만 남았네. 쿨럭…….

'주… 죽었다. 진짜 그걸 생각 못했잖아?!'

제후가 화분 뒤에 주저앉아 식은땀을 삐질삐질 흘려가며 머리를 붙잡고 정신없이 눈동자를 굴렸다.

지금에서야 생각이 났다. 학교 가는 걸 잊고 있었다니! 변명이라도 하자면, 지난 며칠 간 너무 정신없이 바빴고 다른 생각을 할 겨를이 없을 정도로 비상 사태였다는 것이다. 자칫 잘못하면 실낱같은 희망을

뭉개고 한국 경제 역사상 그 유래가 없는 대규모 실업 사태를 방관하게 될지도 몰랐던 것이다. 성전이 휘청이면 그 도미노 현상은 가히 엄청날 테니까 말이다.

게다가 거의 모든 멤버들이 초죽음이 되어 정신없이 일하고 있는 상황에서 '어라? 학교 갈 시간이네? 그럼 학교 다녀오겠습니다! 모두들 수고! 캬캬캬~' 라고 말했다면 생매장당했을지도……

'하지만 어떻게 동민이랑 세진이, 김 비서까지 학교 일을 까맣게 잊어버렸을까?'

지금껏 유세진은 놀고 있었다고 생각했지만 지금 거기까지 생각이 미치니 그 녀석도 나름대로 정신없는 며칠을 보낸 건 사실인 듯하다. 그 빈틈없어 보이는 녀석도 무단결석에 대한 일은 전혀 생각지 못했으니까. 그리고 항상 뭔가 혼자서 꾸물럭대며 만들고 있던 모습도 기억이 나고.

'그나저나 이제 어떡하지?'

그냥 아까 숨지 말고 들켜 버릴걸. 마녀의 구타와 목 조르기가 무섭긴 하지만 매도 먼저 맞는 게 낫다고 했는데…….

하지만 등장할 타이밍을 놓치고 말았다. 밖에는 이제 조금씩 빗방울이 떨어지기 시작한다.

'언제까지 이 화분 뒤에 쭈그리고 앉아 숨어 있어야 하는 거야? 빨리 좀 지나가라, 빨리. 우~'

밖을 내다보니 회색 빛 하늘에서 지상을 향해 가느다란 자선이 그려지듯 차분하게 비가 내리고 있었다. 다행히 제후는 비가 쏟아지기 직전에 성전특고 근처까지 와서 입구까지 돌아가기에 너무 멀어 담을 넘어 그대로 이곳에 몸을 피하게 된 것이었는데… 어딘지는 잘 모르지만 무작정 가장 가까운 건물로 뛰어든 곳이 바로 이 석조 아치를 이루는 하얀 기둥이 늘어선 복도. 외부에 오픈된 복도지만 아치를 이루고 있는 기둥과 천장 탓으로 그럭저럭 비를 피할 순 있었다. 그런데 하필 이 넓은 특고에서 저 마녀와 마주칠 건 뭐란 말인가.

제후는 조마조마한 기분으로 예지가 빨리 지나가길 기다리며 바짝 나무와 기둥에 붙어 있었다.

쏴아아―

하나 점차 그렇게 가만히 바닥에 주저앉아 상쾌한 빗소리를 듣자니 기분이 그리 나쁘진 않았다. 평소엔 그 빗소리가 온 신경을 갉아먹는 벌레 소리 같아서 끔찍하게 싫었었는데. 신기함…….

지난달의 기억을 더듬어보았다. 기억 상실증 치료한답시고 저택에 갇혀 지내던 기간 동안에 비 오는 날만 되면 치렀던 악몽들. 그땐 혼자 있을 때 비만 오면 이유없이 불안정한 정신 상태가 되어 가슴 한복판이 찢기듯 고통스러웠다. 호흡이 가빠져 식은땀을 흘리며 정신을 잃은 적도 부지기수. 그런데 지금은…

한없이 평화로운 기운만이 온몸을 가득 채우고 있을 뿐이다.

어째서? 그때와 지금이 뭐가 달라서? 설마… 저 한예지 때문에?

'픽! 그럴 리가…….'

제후가 손장난을 치며 들고 다니던 야구 모자를 다시 푹 눌러쓰고 느긋하게 화분에 몸을 기대었다. 바닥에 주저앉아 무언가에 기대고 있는 그 자세가 마음에 든다. 생각하는 것 자체가 귀찮다. 게다가 지금은 마치 온 세상 우주 만물이 이 순간 그 모든 움직임을 멈추고 정적인 상태로 돌아간 느낌.

팔짱을 끼고 고개 숙인 얼굴에 모자의 넓은 챙 밑으로 잔잔한 미소가 어리었다. 음악을 연주하는 듯 들려오는 빗소리가 한 소녀가 걸어오는 구두 소리에 장단을 맞추는 것 같았다.

객관적으론 매우 짧은 시간이었지만 민제후에게는 아주 길게 늘어난 그 시간이 요 며칠 동안 계속된 살인적인 팽팽한 긴장감을 부드럽게 풀어주었다. 소란스런 빗소리에 녹아든 침묵이 금빛 머리 소년의 의식을 살며시 어루만진다.

항상 마주치기만 하며 싸우기 바빴던 그녀에게서, 실제로는 단 며칠만이건만 정말 오래간만에 보는 듯한 그녀의 얼굴과 영혼의 향기에서 어째서 이리도 포근한 평온과 안식을 찾는지 이상하고 이해할 수 없지만… 결국 인정할 수밖에 없었다.

한예지, 그 소녀가 곁에 있는 것만으로도 민제후는 마음이 안정되고 있었다.

'윽! 믿을 수 없어, 믿을 수 없어.'

저 마녀에게서 내가 편안함을 느낀다니… 말도 안 돼, 말도 안 돼! 우웩~

"그래서 말이야… 푸하하하~"

뭐야, 저 잡것들은.

제후는 갑자기 또 다른 복도 한켠에서 들려오는 소음에 미간을 찌푸렸다.

모처럼만의 나른하고 느긋한 평화감이 그 요란한 인간들에 의해서 깨어진 걸 느꼈다. 고개를 돌려보니 두 명의 남학생들이 잡담을 하며 다가오고 있었는데 교복 상의에 새겨진 상징을 보자니 3학년 선배인 듯싶다. 이 시간까지 남아 있는 걸 보니 내일 연주 발표회 참가자이거나 행사 진행을 보조하는 학생회 위원들일 테다.

제후는 그들이 잘 보이는 위치였지만 그들에게는 제후가 있는 방향이 잘 보이지 않는 위치이기에 마음 놓고 관찰할 수 있어 편했다.

'그리 인상들이 좋아 보이지는 않는군. 대체적으로 평범한 얼굴들… 그러나 뭐라고 해야 할까? 약삭빠르다고 하나? 흠… 어쨌든 그런 이미지네.'

"…재수없는 자식이었지 뭐. 원래가 일반 전형 녀석들이 멍청한 만큼 건방지잖아."

네가 더 재수없다, 자식아!!

왠지 반사적으로 울컥해서 속으로 그렇게 외쳤지만, 솔직히 그 정도까진 아니다. 더한 아이들도 있으니까. 적응이 된 건가?

그 소년들의 목소리는 특별히 남을 깔아뭉개거나 무시한다기보단 몸에 배어 있는 특권층의 말투. 이젠 그 말투가 이질적이지도 않았다. 원래가 그렇게 자라온 아이들이니까. 게다가 이제 그 건방진 태도는 성전특고의 하이레벨 아이들이 가지고 있는 당연한 분위기라고 할 수도 있을 듯하다. 민제후가 경험한 바에 따르면 말이다.

그래서 확실한 근거가 없는데도 민제후가 천한 가난뱅이 소년 가장이라는 악성 루머에 휩싸여 따돌림을 받는 것도 그 탓이 컸다. 아마 그가 누구든지 가리지 않고 친하게 지내는 붙임성 대신에 노블리스적인 거만함과 저런 말투를 사용했다면 정반대의 소문이 났을지도.

'아, 그건 아닌가? 난 이유야 어쨌든 일반 전형 합격생이니… 아하하……'

제후가 이렇듯 여러 생각에 빠져 있는 사이, 그렇게 그 학생들은 복도를 지나치고 동시에 예지도 제후가 숨어 있는 기둥 쪽을 지나 그들에게 가벼운 목례를 하며 스쳐 지나가려 하고 있었다. 그때 저 끝에서

부터 예지를 보고 서로 옆구리를 쿡쿡 찔러대며 얼굴을 붉히던 그 소년들이 일부러 들으라는 듯이 과장된 목소리로 말하는 것이 들렸다.

"그런데 너, 민제후라는 녀석에 대한 소문 들었냐?"

'어라? 내 이야기가?

한예지의 발걸음이 딱 멈추는 것이 보였다.

"아, 그 녀석? 들었지. 2학년 중에 이번 학기 초반부터 엄청 튀는 자식이잖아."

"그래. 그놈, 어떤 방법을 썼는지 특급 클래스로 단숨에 편입하더니 이젠 성전특고 내에서 유명 인사들만 골라 친한 척하고 다니잖아. 소문을 듣자니 출신도 엄청 천한 모양이던데… 그런데 우리의 프린세스가 그런 썩어 빠진 바보 자식하고 어울린다는 루머가 돌더라구. 단순히 루머인지 아닌지는 잘 모르겠지만 불명예스러운 것만은 확실하지. 흥!"

예지가 자신들을 거의 무시하고 지나치자 기분이 상한 걸 비꼬는 말이 분명했다.

'그런데 출신이 천하다니? 대한민국은 모든 국민이 평등하다구. 그런 우리 나라에서 어떤 게 천한 출신이란 말이야? 거참.'

하지만 점점 의기양양한 그 목소리는 통쾌한 비웃음까지 동반한다.

"뭐어? 정말? 에이, 설~마~"

"모르지. 혹시 그녀는 평강 공주가 꿈인지도… 푸하하하!!"

호오~ 신기하다. 한예지의 연약하고 청순한 겉모습에 현혹되지 않은 녀석들을 보다니. 아니, 사랑과 미움은 종이 한 장 차이라니, 저것은 자신들을 돌아봐 주지 않는 예지에 대한 투정이라고 해야 하나?

그리고 내 이야기를 하는 것 같지만 뭐… 한두 번 들은 얘기도 아니고 난 별 감흥이 없다. 저런 말 들을 때마다 일일이 열을 낼 수도 없는 노릇이니까. 하지만 언제고 한번 광고를 때려야 할 듯. '나 가난뱅이 아니에요오~' 하고 말이다. 그러나 믿어줄까? 음… 그때 가면 또 다른 트집을 잡겠지? 그렇다고 조목조목 내 프로필을 공개할 수도 없잖아? 아하하… 웃자, 웃어. 애들하고 싸워서 뭐 하누.

"잠깐만요, 선배님들."

그런데 그때 한예지가 생긋 웃으며 돌아서서 그 소년들에게로 다가가는 것이 보였다. 그 웃음 한 방에 주변이 화사해지는 듯하다. 3학년 아이들은 그 미소 한 방에 벙쪄 서버리고 말았다. 그러나 그 순간,

짝!

"입에서 나왔다고 다 똑같은 말은 아니죠. 전 선배님들이 더 천하게 느껴지네요."

정말 순식간이었다!

제후는 갑자기 3학년 선배들의 뺨을 날린 한예지의 행동에 깜짝 놀라 딸꾹질이 날 뻔했다. 그 일을 당한 당사자들은 더 놀란 모양이다. 휘둥그레 뜬 눈으로 하얗게 굳어 있는 아이들. 히국!

"또 뭔가 아~주 잘못 알고 계신 모양인데 '친한 척' 하는 것이 아니라 '친한' 거예요. 그리고 한 가지 더!"

예지는 아무 일 없다는 듯이 청초한 얼굴에 밝은 미소를 띠며 말한다.

"그 민제후에게 '바보'라고 부를 수 있는 건 바로 저 한예지밖에 없어요. 잘 아시겠죠? 그럼 이만."

무, 무서운 지지배…….

"가, 가자!"

3학년 선배라는 소년들이 예지의 싸늘한 비웃음과 맞대응에 울그락 불그락해지는 얼굴로 어렵게 몸을 돌려 사라졌다. 이를 악물고 주먹을 부르르 떠는 모습을 보니 그 소년들은 지금껏 그렇게 자존심 상했던 적이 없었던 모양이다.

　손을 들고 싶었겠지. 맞은 만큼, 아니, 더 세게 뺨을 때리고 싶었을 테다. 실제로 그들 중 하나가 반사적으로 예지를 향해서 내려치려는 듯 손을 위로 치켜 올리기도 했다. 하지만 예지는 작은 체구의 아름다운 소녀인데다가 그들마저도 속으로 동경해 마지않던 공주님의 이미지. 그랬기에 차마 손을 못 대고 따귀를 맞고도 순순히 물러난 것일 테였다.

　'하아~ 어쨌든 다행이군. 여자한테 손찌검은 하지 않았으니……'

　제후가 완전히 사라진 그 아이들의 모습을 찾으며 안도의 한숨을 내쉬었다. 하지만…

　'도대체 저 지지배는 제정신이야?! 이 한적한 시간에, 그것도 자신보다 고학년인 남학생이 두 명인데 무작정 다가가 따귀부터 날리면 어쩌자는 것이야!! 만약 그놈들이 울컥하는 심정으로 험한 생각이라도 했으면 어쩔라구!'

　제후가 잠시 머리 속이 하얗게 되었던 순간이 지나자 속으로 펄펄 뛰며 가슴을 내려쳤다. 그런데 그때 들려오는 예지의 목소리라니…….

　"흥! 뭐야? 한 대 치기라도 할 줄 알았더니, 담이라곤 콩알만한 좁쌀영감들 같으니."

　어이구! 내가 정말 못산다, 못살아. 저 천방지축.

　와당탕! 쿠당!

　'어라?'

제후는 그 순간 뭔가 요란하게 떨어지는 둔탁한 소음에 다시 예지 쪽으로 시선을 돌렸다. 바닥에 어지럽게 흩어져 있는 것들은 여러 개의 두꺼운 파일 뭉치들.

저것들은 분명 조금 전까지 예지가 들고 있던 물건들인데 왜……?

"으… 진짜 맞는… 줄 알았어."

부들부들 떨리는 목소리.

조금 전까지만 해도 두 눈을 싸늘하게 빛내며 도도하게 남학생들의 빰을 날린 여자애라고는 생각되지 않는다. 이제야 발그레하게 달아오르는 하얀 얼굴에 안도와 무모함에 대한 어색한 미소를 짓는 소녀.

복도 벽에 기대어 있는 그녀의 모습에 제후가 다시 화분 뒤로 몸을 숨기며 투덜댔다.

'실제론 그렇게 무서웠으면서 뭘 하려… 쳇!'

그래도… 조금은 기쁘다. 나를 변호해 주기 위해서, 그 순간 나만이 중요하게 생각됐다는 뜻이니까.

그리고 항상 도도하고 차가운 한예지의 진짜 모습을 잠시나마 엿본 것 같아 제후의 입가에 옅은 미소가 드리워졌다.

"훗!"

제후가 쓰고 있던 야구 모자의 챙을 잡아당겨 벗었다. 외할머니가 물려주셨다는 금실이 섞인 밝은 갈색 머리칼 사이 시야로 추적추적 내리는 빗발이 보였다. 바닥에 떨어진 빗방울이 튀어 제후의 발치까지 닿기도 한다. 좀 전에 퍼붓던 것과는 달리 점점 약해지는 빗줄기. 고개를 들어 하늘을 보니 잠시 지나가는 소나기였나 보다.

음… 이 상태라면 금세 개이겠는걸. 뭐, 구름이 걷혀도 해는 벌써 전에 졌을 시간이니 깜깜하겠지만. 완전히 비가 그치면 천천히 집으로 걸어가야…….

'끄—악!!'

제후는 혼잣말을 중얼거리며 다시 시선을 지상으로 내렸다가 피를 뒤집어쓴 누군가의 살벌한 눈동자와 정면으로 마주쳐서 하마터면 비명을 지를 뻔했다. 생각해 보라. 비가 오는 어둑어둑한 야외에서 질척질척한 핏물을 뒤집어쓴 가운데 깜박임없는 똥글똥글한 눈동자가 자기 바로 눈앞에 있는 걸 발견했다고. 심장이 벌렁거리다 못해 툭 떨어질 것이다.

끼룩?

서둘러 터져 나오는 비명을 두 손으로 간신히 막은 제후는 그제야 바닥으로 푸드덕 내려서 고개를 갸웃갸웃거리는 새끼 금응 한 마리를 발견할 수 있었다.

머리는 핏자국으로 지저분해져 있지만 특이한 황금색 깃털, 그리고 귀염성있게 푸득거리지만 사냥을 할 때는 매서울 것이라는 것을 알려주는 작지만 날렵한 몸체가 그 새끼 매의 정체를 한눈에 알아보게 하였다.

"야, 이 녀석아… 놀랐잖아…….

까루룩!

"쉿! 쉿!"

둘기가 오랜만에 만난 제후를 보고 반가워 까르륵대자 제후는 혹시나 예지한테 들켰을까 봐 소스라치게 놀라 정신없이 조용히 하라는 제스처를 보였다. 그러나 둘기는 며칠 동안이나 놀아주지도 않고 얼굴도 잘 못 봤던 주인의 그런 행동이 이상하기만 한가 보다.

끼룩?

동그란 두 눈을 깜박이며 고개를 갸우뚱하는 것이 아방해 보인다.

그런데 둘기 저 녀석, 여기엔 웬일이지? 그것도 이렇게 다 늦은 시간에. 하긴 여기 성전특고에는 숲도 있고 저택에서도 그리 멀지 않아 저녀석 사냥터가 돼버리긴 했지만.

'그런데 또 머리에 피를 뒤집어쓰고 온 것 하고는… 쯧. 단백질 섭취 때 그렇게 주의하라고 일렀건만. 어? 잠깐, 그렇다면 바로 이 뒤엔……'

삑! 삐익!

"자, 잠깐… 너 임마, 또 내 머리에다 네 얼굴 문대려고 하는 거지? 야, 안 돼! 쉿! 쉿! 조, 조용히……"

그렇게 기뻐하는 얼굴로 다가오지 말란 말이다, 자슥아!

제후가 뒤로 슬금슬금 뒷걸음질치며 피로 지저분해진 새끼 매를 쫓으려고 손을 휘둘러 댔다. 그러나 그런 것에 전혀 영향을 받지 않는 금응이었다. 항상 밥 먹고 와서 제후의 머리에 올라가 얼굴을 슥슥 문질러 닦고 개운하다는 표정을 짓는 것이 이 작은 동물의 버릇. 그래서 얼마 전 제후가 반강제로 김 비서에게 이 쬐그만 새끼 매를 맡겼던 것이었는데…

그런데 오늘따라 더 심하게 더럽잖아!

'안… 안 돼!! 다가오지 마. 안……!'

싫어하니 더 하고 싶어하는 건 사람이나 동물이나 마찬가지인 걸까? 둘기는 질색팔색을 하는 제후를 보고 새로운 놀이를 하는가 싶은지 더 팔짝팔짝, 쫑쫑거리며 다가왔다. 피 범벅이 되어 있는 머리만 아니면 정말 귀엽게 보였을 테지만.

빡!

"끄악!"

콰다당!!

조용히 숨어 있고 싶어했던 민제후, 결국엔 가장 최악의 방법으로 한예지에게 자신의 존재를 알리고야 말았다. 뒷걸음질치다 뒤에 있던 열대나무 화분에 박치기를 하고, 그의 비명 소리와 함께 화분이 쓰러지며 엄청난 파과음이 복도를 울렸다.

그리고 눈앞이 빙빙 도는 그가 바닥에 누워 헤롱대자 그사이 둘기가 다가와 그의 머리에 부비부비하며 엄청나게 좋아하고 있었다. 누가 보면 주인을 만나 좋아서 어쩔 줄 모르는 충성심 깊은 새끼 매라고 할 것이었다.

'영악한 것… 지금 너, 그동안 안 놀아줬다고 심통 부리는 거 다 안다, 마!'

아니, 어쩌면 저번 달리기 시합 때부터 계속 지기만 해서 받았던 털 뽑기 벌칙의 복수전일지도… 끙~ 정말 날 만나 좋아서 부비부비한 것이면 꼭 저렇게 '빨래 끝~', 아니, '세수 끝~!' 이라는 얼굴로 파닥거리지도 않았을 것이야. 그나저나 내 머리가…… 크흑……!

삐익! 삑! 끼루룩!!

"시끄럿! 난 네 휴지가 아냐, 임마!!"

"호오~ 그러셔?"

"그래, 이 잡것이 일부러 모르는 척하고… 엥?"

이 목소리는……?!

넘어진 민제후의 위로 검은 마녀의 그림자가 드리워졌다. 긴 검은 머리카락이 바람에 날리는 그림자가 마치 그의 목을 조를 듯 살벌하다.

"여긴 웬. 일. 이. 세. 요, 민제후 회장님?"

히익!!

바닥에 엎어진 자세에서 내려다보는 한예지의 얼굴이 보였다. 찬바람이 쌩쌩 도는 표정… 그 얼굴에 제후는 한 가지 생각밖에 안 들었다.

'난 이제 죽었다……!'

콰다당!!

예지는 갑작스럽게 들려온 엄청난 소리에 고개를 획 돌렸다. 뭔지는 잘 모르지만 무언가 엄청나게 큰 것이 넘어지며 부서지는 소리란 건 알겠다. 그 파괴음이 예술관의 「아치의 복도」를 쩌렁쩌렁하게 울렸으니까. 그 굉음에 마치 모든 것이 들렸다 놓여지는 듯 흔들렸다.

'그런데 그전에 들린 돼지 멱 따는 소리는 뭐지?'

해질 무렵, 비가 오지 않고 맑은 날이었어도 어둑해질 시간이다. 특히 내일은 그 어느 해보다도 주목받는 예술 전공자들의 연주 발표회가 있어서 현재 대부분의 학생들이 일찍 귀가한 상태다. 게다가 이곳은 내일 그 연주 발표회가 열리는 예술관이니 더욱 사람이 남아 있을 리가 없었다. 남아 있는 인원이래 봐야 보수 공사 마무리를 하는 기술자들과 내일 행사 진행을 도울 학생회 인원 몇몇이 대부분일 테다. 하지만 그마저도 이 넓은 대강당 어디에 있는지, 또는 이미 모두 할 일을 마치고 돌아갔는지조차 알 도리가 없었다. 더군다나 아까 예지가 내쫓다시피 한 그 선배들도 사라졌으니까 이제 정말 남은 사람이 없을 터인데…

한데 약간의 공포와 어리둥절함 속에 놀라서 고개를 돌린 한예지의 눈에 비친 광경이란…

삐익! 삑! 끼루룩!!

"시끄럿! 난 네 휴지가 아냐, 임마!!"

박살이 나서 산산조각이 난 화분과 부러진 열대 관상목.

새하얀 복도를 엉망진창으로 만들어놓은 흙 무더기.

그리고 화려한 황금빛 깃털을 가진 작은 새끼 매의 기쁨에 찬 푸득거림과 사복 차림으로 바닥에 엎어져 헤롱대는…

'민제후?!'

쟤… 쟤가 왜 여기에 있는 거야? 아니, 그보다 제후가 지금 여기에 있다는 건 조금 전의 일들도 모두 보았다는……?!

'아앗!'

순식간에 얼굴이 달아오른다.

어느 때부턴가 예지는 민제후에 대해서 하는 말이면 좋은 말이든 나쁜 말이든 저절로 들리게 되었었다. 보통 때 같았으면 흘려들었던 지나가는 아이들의 재잘거림 속에서 그에 대해 말하는 소리만을 걸러 듣게 되고, 걸음을 멈추게 되고, 좋은 말을 하는 것을 들으면 가슴 뿌듯해져서 자신도 모르게 웃고 있는 것을 발견하게 되었다. 그리고 나서 스스로도 놀라 발을 구르며 심각하게 되묻는 질문은…

'내가 왜 이러지? 미쳤나 봐!!'

그런데 마침내 민제후가 보는 앞에서 제후의 험담을 듣고 손이 먼저 나갔던 추태를 보이고 말았으니…

하지만 그때 예지는 갑자기 머리가 깨끗이 텅 비워져서 아무 생각도 안 났었다. 앞뒤 잴 것도 없이 끓어오르는 화만 가득했을 뿐이다. 한데 이제는 그 화가 무안함과 당황스러움에 부딪쳐 제후에게로 한꺼번에 쏟아지기 시작했다.

"호오~ 그러셔?"

"그래, 이 잡것이 일부러 모르는 척하고… 엥?"

제후가 엉망으로 헝클어진 머리털을 해 가지고 누운 자세로 놀란 두 눈을 동그랗게 떴다. 휘둥그레진 두 눈. 어색한 억지 미소.

그 얼굴은 결코 멋지다거나 가슴 설레일 만한 것은 아니다. 그런데 예지는 이상하게도 지금껏 무섭게 치솟던 화가 허무하게 포옥 가라앉고 가슴 깊이 따뜻한 온기가 번져 가는 걸 느낄 수 있었다.

또다시 나타난 예의 그 생소한 감각. 그것에 당황한 소녀는 더욱 화난 듯 샐쭉한 얼굴로 비꼬듯이 말을 내뱉는다. 더군다나 민제후는 자신과는 반대로 그런 감정을 전혀 느끼지 않는 것 같지 않은가? 그건 여자로서 너무나 자존심 상하는 일이었다. 그리고 무엇보다…

'날 왜 저렇게 무서워하는 거야!!'

지금 내가 왜 이러는데! 며칠 동안 연락도 없이… 얼마나 걱정했는데… 나쁜 자식!

"여긴 웬.일.이.세.요, 민제후 회장님?"

"아하하하… 예지마마?"

한예지의 싸늘한 비꼼에 제후가 삐질삐질 땀을 흘리며 웃는다. 나이는 둘째 치고 저 모습을 보고서 누가 감히 저 소년을 한국 경제계의 판도를 뒤집고 있는 떠오르는 경제계 신성(新星)이라 추측할 수 있을까?

지저분해진 면바지와 체크 무늬 남방, 그리고 캐주얼 점퍼 차림새. 머리는 지금 최고의 기분인지 끼룩거리며 푸득거리는 새끼 매와의 장난으로 얼룩져 헝클어져 있다.

"어… 어… 왜냐면… 아아~ 이제 보니 비가 딱 그쳤네? 어이구~ 구름도 싹 개이고, 날씨가 아주 변덕이다. 그치, 예지야? 응?"

"시끄러!"

어디서 딴청이야! 저 인간 도대체 그동안 어디에서 뭘 한 거야?

"어— 너, 뭘 그렇게 딱딱하게 굴고 그러냐? 그럼 못 쓴다. 피부 미용에 안 좋다구. 쯧쯧."

하! 말이 다 안 나온다. 이제 다시금 생글생글 웃으면서 오히려 자신보고 왜 그러냐고 묻고 있다니.

그러나 한예지의 황당하다는 시선에도 아랑곳하지 않고 제후는 벌떡 일어서 바지와 옷자락에 묻은 흙을 툭툭 털어내며 어느새 태연자약한 얼굴을 되찾고 있었다. 느닷없는 닭둘기의 기습으로 머리에는 작지 않은 혹과 지저분한 얼룩이 생기긴 했지만 둘기에 대한 체벌도 딱밤한 대로 끝내고 마는 관대함까지 보여주면서(물론 그 딱밤 한 대에 금빛 깃털의 새끼 매는 순간적으로 기절했었고 깨어나서는 훗날을 기약하는 매서운 눈초리로 민제후를 노려봤지만, 어디까지나 제후의 입장에서는 관대한 처벌인 셈이었다).

"너, 결석해서……."

"아! 그러고 보니 점심도 안 먹었네? 시간이 벌써 이렇게 된 줄도 모르고… 야, 한예지! 너도 아직 식사 전이지? 나랑 같이 밥이나 먹으러 가자."

'공격이 최선의 방어'라고 했던가!

제후는 그 명언을 입증이라도 하듯 그녀가 무슨 말을 내뱉기 전에 중간에 말을 자르며 정신없이 혼자 떠들기 시작했다. 말 그대로 너무 정신이 없다. 예지는 자신이 여기에서 뭘 하는지 어지러울 지경이었다.

"무슨 말이야! 너, 동민이랑은 어떻게……."

"음… 뭘 먹을까? 너, 뭐 좋아하니? 한식, 중식, 양식?"

"자, 잠깐만……."

제후가 방긋 웃으며 예지의 팔목을 잡고 계단 쪽으로 뛰듯이 끌고 갔다.

"뭐? 일식을 좋아한다고? 아이구~ 지지배가 꼭 생긴 것처럼 비싼 것만 좋아해요. 날생선 따위를 비려서 어찌 먹나 몰라."

"잠깐……."

"아아~ 알았어, 알았어. 좋아좋아. 일식 먹자, 먹어! 난 뭐 얼큰한 라면이 더 좋긴 하지만 시원한 우동 국물도 좋아해."

"이것 봐. 이 손 좀 놓고……."

"돈 없냐? 괜찮아, 괜찮아. 내가 쏜다니까. 설마 하니 너한테 밥 먹여놓고 돈 내라고 할까 봐 그러냐? 여자애가 먹으면 또 얼마나 먹는다구. 너 하나 먹일 정도의 재력은 충분히 있단 말씀이지. 아~ 배고파서 쓰러지겠어. 빨리 가자! 자칫하단 뱃가죽이 등가죽하고 상봉하겠어."

"이, 이것 놔아!"

탁!

예술관의 하얀 석조 계단을 뛰듯이 올라가던 제후는 갑자기 뿌리치는 예지의 손에 놀라 뒤돌아보았다. 본관과 교문으로 연결된 구름다리가 보이는 곳 바로 앞에서 그 두 사람의 시선이 복잡하게 얽혔다.

"아… 미, 미안……."

예지는 즐겁게 웃고 있던 제후의 얼굴이 상처받은 듯 허물어지는 것을 보고 말을 더듬었다. 조금 전까지 유쾌한 웃음소리를 내던 얼굴이 순식간에 그런 식으로 굳어진 건 처음 보았다.

그런데 내가 왜 사과해야 하는 거지? 화가 난 건 나라구!

"넌 언제나 그런 식이야. 주변에서 걱정을 하든 말든 네 생각, 네 기분만 중요하지? 기분 내키는 대로 말하고, 행동하고, 웃어버리고… 너한테 끌려 다니는 건 이제 질렸단 말이야."

긴 검은 머리의 청초한 소녀가 천천히 말을 내뱉고 있었다. 고요함이 찾아왔다.

하염없이 깊은 눈으로 바라보는 섬세한 선을 가진 금빛 머리칼의 소년.

한예지의 눈동자가 흔들렸다.

"그, 그런 얼굴로 보지 마."

"어떤 얼굴?"

계단 한가운데에서 한예지보다 몇 계단 위에 올라서 있는 제후가 그제야 힘없이 살짝 웃으면서 물었다.

"몰라. 그리고 그렇게 웃지도 마. 기분 나빠."

"또?"

"네 멋대로 행동하지 마. 잘난 건 하나도 없으면서… 멍청이!"

"또?"

"네 생각을 말하란 말이야, 바보야! 주변 사람들이 걱정하잖아."

"쿡쿡쿡… 또?"

민제후의 장난기 발동인가? 다시금 생글생글 웃어가며 주머니에 손을 넣고 되묻는 장난스런 소년의 모습에 약이 오른다. 하지만 그 모습에서 예지는 마음이 편안해지는 걸 느꼈다. 잠시 잠깐 동안이었지만 민제후의 상처받은 얼굴보다 차라리 약 올리는 저런 표정이 나았다.

그리고 예지는 전부터 항상 가슴속에 담아왔던 말을 충동적으로 중얼거렸다.

"예전에 너한테 못되게 굴었던 거… 미안해."

제후의 눈썹이 살짝 치켜 올라가는 것이 보였다.

예지는 작년, 그에게 했던 심한 말들과 무시를 생각하면서 그 당시의 도도하기 짝이 없던 자신에 대해 부끄러움과 미안함으로 얼굴을 빨갛게 붉히며 고개를 숙였다. 이제 와서 제후가 성전그룹의 일원이라는 걸 알았기 때문에 하는 사과가 아니었다. 정말 아니었다. 어떻게 말로 표현할 수는 없지만 자신의 마음가짐이 많이 달라진 걸 느낀다.

그 시작은 민제후가 클래스S로 편입되었던 그날, 새 학년이 시작된 지 한 달이나 지나서 담임과 함께 교실문을 열고 들어서던 제후를 보고 놀랐을 때부터였다. 놀람과 함께 한숨이 나왔었다. 클래스A의 최하위 레벨인데다 일반 전형 주제에 지겹게 떨어지지 않는 진드기 같은 놈. 도대체 어떤 방법을 써서 특급 급래스로 편입할 수 있었지? …라고.

처음엔 그렇게, 마치 민제후를 구두에 붙어 떨어지지 않는 껌딱지 같다고 비아냥대기도 했었는데…

그런데 그 순간, 막 자기소개를 마치고 아이들을 둘러보며 웃는 그의 시선이 한예지를 아무렇지도 않게 스치고 지나갔다는 걸 깨달았다. 또 전과는 달리 자신감에 가득 찬 그 소년의 눈동자엔 더 이상 그녀의 모습이 담기지 않는다는 것을 알아챌 수 있었다.

상대를 똑바로 응시하는 깊은 눈동자.

그것은 예지를 또 다른 의미로 놀라게 했었다.

사실 그것은 항상 바라던 일이었다. 성전특고 입학 때부터 느껴졌던 그 끈질긴 시선에서 벗어나기를.

일 년 전 민제후와의 관계는 귀찮다고 표현하기는 했지만 엄밀히 따지자면 그것과는 좀 다른 성격의 것이었다. 처음부터 예지가 쌀쌀맞고

못되게 굴었던 것은 아니었다. 그를 다른 평범한 학생들과 똑같이 무시하고 시야에 두지 않았을 뿐이었다. 어차피 특급 클래스와 비교한다면 일반 학생들은 들러리 수준이니.

평소 거들먹거리는 상류 계층 아이들도 마음에 안 들어 했었지만, 예지도 내심 그 아이들과 비슷한 그런 의식을 가지고 일반 학생들을 취급했다고나 할까? 단지 내색을 안 했었던 것뿐. 아니, 예지 스스로도 자신이 상류 사회의 선민 의식에 젖어 있다는 걸 눈치 채지 못했다는 것이 옳을 것이다.

그런데 언제부턴가 예지는 항상 누군가의 시선을 느끼게 되면서 자신의 그런 면을 알아챘었다. 그 싫은 면을 깨닫게 한 인물이 바로 일 년 전의 민제후였다.

뒤통수가 따끔거린다 싶어 고개를 돌리면 어디선가 꼭 숨어서 쳐다보는 소심한 민제후를 발견할 수 있었다. 말이라도 걸라치면 깜짝깜짝 놀라거나 도망가고, 어렵게 붙잡아 말하게 되더라도 눈도 제대로 못 마주치고 고개를 푹 수그리는 소년.

'그럴려면 왜 쫓아다니냔 말이야!'

그 이후로는 그녀도 민제후만 보며 심하게 인상을 찌푸리기 시작했다.

「비 맞은 생쥐」.

또는 더 속된 말로 「비 맞은 쥐새끼」.

이것이 일 년 전 성전고 내에서 불려졌던 민제후의 별명이었다. 교내 폭력 서클에 찍혀 비실대는 그 모습에 정말 딱 어울리는 별명이 아닌가. 마치 스스로에게 자아와 의지가 없는 것처럼 주변 상황에 끌려다니며 실실 웃어대던 혐오스럽던 인간상.

어떻게 본다면 그냥 심지가 연약한 힘없는 남학생이라고 생각하고 동정할 수도 있었으나, 예지는 그 소년이 자신을 동경하며 바라보는 그 끈적한 시선에 점차 강한 혐오감만을 느끼며 더욱 매몰차게 대했었다. 처음에 느꼈던 죄책감은 시간이 갈수록 무뎌지고 한예지의 무시와 비웃음은 점점 그 강도를 더해갔다. 다시 생각해 보면 그런 취급을 받은 일 년 전 민제후의 죄라고 한다면, 좋아하는 여자애에게 말을 걸 용기도 없어 몰래 쳐다만 보았다는 것뿐이었는데.

이처럼 그 소년의 시선이 짜증나고 부담스러워 미칠 것만 같던 한예지였다. 그런데 지금의 예지는 이상하게도 그 민제후의 시선이 지금 자신을 향하고 있지 않다는 것에 불안하고 초조해지고 있었다. 정말 이상했다. 미치지 않고서야…

아니, 우선 그보다 그의 가까이에서 지낸 이 짧은 기간 동안 예지는 주변을 좀 더 다른 시선으로 보는 변화를 겪었다. 조금 덜 냉소적이게, 조금 덜 회의적으로, 조금 덜 이성적이게…

그렇게 조금씩 조금씩 마음이 달라졌다. 좀 더 밝게, 좀 더 긍정적으로, 좀 더 감성적이게 세상을 바라보게 되었다. 그래서 지금은 약간의 머리와 외모로 있는 대로 잘난 척하고 도도하게 콧대를 세우며 다른 이들을 업신여기던 작년 한 해의 행동들이 너무나 부끄럽게 느껴지고 있는 것이다.

이제 와서 생각해 보면 우습지도 않았다. 도대체 뭐가 그렇게 남들보다 뛰어나고 잘나서 오만하게 굴었었는지……

지금 그런 마음으로 사과를 하는 것이었다. 민제후라는 소년이 자신이 알고 있던 것보다 물질적으로 좀 더 많이 가졌기 때문에 하는 사과가 아니라 진심으로 하는 반성이었다.

'그러나 제후가 과연 내 사과를 받아줄까?

…너무나 조용하다.

그 고요함에 예지가 궁금함을 못 참고 고개를 들었다.

'……!'

그런데 그녀의 눈 바로 앞에 다가와 있는 진지해진 한 소년의 얼굴이 보였다.

화르륵~

얼굴이 새빨갛게 달아올랐다.

가까이 다가오는 손가락… 예지가 눈을 질끈 감는다. 그것에 잠시 눈동자가 흔들리나 싶었던 제후가 입가에 포근한 미소를 머금고 한예지라는 소녀를 바라보았다.

"아~ 이쁘다, 이뻐. 착하네."

뭐… 뭐야?

'지금 뭐지?

머리를 쓱쓱 쓰다듬어 주는 제후의 손길이 느껴졌다. 그 손길은 마치 아버지나 큰오빠와 같은 느낌. 예지의 눈동자가 혼란스럽다.

"임마, 무리하지 마. 괜찮아."

착한 아이에게 상을 주겠어요라는 듯한 자상한 오빠 같은 미소를 방긋 지으며 제후가 뒤돌아서 계단을 올라갔다. 그리고 아무렇지도 않게 기지개를 켜듯 두 팔을 머리 위로 올려 이리저리 흔드는 모습. 마치 아침 체조를 하는 것 같다.

"아아~ 내일 드디어 발표회네? 음… 아직은 뭘 어떻게 해야 좋을지 잘 모르겠는데 말이야."

"잠깐만. 잠깐만 제후야."

"하지만 이번 일은 누군가를 기쁘게 하는 일이 됐으면 좋겠다. 누군가를 기쁘게 해준다면……."

예지가 제후를 따라 급하게 계단을 마저 올라가 그 소년의 걸음을 막 따라잡자, 그때 민제후의 발걸음이 딱 멈춰졌다.

윽! 갑자기 멈춰 서면 어떡해! 부딪칠 뻔했잖아!

"이번에 한예지를 위해서 해볼까?"

깜짝 놀라 눈을 든 예지.

하나 그 반응에 획 뒤돌아서 그저 환하게 웃고 서 있는 제후였다.

"너, 내가 그 무대에 진지하게 서길 바랐었잖아."

고요한 복도 한가운데에 강렬한 인상의 인물이 장난기 담긴 눈으로 한예지를 바라보고 있었다. 면바지에 모자 달린 캐주얼 재킷, 그리고 야구 모자의 평범한 외모의 소년. 그러나 착각인진 몰라도 예지는 순간 그의 머리칼과 두 눈빛만은 황금빛으로 찬연히 빛났다고 생각되었다.

"레이디에게 바친다. 어때? 멋지지? 훌륭하지? 사랑스럽지?"

"으이그~ 넌 역시 항상 그런 식이야!! 또 장난이니? 저리 치워!"

장난스럽게 하트 모양을 만들던 민제후의 손을 예지가 탁 밀쳐 버렸다. 그런데 순간 제후 얼굴이 팍 찡그려지며 낮은 비명이 터져 나왔다.

"윽!"

꺾이듯 고개를 숙인 눈앞의 소년의 모습. 한 번도 본 적 없던 그 모습에 예지는 겁이 덜컥 났다. 어디가 아픈 듯한 민제후의 모습은 처음이다.

"제, 제후야? 왜 그래?"

"아아아……."

천천히 허리를 수그리며 제후가 자신의 두 손의 손끝을 붙잡고 신음을 흘렸다.

"으이그~ 넌 역시 항상 그런 식이야!! 또 장난이니? 저리 치워!"

'어? 장난이라니. 이왕이면 개그라고 불러줘. 냐하~'

그런데 그때, 예지에게 밀쳐진 손끝에서 느껴지는 강렬한 통증. 마치 손가락 끝에 열 개의 바늘이 예리하게 꽂히는 느낌이다. 순간적으로 스치는 예상치 못한 그 강통에 제후가 그만 낮게 비명을 내질렀다.

"윽!"

젠… 젠장맞을…….

"제, 제후야? 왜 그래?"

그 소년이 있는 대로 얼굴을 찡그리고 두 손을 감싸며 신음을 흘리자 겁에 질린 한예지의 목소리가 들려왔다. 혹시나 자신이 무슨 실수를 해서 그가 다친 것이 아닐까 걱정이 되는 얼굴. 제후는 예지의 창백하게 질린 모습을 보고 자신의 손과 그녀가 전혀 연관이 없다고 안심시키고 싶었지만 그러기엔 익숙하지 않은 예리한 통증이 말문을 막아버린다.

'으윽~ 시방… 새다. 이번 일만 끝나봐라. 내 다시 피아노 따윈 거들떠도 안 보겠어!'

제후는 지난 2주일 간의 훈련을 빙자한 장혜영의 학대를 생각하며 온몸을 부르르 떨었다. 하다못해 지난 며칠 간 회사 일로 철야를 했던 비상시국에도 그는 휴식 시간마다 끌려가서 피아노를 지도받아야 했던 것이다. 아니, 말이 훈련이고 지도였지 그의 생각에는 그건 정말 학대와 고문, 그 이상도 그 이하도 아니었다. 수면 시간도 거의 없었다.

솔직히 단 2주 만에 강제경을 따라잡는다는 것은 미친 생각이었다. 완전히 미친 생각. 하지만 이미 정해진 대결이고 제후 자신이 그 대결을 진지하게 임하겠다고 마음먹었으니…

생각할 건 없었다. 이제 민제후가 할 일은 단 하나뿐이었다. 앞만 보고 달리는 것.

그것을 그녀도 안 것일까? 장혜영 여사도 제후가 도움을 요청한 이후론 그를 더욱 정신없이 사납게 몰아쳐 댔다.

민제후란 소년이 그 기간 동안 받은 것은 가장 충실한 교습법. 그러나 문제는 일반 사람들이 10년의 세월 동안 받아야 할 그것들을 단 14일 만에 끝내야 한다는 것에 있었다. 게다가 완전 무식 스타일로 사정없이 밀어붙이는 혜영의 편법적인 지도는 만약 다른 사람들이 보았으면 그 어이없음에 입이 딱 벌어질 정도로 엄청난 것이었다. 장혜영, 그녀는 가르치는 동안엔 손톱만큼의 동정심도 없는 철의 여인이 되었다.

그런데 그보다 더 놀라운 것은 인간의 한계를 시험하는 듯한 그 훈련을 휘청이면서도 이를 악물고 따라오는 민제후였다. 과중한 업무와 병행되는 그것들로 제후는 몇 번인가 혼절하기도 했는데, 그 모습을 보다 못해 김 비서가 혜영에게 무섭게 화내며 대드는 모습을 보일 정도였으니… 하지만 결국 정신이 들면 제일 먼저 피아노를 찾는 것은 민제후였다.

물론 이 문제에 대한 일은 김 비서를 제외하곤 아무도 모르게 이루어졌다. 하나 그들도 이 소년의 손에 마치 증명서처럼 이런 흔적들이 남는 건 막을 수 없었다. 그런 생활에서는 너무나 당연한 일이었으니까.

'손이 엉망이 됐어. 하긴 그 무대포 훈련을 견디고 살아남은 손가락

이니…….'

제후가 통증이 가시자 한 손을 들어 살짝 살피며 생각에 잠겼다.

'드디어 내일이다. 하지만 난 이제 겨우 감을 잡을 정도인데… 초감각을 모두 동원해도 막히는 부분이 너무 많아. 게다가 아직 연주곡도 선정하지 못했어.'

강제경. 그 아이에 대해 다시 한 번 놀란다. 천재(天才)라는 말, 정말 그 말을 들을 만한 자격이 있는 소년이었다.

기교적인 부분은 노력하면 누구나 이룰 수 있을지도 모겠지만, 언젠가 제이가 되어 들려주었던 그 연주들. 음(音) 하나하나에 연주자의 감정과 의지를 투영하고, 자신이 창조해 내는 음악으로 사람들의 가슴을 움직이던 광경은 정말…….

'안 돼. 이대론 역시 죽도 밥도 안 돼. 기적이 일어나야 된다, 기적!'

강제경과 대적하려면 다른 것이 있어야 한다. 인정하긴 싫지만 자신에겐 누군가에게 뭔가를 전하고 싶다는 강렬함이 부족했다.

'난 아직 그 녀석처럼 피아노에 자신을 담아내는 경지는 꿈도 꿀 수 없다. 천재의 재능과 적어도 대등하게 보여지게 하려면… 관객들의 눈길을 잡아끌려면… 참신한 다른 것을 찾아야 해. 역시 단 2주 만에 정공법으로 맞서는 건 무모하다. 뭔가가 필요해. 그래! 무엇보다…….'

제후가 멍과 붓기로 험해진 손으로 주먹을 꽉 쥐었다.

'파격적이고 새로운 곡이 필요하다!!'

그의 눈이 돌파구를 찾기 위해 깊은 빛을 품는 그때였다.

"야! 민제후! 내 말이 안 들려!"

"어엇?!"

아, 맞다. 지금 예지와 같이 있었지.

제후가 한예지의 외침에 깜짝 놀라 고개를 들자 어둠 속에서 걱정스럽게 바라보는 한 소녀의 얼굴이 보였다.

"너, 괜찮아? 무슨 일이야? 너, 어디가 안 좋은 거지?"

"꺄… 꺄하하하～ 예, 예지야, 잠깐잠깐! 가, 간지러!"

이 지지배가?! 이렇게 함부로 외간 남자를 마구 더듬다니… 으앗! 야, 야, 거긴 진짜 더듬지 말란 말이야! 난 남자도 아니냐?

"어머? 제후, 너 그 손……."

으이구～ 저걸 누가 데려갈지… 엇?

"너, 손 좀 이리 내봐!"

"아하하하. 이런, 벌써 시간이 이렇게? 너무 늦었잖아～! 그리고… 아참! 배 안 고프니? 아아～ 난 너무 배고프다. 굶어 죽을 것 같아. 난 라면이나 먹으러 가야겠다. 그럼 아쉽지만 이만……."

제후가 갑자기 도끼눈을 뜨는 한예지를 발견하고 슬금슬금 뒷걸음질치며 말머리를 돌리려 애썼다. 하지만 그 소녀가 눈을 부릅뜨고 주먹을 내미는 것에 찍소리 한 번 못하고 한 손의 자유를 빼앗기고 마는 것도 제후였다. 역시나 여자들에겐 한없이 약한 소년이다.

"너, 이거……."

예지가 제후의 한쪽 손을 잡고 살펴보다 놀라서 눈을 들자 제후가 머쓱해져 머리만 긁적였다.

"어? 어, 이거… 요즘 훈련이 장난이 아니라서."

심각해지는 그녀의 표정. 자신이 쓸데없이 부추겨서 이런 발표회에 나가게 된 것이라고 자책하는 모습이 얼굴에 뻔히 보인다. 누군가를 위해 연주한다면 예지를 기쁘게 해주겠다고 말한 지 10분도 안 돼서 걱정부터 시키다니……

제후가 거친 표현을 많이 쓰지만 그래도 여전히 사랑스러운 한 소녀의 모습을 보고 피식 웃었다. 숙녀를 걱정시키는 건 남자가 할 일이 아니지.

　"어우~ 요즘 밤새도록 오락기를 죽자사자 두들겨 댔더니 손끝이 붓고 갈라졌지 뭐야. 세진이 놈도 며칠 간 우리 집에 와서 겜했잖아. 내 방 컴퓨터가 최신형 아니냐. 그런데 그 자식은 스타크래프트인가 뭔가를 하는데 난 역시 그런 전략 게임은 별로 좋아지지가 않아. 그래서 추억의 옛 게임에 심취해 있었지. 후후… 아야야~ 아직도 손가락이 얼얼하네. 역시 난 머리 쓰는 오락보다 치고 박고 싸우는 옛날 오락이 더 맘에 든다니까! 나하하하~!"

　그래도 완전히 거짓말은 아니다. 며칠 간 신동민과 유세진이 성전저택에 와 있던 것도 사실이고, 세진이 놈이 밤새도록 스타크래프트를 한 것도 사실이니까(물론 유세진의 말로는 단군 프로젝트 시뮬레이션에 신경 쓰다가 머리를 식힐 겸 해서 하는 휴식이라고 했지만, 피식피식 웃는 세진의 비웃음을 보자니 불쌍한 누군가를 철저하게 깻박치는 재미에 빠져 여러 날째 밤새고 있는 것이 분명했다).

　"어라? 너, 뭐 하냐?"

　제후가 웃다가 고개 숙이고 아무 말도 안 하는 예지를 발견하고는 고개를 갸우뚱 흔들었다.

　"그래… 걱정한 내가 바보지… 넌 결국 그런 인간이었어."

　한예지의 두 주먹이 부르르 떨고 있었다.

　"응? 뭐가?"

　"이 멍.청.이!!"

　꽝!

"악—!"

제후는 방긋방긋 웃고 있다가 오랜만에 눈앞이 번쩍이는 걸 느꼈다. 예지마녀의 필살기. 정말 간만이었다.

그리고 뒤로 넘어지며 어딘가로 주르륵 밀려 들어가 뒤통수를 부딪치고 바닥에 누워 버린 걸 알았다. 흐릿함 속에 날카롭게 부르는 목소리가 들려온 듯했으나 정신이 하나도 없다.

'뭐가 어떻게 된 거지? 으… 여기는… 어?'

제후가 흔들리는 머리를 한 손으로 짚고 바닥에 대자로 뻗은 자세에서 눈을 떴다가 자신의 두 눈을 의심하였다. 눈앞에 보이는 광경이란…….

"세, 세상에… 우와아~!!"

'그런데 여기는 예술관 대강당?!'

아까 뒤로 부딪친 것이 대강당의 중앙 출입구였던 모양이다. 그리고 자신은 현재 그 대강당 바닥에 누워 천장을 바라보고 있었다. 예전에 한번 들렀던 그 장소. 하지만 지금의 대강당은 그때와는 또 다른 모습을 보이고 있었다. 물론 그가 봤던 건 경황이 없던 중 엉망으로 부서지고 폐허가 된 강당이긴 했지만.

'그렇지만 저건…….'

제후의 눈에 새롭게 재창조된 성전특고의 예술관 대공연장이 그 위용을 드러내고 있었다. 내일 강제경과 만나게 될 바로 그 장소. 그곳이 완벽하게 보수되었을 뿐만 아니라, 전보다 더 투명한 아름다움을 뽐내는 대형 유리 벽면이 아무리 희미한 광선이라도 빨아들여 그 공간 내에 흩뿌리고 있었다. 그건 그 안에서 숨 쉬는 것조차 신비하게 느껴지는 환상 이미지.

그러나 지금 제후가 휘둥그레진 눈으로 쉽게 시선을 떼지 못하는 것은 천장에 위치한 대형 크리스털 돔이었다.

그 위에 박힌 수백 개의 별을 닮은 자수정.

그리고 천체의 위치를 표시하는 금가루와 은가루의 선(線)들.

'저건……!'

인공적인 천체 위에 그것들이 아름답게 반짝이며 하나하나 일정한 간격과 모양을 이룬다.

'저건 하늘의 별의 위치를 지도로 만든…….'

"천공(天空)의 지도?!"

민제후가 커다랗게 떠진 눈과 멍하니 벌어진 입을 다물 줄 모르고 인공의 하늘에 갇혀 헤매고 있었다. 위풍당당하면서도 섬세한 아름다움을 빛내는 그것, 바닥에 누운 한 소년의 가슴으로 한눈에 쏟아져 들어오는 그것은 바로 '우주'.

"제후야! 괜찮아? 너, 머리 안 깨졌니? 어후~ 왜 하필 오늘따라 강당 출입구가 안 잠겨 있는 거야? 아니지, 왜 하필 네 뒤에 문 따위가 있어가지고……."

그때 예지가 바닥에 뻗은 채로 움직일 생각을 안 하는 제후에게 뛰어와서 종알거렸다. 때려놓고 걱정하는 여자의 마음을 이해할 수 없었지만 놀라서 다가온 그녀의 얼굴은 진실로 걱정하는 기색이 가득하다.

예지는 한참을 제후가 혹시 어디 다친 데가 없는지 살펴보다가 아직까지 그 소년이 멍하니 누워 움직이지 않는다는 것을 깨달았다. 아니, 멍하다는 표현은 잘못된 것 같았다. 그것은 집요함과 놀라움, 감탄과 경외의 눈빛. 대강당 천장을 향해 미동도 없이 박혀 있는 그 시선은 소년의 깊고 깊은 눈동자에서 뿜어져 나왔다가 다음 순간 오히려 그 공간의 모든 빛을 빨아들이는 듯한 착각을 불러일으킨다.

"천공의 지도와 우주. 그리고 나와……."

'별…….'

제후가 넋을 잃은 듯, 또는 깊은 명상에 잠긴 듯한 얼굴로 중얼거렸다. 뜻하지 않게 마주하게 된 크리스털 천체 돔. 잘은 모르겠지만 그것이 이 소년에게 남다른 의미를 주는 모양이었다.

대강당 천장에 인공적으로 배치된 보랏빛 별보석. 그것은 정말로 허공 중에 떠 있는 것처럼 환상적인 아름다움을 발산하며 하늘의 질서를 깨우쳐 주려는 듯 장엄하기 이를 데 없었다. 그러나 무엇보다 가장 광대하게 느껴지는 것은 그 돔 밖에서 그 아이들을, 그 공간을, 그 지상을 감싸고 있는 진짜 하늘… 참우주…….

예술 작품처럼 섬세한 천장의 투명한 돔은 별이 총총하게 뜬 맑디맑은 진짜 하늘을 투영시켜 예술관 대강당 안으로 그것들을 한가득 옮겨놓고 있었다.

소나기가 지나간 하늘은 어쩌면 그렇게 맑고 깨끗한지…

어쩌면 그렇게 아름다울 수가 있는지…

그리고 그 광경들은 그 하늘 지붕 바로 밑에, 아무것도 의지할 것 없이 바닥에 크게 누워 있는 한 소년에게로 쏟아지고 있었다. 티끌조차 씻겨 나가 더없이 순수한 검은 장막 속에 흩뿌려진 찬란한 별무리, 이 순간 땅으로 내려와 민제후의 독특한 금빛 머리칼에 묻어 반짝였다. 그 소년의 몸 위로 비산하는 별가루가 만드는 신기루인지도 몰랐다.

삐—이—익—

그때 날카로운 금웅의 외침이 들려왔다.

"아!"

자신의 몸 위로 쏟아지는 그 별들에게서 붙박혀 집요하게 노려보듯 움직이지 않던 민제후의 강렬한 눈동자가 그의 위로 걱정스레 회선을 그리며 높이 날고 있는 둘기의 울음소리에 현실로 돌아왔다.

객관적으로 계산한다면 그가 넘어지고 지금까지의 시간은 고작 몇 분 정도로 별로 긴 시간이 아니었다. 그러나 하늘과 별이 내려와 자신을 둘러싸고 있다고 느꼈던 그 짧은 시간이 민제후에겐 마치 수십 년과 같은 무게로 느껴졌다.

살아간다는 것… 사람들… 그리고……

그 순간, 그 소년의 눈에 이채로운 격정의 빛이 스쳐 지나갔다.

'찾았다, 내가 치게 될 곡을!!'

제후가 여전히 큰대(大) 자로 널브러진 자세에서 입가로 천천히 미소를 떠올렸다. 아직은 하나의 모티브를 발견한 것뿐이고 해야 할 일과 가야 할 길이 멀었지만, 그러나 이젠 그것으로 인해 제후 그 자신도 내일을 의무적인 승부만이 아니라 어떤 설레임과 흥분으로 느끼고 있었다. 지금 생각한 대로 내일 무대를 장식하게 된다면?

"킥킥……."

이거 정말 장난이 아닌걸?!

제후는 온몸의 혈관 속에 끓어 넘치는 생소한 열정과 창의력에 가슴이 두근거리고 있는 대로 들뜨는 것을 느꼈다. 지금 같아서는 마치 뭐든지 가능할 것만 같다.

"이제 남은 일은 집에 가… 으거어어어어어~"

뭐, 뭐야? 왜 말이 나오다 말고 갑자기 괴상망측한 소리들로 대체된 것이지?

"야, 민제후! 너, 하루에 몇 번씩이나 내 말을 씹어야 배가 부르니?

응? 너, 진짜 나한테 주글래? 아무리 불러도 대답도 없고, 바보같이 멍한 얼굴로 허공만 쳐다보며 누워 있으면 내가 잘못했다고 빌 줄 알았니? 이 한예지가 그렇게 만만해 보여!!"

"우갸갸갸갸~ 아… 아니, 예지야, 그게 아니구… 쿨럭."

이런! 한예지가 목을 잡고 짤짤 소리가 날 정도로 정신없이 흔들어대고 있었다. 갑작스런 대사의 대체 현상은 바로 그 탓인 모양이었다. 머리가 위아래로 달그락거리며 이가 딱딱 부딪칠 정도로 흔들려 기적처럼 얻은 영감마저 한 번에 날아갈 것만 같았다.

에, 에거… 누가 나 좀 살려줘어~!

'그, 그나저나 이 지지배는 왜 나만 보면 못 잡아먹어 안달이여? 다른 애들한텐 좀 쌀쌀맞아도 친절하면서! 평소에 거친 표현을 쓰더라도 그건 이 녀석이 마음이 여려서 일부러 더 강한 척하기 때문이라고 생각했지만… 우~ 아무래도 오늘은 더 이상 못 참겠다!! 내가 그래도 명색이 어른인데. 다신 날 함부로 대하지 못하도록 따끔하게 야단이라도 치겠어!!'

제후가 모질게 결심하고 막 입을 열었을 때였다.

"야, 한예지! 너… 캑!!"

끄, 끄엑!! 이건 또 뭐야? 이번엔 반항한다고 목 졸라 죽이겠다는 심보냐? 야, 임마! 너, 인간이 그러고 살면 안……

"흐흑… 나… 난 진짜 네가 어디 자, 잘못된 건 줄 알았잖아. 왜 대답도 안 하구… 나쁜 자식… 나쁜 놈… 얼마나 놀랐는데……."

'어… 어어?'

제후는 갑자기 두 눈에 그렁그렁한 눈물을 가득 담고 자신의 목을 꼭 껴안는 소녀의 말에 눈을 휘둥그레 떴다. 떨리는 그녀의 목소리. 자신의 목을 끌어안고 훌쩍이는 떨림이 그 말이 진실임을 말해 준다.

내가 다쳤을까 봐 걱정했다고? 이런, 또 아무 말도 할 수가 없었다. 항상 이 모양이다.

'내가 이래서 여자들이 싫다니까. 훗!'

제후는 훌쩍이는 예지를 어떻게 달래줘야 할지 난감해하며 아직까지 바닥에 주저앉아 있는 자신에게 매달려 있는 그 소녀의 어깨로 손을 올릴까 말까 망설였다. 그러나 결국 주먹을 쥐고 손을 바닥으로 내린다. 아무리 지금 자신이 '민제후'라도 이런 어린 소녀를 어떻게 해봐야겠다고 생각할 수는 없다. 아직은.

제후가 따뜻한 미소를 지으며 한예지를 마주 안아주는 대신에 중얼거렸다.

"Variationen über 『Ah, vous dirai-je, Maman』……."

"응? 그게 뭐야?"

나직하게 달래는 듯한 음성에 예지가 드디어 고개를 들어 바라본다.

그리고 드러나는 한예지의 눈동자. …아름답다. 아직 물기가 그렁그렁하게 담긴 커다란 두 눈은 크리스털 돔에 장식되어 있는 별보석 자수정보다 더욱 영롱하게 빛나 정말로 아름답다는 표현밖에 그것을 나타낼 길이 없었다. 왜 이 소녀가 성전특고 제일의 미인이며 프린세스라는 애칭으로 불리우는지 보여주는 이미지다.

제후는 예지의 별을 담은 눈동자 이미지까지 가슴에 담기는 것을 느끼며 자신의 뇌리에서 사라지지 않는, 내일까지 자신을 가득 채울 한 단어를 내뱉었다.

"étoile, 별."

"그거 프랑스 어? 너, 불어도 할 줄 알아?"

아니, 몰라. 그냥 외웠어, 냐하~

"이번에 내가 연주할 곡명이 뭔지 알려줄까?"

이제 많이 진정이 된 모양이다. 제후가 깜짝 놀라서 물어보는 예지의 얼굴을 눈앞에 두고 방긋 웃었다.

"바로 '작은 별'이야."

"하아~ 넌 도대체가 긴장감이라는 것이 없구나. 지금 그런 농담할 때니? 당장 내일이 발표회인데 아무 대책 없……."

"별이라니까, 별. '작은 별'. 몰라, 그거? 있잖아, 거 뭐냐… 반짝반짝 작은 별~ 아름답게 비추네. 동쪽 하늘에서도~ 서쪽 하늘에서도~ 반짝반짝 작은 별~ 아름답게 빛추네."

믿지 못하는 얼굴을 보이길래 이번엔 친절하게 노래까지 불러줬다. 모든 걸 알려줄 수는 없고 그냥 내일의 주제와 힌트만을 알려준다.

"또 장난하냐!"

"어어, 장난 아냐. 진짜야."

"뭐… 뭐어?! 너, 미쳤어?"

"왜 이래? 이것도 명색이 모짜르트 작품이라구."

예지가 다시 평소대로 냉랭한 얼굴로 돌아와서 쏘아붙이다가 말이 막히자 제후를 휙 밀치고 일어서 노려보았다.

'어, 차라리 잘됐다. 그렇지 않아도 서로 좀 민망한 자세였는데… 하하하…….'

제후가 어색한 표정으로 머리를 긁적이며 얼굴을 약간 붉혔다. 바닥에 주저앉은 자세에서 한예지라는 소녀가 달려들어 껴안았기 때문에 그 소녀가 그의 위로 기대어 쓰러진 모양새의 자세였던 것이다. 다 큰 남녀가 그러고 있기에는 정말정말 민망하면서도 위험한 포즈임은 틀림

없었다.

예지도 뒤늦게서야 그 사실을 깨달았는지 얼굴이 새빨갛게 물들어서 눈을 꼭 감고 고래고래 소리 지르며 대강당에서 뛰쳐나갔다. 물론 그 반응의 일부는 내일 있을 연주 발표회를 민제후가 너무 안일하게 생각하고 있다는 화도 상당 부분 포함되어 있을 거라 생각되지만.

"이 바보, 멍청이, 문어, 멍게, 해삼, 말미잘!!"

'음… 예지, 저 녀석이 퍼붓고 간 소리가 오래도록 이 공간에 남는 것 같군. 그리고 포장마차 소주 안주로 좋은 술안주는 거의 다 나온 것 같은데… 난 소주 안주와 동격이란 말인가?

제후는 예지가 그렇게 소리 지르고 순식간에 바람과 함께 사라지자 어리벙벙한 얼굴로 강당 안에서 혼자 굳어버렸다. 게다가 그 마지막 말은 좀 쇼크였다.

천천히 고개를 들었다. 위를 바라보니 밤이 깊어갈수록 여전히 드넓은 하늘이 가슴 깊이 밀려 들어온다. 소년의 금빛 머리칼 위로 별빛이 조명처럼 내리비췄다. 그 환상의 이미지 속에서 민제후가 일어서 하늘을 향해 고개를 들고 두 팔을 벌려 눈을 감았다.

'어쨌든 내일은 최고의 하루가 될 거야!'

어떤 상황에서도 물러서지 않겠다고 한 내 약속을… 내 의지를… 내 천운을…

"보여주지. 모두에게 사상 최대의 마법을 보여주겠어!"

하루 뒤, 큰 겨룸의 장이 될 성전특고 예술관 대강당에 결코 작지 않은 존재감의 소년의 웃음이 잔잔히 울려 퍼졌다.

제2장 방해

"하암~ 쩝. 오늘은 손님이 뜸하군."

택시 운전 기사 박씨가 손님을 기다리며 국제 공항 앞에 주차시켜 놓은 자신의 개인 택시 안에서 늘어지게 하품을 했다.

아무리 오전 중이라 해도 이렇게 손님이 없을 수 있을까? 주말이라 공항에 오면 벌이가 좀 짭짤할 줄 알았는데 이상하게도 오늘은 사람들이 공항을 향해 들어오기만 하지 도무지 나가려고 하지를 않는다. 마치 누군가를 기다리는 것처럼. 모두들 서로 짠 것만 같다. 하지만 그렇다고 빈 차로 이곳을 나서기엔 서울까지 거리가 만만치 않아 기름 값이 너무 아깝다.

"뭐야? 국빈이라도 오는 건가?"

박씨는 핸들에 기대어 떫은 표정으로 창밖을 살폈다. 정신없이 뛰어다니는 기자들이 간간이 보이고 몇몇 공항을 나서는 사람들도 자꾸 뒤를 돌아보며 웅성이는 것을 보니 대단한 인물이 오는 모양이다.

'오는 날이 장날이라더니… 어? 이러다 오늘은 본전치기만 하는 거 아냐?'

그가 나른한 봄바람에 보고 있던 신문을 옆으로 치우고 기지개를 켰다.

어차피 누군가 도움 안 되는 인간이 들어와서 자신의 밥벌이를 가로막은 것이라면 더 이상 이 자리에 버티고 서 있어봤자가 아닌가 싶었다. 손님이 뭔가. 잘못하면 그날 하루 벌이를 공치거나 자신의 목숨 같은 택시에 흠집이 날 수도 있었다. 지난번 외국으로 도망갔다가 강제 귀국하게 된 어떤 정치가 아들이 도착하던 때를 생각해 보아라. 아니, 그보다 저번에 에쳐티인가 뭔가 하는 가수들이 들어올 때는 아예 광란의 도가니가 아니었던가.

물론 지금의 분위기는 경찰이 깔려 있다거나 소녀 팬이 득실대는 대신에 차분한 분위기 속에 취재의 열망을 담은 기자들이 있을 뿐이지만.

"뭐, 뜨문뜨문 교양파 양반들도 보였던 것 같기도 하구. 그런데 그 많은 인간들이 다 마중 나온 사람들인가? 도대체 누가 온다는 거야?"

비교적 조용한 걸 보니 다른 나라 대통령이 온 것 같지는 않고, 어디 중요한 외교 사절단이라도 오는가 보지?

그렇게 택시 기사 박씨가 태우던 담배를 입에 문 채로 계속해서 투덜거리고 있을 때였다.

"이 택시, 서울 갑니까?"

"어이구~ 어서 오십시오, 손님. 네네, 서울 갑니다. 엇?"

박씨가 정신을 다른 데 놓고 있을 때 때마침 들어온 손님. 이렇게 반가울 수가. 그가 뒷좌석에 오르는 손님에게 환해진 얼굴로 반가운 인사를 건넸다. 그러나 곧 휘둥그레 떠진 운전 기사의 두 눈.

"왜 그러시오, 기사양반? 내 얼굴에 뭐가 묻었습니까?"

"아, 아닙니다, 손님. 외국 분이시군요. 호오~ 정말 대단하시네요. 한국말이 아주 유창하십니다. 나이도 지긋해 보이시는데……."

박씨는 외국인 신사가 마치 한국인처럼 구사하는 자연스런 한국말에 감탄하며 말했다. 약간 어색한 억양과 발음이 없지는 않았으나 신경에 거슬릴 정도는 아니었다. 말투로만 보면 한국 사람이라고 해도 속을 정도다.

택시 기사가 목적지를 물어보고 핸들을 돌려 익숙하게 공항을 빠져나가며 그 신기한 외국 손님에게 순박한 웃음을 지어 보였다.

"한국에 자주 오시나 보죠?"

"오~ 아니오, 아니오. 한국은 처음이오. 그래도 얘기는 많이 들어서 그리 낯설지만은 않군요."

사람 좋아 보이는 미소를 짓는 외국인 손님은 택시 기사의 친근하게 대하는 말씨에 재미있다는 표정으로 대답했다. 박씨는 뒷좌석을 힐끔 살피며 그 색다른 손님을 순간적으로 관찰했다.

세월의 흔적인 듯 희끗희끗해진 갈색 머리. 무거워 보이는 안경을 쓴 중년의 신사.

아니다. 다시 보니 중년인이라고 하기에는 무게감이 있고, 노인이라고 하기에는 그의 눈매가 젊은이들 못지 않은 패기와 열정으로 날카롭게 빛나고 있었다.

운전대로 다시 시선을 돌린 택시 기사는 그 외국인 손님의 섬세하면서도 강하고, 예리하면서도 부드러운 짙은 잿빛 눈동자에 놀라며 내심 평범한 손님이 아니구나라고 직감했다. 관광객은 아닌 것 같은데…….

"손님, 혹시 나랏일을 하는 분이신가요?"

"허허허! 아닙니다. 전 교직에 몸담고 있는 평범한 사람이지요. 왜 그렇게 생각하셨는지 모르겠군요. 이번에 한국에 들어오게 된 것도 제자 중의 한 명이 한국인이라 초청을 해줘서 잠시 들르게 된 것이죠."

"아~ 네, 그러시군요. 음… 그러고 보니 선생님 분위기가 나시는 것도 같네요."

박씨는 조심스럽게 물어본 질문에 상대방이 웃음을 터뜨리며 말하자 약간 무안해져서 얼굴을 붉혔다. 그러고 보니 다시 한 번 잘 생각해 봤다면 그런 질문은 하지도 않았을 텐데. 외국 대사나 외교관이 입국한 것이면 이런 일반 개인 택시를 타진 않았을 것이다. 그러나 아무리 그렇다 해도 그 손님이 그저 단순한 교사라는 사실은 정말 의외다. 분명 보통 사람들과는 다른 종류의 사람이라는 것을 느낄 수 있는데.

택시가 시원하게 영종대교 위를 달리자 택시 기사 박씨는 무안함과 그런 궁금증 등을 다시 한 번 순박한 웃음으로 얼버무리며 수다를 떨기 시작했다. 외국인과 말을 다 해보다니 어제만 해도 꿈도 못 꿔보던 일 아닌가.

"어쨌든 좋으시겠군요, 손님. 제자 분이 스승님을 초청도 하고 기쁘시겠습니다. 하하."

"글쎄… 그랬으면 좋겠는데 좀 불안하군요, 기사양반."

"네?"

박씨는 무슨 생각에 빠져 있는지 미간을 찌푸리며 고개를 흔드는 나이 지긋한 외국인 선생님을 바라보며 고개를 갸우뚱 흔들었다. 제자가 스승을 초청했는데 무어가 그리 불안하다는 걸까?

"음… 기사양반은 이런 내가 좀 이상하게 보이는 모양이구려. 하지만 내 지난 20여 년의 세월을 들어보면 기사양반도 내 기분을 이해하실 거요."

참 이상한 스승이다. 자신의 제자를 이야기하는데 저렇게 노한 얼굴을 할 수 있다니.

"우선 내가 이렇게 한국말을 잘하게 된 것도 캐롤, 그 아이 때문이었소. 아, '캐롤'은 내 제자의 이름이오. 동양에서 온 작은 소녀가 그런 엄청난 파괴력을 갖고 있다는 것에 난 정말 경악을 해야 했다오. 이해할 수 있겠소, 기사양반? 하룻밤 새 정원이나 기숙사 한 동을 날려 버린 적도 있었으니까. 세월이 많이 흘렀지만 지금 다시 생각해도 식은 땀이 흐른다오. 끙~"

"하… 하하하… 제자 분이 꽤나 장난꾸러기였던 모양이군요."

택시 기사 박씨는 이상하게도 기억에서 잊혀져 가는 지난번 어떤 여자 손님이 연상되는 것에 화들짝 놀라며 정신을 추슬렀다. 다시 한 번 다짐해야 한다. 자신에겐 집에서 자신이 무사히 돌아오기를 기다리는 토끼 같은 사남매가 있음을!

하지만 그와는 달리 그 외국인 노신사는 옛 기억이 떠오르자 격양된 어조로 이야기를 풀어놓고 있었다.

"장난꾸러기? 아니, 아니오, 기사양반. 캐롤은 정말 끔찍한 작은 악마였소. 어떻게 동양 인형처럼 작고 예쁜 소녀가 그런 사고를 칠 수 있는지 놀라웠지. 그런데 문제는 아무도 내 말을 믿지 않았다는 거요. 아무도! 캐롤은 다른 사람들 앞에선 정말 사랑스럽고 예의 바른 상류 사회의 작은 레이디였으니까. 영악한 제자 놈!"

"고, 고생이 많으셨겠네요."

정말 그런 엄청난 소녀가 있었을까? 쿨럭.

박씨는 얼굴 근육을 부르르 떠는 손님을 바라보며 어쩔 줄 모르는 어색한 웃음을 흘렸다.

"고생? 말도 마시오. 그걸 말로 하면 내 입만 아프다오. 책으로 엮으면 소설책 10권의 시리즈로 개편할 수도 있을 것이오. 그리고 더 끔찍한 건 캐롤이 좋아하는 애완 동물에 있었다오. 캐롤은 아주 독특한 취미가 많았지. 얼마 전에도 갑자기 나타나서 자신의 애완 동물 하나를 선물이라고 주더구만. 역시나 이름도 이상해. 인디언 풍 같기도 하고……."

"이름이요?"

박씨는 노신사의 이야기를 점점 흥미진진하게 듣고 있는 자신을 발견하곤 깜짝 놀랐다. 하지만 역시 궁금하고 너무 재미있다. 그 독특한 취미란 뭘까? 그 애완 동물들의 이름은?

"음, 그렇다오. 그 애완 동물의 이름이 '오동통한 메리베스'였다오. 생각 좀 해보시구려. 갑자기 몇 년 만에 나타나서 목에 커다란 빨간 리본을 단 성질 고약한 스컹크를 선물하다니… 게다가 어렸을 때의 캐롤을 생각한다면 '메리베스' 앞에 '오동통한'을 빼면 막 화를 낼 것이라 생각되니… 음, 역시 고얀 놈 같으니라구."

'오… 오동통한 메리베스? 어쩐지 낯설지 않은……'

택시 기사 박씨는 이야기를 들으면 들을수록 그 노신사의 지난 세월에 혀를 차며 안쓰러움을 표시하면서도 마지막 부분에 이르러서는 이상하게 다시 한기가 이는 느꼈다. 설마.

"하하하! 그, 그래도 지금은 세월이 많이 흘렀으니 그 제자 분도 많이 달라지셨겠지요."

박씨는 과장되게 웃음을 터뜨리며 분위기를 바꿔보려 노력했다. 20여 년 전에 작은 소녀였다고 하니 지금 그 소녀는 이제 가정을 꾸린 완숙한 여인이 되어 있을 것이다. 많이 달라졌겠지. 그리고 이 넓은 세상에서 자신이 생각하는 그 손님과 연관이 있는 손님을 또 태웠으리라곤 생각하지 않는다. 우연이다. 우연일 거다. 이 세상엔 괴짜들이 많잖아?

"흠, 그런가? 내가 그만 기사양반 앞에서 추태를 많이 보였군. 미안하오. 안 쓰던 한국어를 오랜만에 사용하게 되니 처음엔 어색했는데 그만 말이 많이 나왔구려."

"하하, 괜찮습니다. 제가 그럼 한국말 연습 상대가 되어드린 건가요? 영광입니다."

"넉살이 좋구만."

노신사가 다시 푸근한 미소를 지으며 잔잔하게 중얼거렸다.

"그래, 캐롤도 이제 전처럼 철이 없지는 않지. 민 군을 만나고 나서 많이 차분해졌으니까. 그리고 이젠 다 큰 아들도 하나 둔 어머니이니… 내가 그 아이를 많이 야단치고 소리도 지르긴 했지만, 난 정말 그 아이가 행복했으면 좋겠다오."

박씨가 운전에 집중하다 달라진 노신사의 분위기에 잠시 뒤쪽으로 시선을 주었다. 그 손님은 제자에 대해 끔찍하다는 듯이 말하고 있었지만 그 얼굴에 피어 오른 표정을 보자니 누가 감히 그 스승의 제자를 사랑하는 마음이 거짓이라고 말할 수 있을지 궁금해졌다. 저 얼굴은 제자를, 아니, 자랑스런 '딸'을 둔 아버지의 얼굴이 아닌가.

"이번 한국 방문은 그 아이의 편지 때문이었지. 어떤 소년을 좀 봐달라고 하더군요. 자신의 열 배는 뛰어난 재원이라고. 후훗! 난 캐롤의 열 배나 뛰어난 재능이 있다는 소리는 믿지 않았소. 하지만 그 녀석이 나에게 부탁 같은 걸 한 건 처음이라구."

그 노신사의 잿빛 눈동자가 순간 안타까움으로 물들었다.

"캐롤은 의외로 싸늘한 부분도 있지. 하지만 그렇다고 자신의 아들까지는 이용하지 않았으면 하는데 말이야."

뭐? 아들을 이용해?

"아, 아니오. 허허허! 그냥 한국엔 한번쯤 와보고 싶었다는 말이지. '고요한 아침의 나라'라는 한국을. 이 나라는 금수강산이라고 불릴 정도로 아름다운 땅이라지요?"

운전에 신경 쓰느라 잘못 들은 것일까? 금세 외국인 노신사가 다시 얼굴빛을 바꾸며 이것저것 질문을 해왔다.

"네, 손님. 기대하신 만큼 한국에서 좋은 시간이 되실 겁니다. 우리나라, 알고 보면 정말 좋은 곳이죠. 인심도 후하고 사람들도 따뜻하고."

박씨는 그 외국인 신사에 대해 따뜻한 감정과 알 수 없는 동질감을 느끼며 얼마 남지 않은 목적지까지의 거리를 시원하게 달리고 있었다. 나머지 시간은 정말 동네 어르신과 이야기를 나누듯 가벼운 세상 돌아가는 이야기로 때우다 보니 금세 목적지에 도착할 수 있었다.

"자, 도착했습니다."

"고맙소, 기사양반. 덕분에 여기까지 정말 지루하지 않게 왔군."

"하하하, 아닙니다. 그럼 한국에 계신 동안 좋은 일 많이 있었으면 좋겠네요."

요금을 치른 그 노신사는 넉살 좋은 순박한 택시 기사의 인사에 껄껄 웃으며 멀리 교정 안으로 사라졌다.

이곳은 성전특고. 박씨는 예전에 만난 적이 있던 한 여인을 이 학교까지 태웠었던 기억이 났지만 고개를 흔들며 애써 부인했다. 여러 가지 정보가 일치하고 있었지만 그것만 가지고는 속단하기 이르다. 그리고 만약 그렇다면 또 어떻단 말인가. 그냥 잊는 게 상책이지.

"어? 이건……?"

그렇게 막 택시 기사 박씨가 집에 있을 사남매를 생각하며 차를 돌리려고 옆으로 고개를 돌리자 공항에서 자신이 보다가 던져 놨던 신문이 눈에 들어왔다. 보조석 의자 위에 펼쳐진 신문의 문화예술란. 그리고 그 위에 자신이 태우고 왔던 바로 그 외국인 노신사의 사진과 그가 그렇게 잊고자 하는 한 여인의 화려한 사진이 나란히 실려 있었다.

평범한 서민일 뿐인 택시 기사 박씨는 그 기사 내용에 두 눈이 튀어나올 정도로 휘둥그레진 것은 당연한 절차였다.

줄리어드 음악원의 명예 교수인 리비터 마카로브 교수의 방한.

세계 최고의 저명한 피아노 교수인 리비터 마카로브 교수가 이번 다가오는 주말 한국을 방문할 예정이다. 현재 세계적인 명성을 누리는 피아니스트들의 대부분이 이 마카로브 교수를 한 번씩 거쳐 갔다고 해도 과언이 아닐 정도. 그러므로 한국 음악계의 관심은 빠른 속도로 리비터 마카로브 교수의 방한에 그 초점이 맞춰지고 있다. 그러나 개인적인 용무를 이유로 정확한 방문 날짜를 알리지 않은 교수 측은 그의 수제자인 장혜영(캐롤린 장, 피아니스트) 씨의 초청으로 방문한다고만 응답하였을 뿐이다. 그러나 세계적인 음대 교수들과 주목받는 음악가들이 요 근래를 겨냥하여 일제히 한국을 방문하게 된 이유 한가운데에 이 마카로브 교수의 영향력이 있었을 것이라고 생각되어지고 있다.

…(중략)…….

　　　　＊　　　＊　　　＊

　따뜻한 봄날의 어느 주말 오전 시간, 성전고 내의 예술관 대강당 무대 뒤편.

　이 크지 않은, 그렇지만 그렇다고 답답하거나 작지 않은 아담한 대기실 안에 그때 한 소년이 소파에 앉아 전자수첩을 전자펜으로 눌러가며 깊은 생각에 잠겨 있었다.

　새까만 검은 머리. 소년의 집중력만큼 그 검은색이 너무너무 짙어 푸른빛마저 비치는 까만 머릿결이 작은 소년의 하얀 얼굴과 투박한 뿔테 안경 위를 살짝 내리덮고 있다. 그 모습은 강렬한 색감의 대비 때문인지 아주 인상적이다.

　유세진.

　전날 그 나이 또래로서는 누구도 하지 못했을 불가능한 일을 해낸 소년들 중 하나. 그가 오늘은 바로 대강당 무대 뒤편에 자리 잡고 있었다. 그러나 여느 때와 조금도 다름이 없는 교복 차림의 평범한 모범생의 모습. 그런 모습을 보고 누가 그 아이가 한 나라와 한 기업을 통째로 뒤흔들어놓은 일당 중의 한 명이라고 하겠는가. 게다가 평온한, 아니, 오히려 보통 때보다 더 차분한 그의 모습은 그 사실을 아는 사람이 본다 하더라도 의아하게 생각할 광경이다. 어른들도 하기 힘든 그런 일들을 해낸 아이들이라면 좀 더 들떠 있을 수도 있으련만.

　그런데 그때였다.

　달칵—

　"어? 너, 여기 있었냐? 안 보이더니… 우~ 아직도 머리가 흔들려……."

"아, 동민 군이시군요. 이제 오십니까? 훗! 아직 힘드세요?"

세진이 약간 흐트러진 차림으로 들어오는 신동민을 보고 생긋 웃었다. 그러나 문을 열고 비틀거리며 들어오는 동민을 바라보는 눈초리는 입가에 띤 미소와는 달리 어떤 감정인지 알아채기 힘들다. 미묘한 감정의 소용돌이. 따뜻함만은 아닌 것 같은데…….

"이것 봐. 한번에 몰아 잤다고 이게 단번에 풀릴 피로인 줄 알아? 오늘도 그 괴물의 연주 발표회가 아니었으면 아직까지 누워 있었을 거라고. 난 지금 이렇게 두 발로 스스로 서 있는 내가 너무너무 자랑스러워. 그러니까 신경 꺼주시지."

"네네."

민제후에게 쌓이고 쌓인 감정이 많았는지 드디어 그 괴물이 대중 앞에서 왕망신을 당하게 되는 꼴을 직접 보게 됐다고 통쾌해하는 신동민을 바라보며 세진이 피식 웃었다. 그리고 다시 손에 들고 있던 전자수첩으로 시선을 내리는 검은 머리 소년. 그 최신형 전자수첩 화면 안에는 누군가의 갖가지 신상 기록과 정보가 비교 분석되고 있었다.

"그런데 유세진, 너 지금 뭐 하냐?"

동민이 머리를 쓸어 올리면서 세진에게 다가가며 말했다. 이상한 녀석.

"이름 강제경, 출신지 부산, 소속은 성전특고 클래스BⅠ. 성전 스카웃진에게 몇 년 전 전격적으로 발굴되어 천재라는 타이틀로 불리우며 키워지고 있는 주목받는 피아노 전공자."

"엇? 그게 뭐야?"

"성전특고 음악 전공 교수들이 하나같이 이미 세계적인 수준에 도달

했다고 평가하는 학생으로, 강제경이 좋아하는 피아니스트로는 마르타 아르헤리치(Martha Argrich), 마우리치오 폴리니(Maurizio Pollini), 알프레드 브렌델(Alfred Brendel), 크리스티안 침머만(Krystian Zimerman), 그리고 캐롤린 장(Karoline Chang). 자유롭고 개방성을 두루 갖춘 세르게이 라흐마니노프(Sergei Rachmaninov)도 좋아함. 퓨전 음악에도 많은 관심을 갖고 있는 신세대 소년이지만……."

세진이 고개를 들고 두꺼운 안경알 너머로 눈을 반짝 빛냈다.

"아직은 어른들이 싸놓은 틀 안에 박혀 자신의 진정한 음악 세계는 표현하지 못하고 있음."

그 순간, 유세진의 한쪽 입꼬리가 사악하게 치켜 올라갔다.

성전특고의 예술관 대강당.

특고의 정문으로 들어와서 자동차를 숲이 있는 방향으로 돌리면 발견하게 되는 건축물의 명칭이다. 높고 높은 천장과 수천 명을 수용할 수 있는 3층의 관객 수용석, 예술의 전당이나 세종문화회관과 비교해도 절대 손색이 없는 최고의 무대 구조와 음향 설비, 게다가 웅장하기까지 한 아름다운 전면 유리벽과 자연광을 환상적으로 실내로 투사시키는 천공(天空)의 돔.

그래서 예술관은 단순히 클래스B 학생들의 학업 공간이기 이전에 설계 때부터 하나의 예술 건축물로서의 가치를 높이 평가받아 왔었다. 성전특고의 손길이 닿은 곳에 평범하고 가치가 낮은 물건이 과연 있을까? 하지만 예술관 대강당 무대는 사람들의 탄성을 자아내게 하는 그 아름다움만큼이나 매우 특별하게 성전(聖殿)의 자랑으로 굳어져 있다.

그리고 오늘 같은 날, 바로 이런 순간은 더 더욱 그렇다.

오늘은 클래스B의 발표회날.

예술 전공자들의 클래스인 B반의 일 년 중 가장 크고 중요한 행사. 미술 계통의 학생들은 자신들의 작품으로 전시회를 열고, 무용 계통을 전공으로 삼는 학생들도 따로이 창작 무대에 서게 되어 자신들이 일 년 간 갈고닦은 실력을 평가받게 된다. 그러나 뭐니 뭐니 해도 클래스B의 가장 큰 발표회는 악기, 특히 피아노 전공자들의 연주 발표회가 가장 크고 주목을 받는다. 그건 예전에는 피아노 전공자들이 비교적 다른 악기 전공보다 많아서 그랬다고 생각되지만, 올해는 또 다른 이유가 하나 더 있었다.

'덕분에 작년보다 일이 미친 듯이 늘었어!'

교문과 예술관 중앙 현관 쪽에서 도움을 요청한 메시지에 긴 검은 머리의 소녀가 얼굴을 찌푸리며 학년 대표들을 불러 말을 이었다.

"미안하지만 1학년 위원들은 학부형 안내 쪽으로 인원을 늘려주세요. 역시 이대로는 안 되겠어."

"하지만 예지 선배님, 지금 더 이상 늘릴 인원이 없습니다. 놀고 있는 손이 없어요. 게다가 3학년들은 이름만 학급 위원이고 학생회지 이런 잡일은 하지도 않는데… 만만한 1학년만 가지고 들볶다니 너무합니다. 절대 무리예요!"

한예지의 요구에 1학년 학년 대표인 어느 한 여학생이 또랑또랑한 눈으로 말했다.

150㎝ 정도의 작은 키에 똑 부러지는 성격. 약간 큰 듯한 성전특고의 교복을 걸치고 머리를 양 옆으로 높이 올려 묶은 헤어스타일이 더 앳되어 보이게 한다. 그래서 얼핏 보면 소심한 여학생으로 보일 수도 있으나 3학년도 함부로 하지 못하는 2학년 학생회장이자 얼음공주로

불리우는 한예지 앞에서 눈 하나 깜짝 안 하고 반론을 펼치는 모습은 어느 학년 아이들보다 당차기 그지없다.

'저 아이, 특기생 D반의 신입생이었지 아마?'

예지는 정신없이 바쁜 와중에 자신의 지시에 따르지 않고 입을 꾹 다물곤 결사적인 눈으로 쳐다보고 있는 그 1학년 소녀를 돌아보며 살짝 미소 지었다. 어쩐지 예전의 자신의 모습을 보는 것 같다고 할까?

하지만 그것도 잠시, 지금은 너무 바빠 자신의 개인적인 관심으로 시간을 낭비할 수가 없었다.

피아노 전공 연주 발표회가 올해 특별히 주목받는 또 하나의 이유. 바로 성전재단 이사 장혜영 씨의 입김으로 새롭게 열린 이번 발표회가 세계적으로 유명한 음악가들이 직접 학생들을 살피고 비공개 심사를 한다는 것 때문이었다. 그러니 음악을 전공한 아이들과 학부모들의 귀가 번쩍 뜨이는 것은 당연지사.

이미 이번 발표회는 단순한 학업 진취도를 평가를 받는 자리가 아니었다. 어쩌면 평생 얼굴도 마주 대하지 못했을지도 몰랐던 세계적인 대가들 앞에서 자신들의 가능성을 펼치는 자리란다. 그 뜻은 이번 발표회가 잘만 하면 최고의 마스터들에게 인정도 받고 세계 무대로 진출할 수 있는 발판도 될 수 있다는 것이다. 특히 비공개 소식통에 의하면 최고의 피아노 교수인 '리비터 마카로브 교수'가 직접 이 무대를 지켜본다고 하니…

아이들은 꿈에 부풀었다.

그 교수의 손길이 닿아 다듬어진다면…

세계 최고가 될 수 있다!!

라고.

그리고 이 소문이 삽시간에 거의 모든 학부모들에게 퍼졌고, 지금 그 일생일대의 연주 발표회를 보려고 학생들과 학부모뿐만이 아니라 개인 관람객들까지 넘쳐 나고 있는 것이다. 더군다나 발표회 시간이 돼갈수록 들이닥치는 자동차의 물결로 인해 주차 문제와 관객 질서에 대한 문제들이 새롭게 야기되어 학생회에서는 지금 매우 당황하고 있는 중이었다.

성전특고의 행사 관리팀은 발표회의 진행을 순조롭게 컨트롤하기에도 정신이 없을 것이다. 게다가 최고의 VIP 손님들이 특별 심사 위원들로서 속속들이 도착하고 있지 않은가. 이쯤 되면 당연히 주변 정리는 학생들의 몫이었다. 그리고 또 교내 행사는 학생회 자체에서 해내는 것이 관례이기도 했다. 그러니 학생회에서 이 발표회를 성공적으로 사고없이 치러야 하는 의무와 책임을 갖게 됐는데…….

아무리 그래도 올해의 연주 발표회는 예년의 어떤 발표회하고는 비교도 안 될 정도의 큰 규모가 된 데다가 수준까지 확연히 달라 확실히 학생들만으론 감당하기에 버거웠다.

'그렇다면 운영 방법도 예년과 달라야 하겠지.'

"이름이?"

예지가 복도를 바쁘게 걸어가며 물었다. 그러자 예지의 뒤를 따르던 그 신입생이 실망과 약간의 서운함이 담긴 얼굴로 말했다. 입학해서 거의 두 달이 지났는데 예지가 자신의 이름을 모르고 있다는 것에 대한 서운함인 듯했다. 그래도 한예지에 대한 동경은 여전해 보인다.

"김봉선인데요."

이름이 소박하고 어울리게 예쁘다.

"그래, 봉선아. 그럼 지금부터 봉선이라고 부를게. 무리란 건 알아. 하지만 조금만, 한 30분 정도만 저 난리통 좀 정리해 봐라. 내가 곧 자원 봉사를 지원받아서 보내줄 테니까."

"네? 하지만 이렇게 갑자기 어디에서 자원 봉사 인원을 구하죠?"

봉선이가 고개를 갸웃거리며 마치 세일러문처럼 양쪽으로 묶은 머리를 절레절레 흔들었다. 그 모습에 예지가 잠시 걸음을 멈추고 입을 열었다.

'안 되면 되게 해야지!'

"학생회에 지원을 요청했던 몇몇 서클에 운을 띄우면 어떻게든 인원이 될 거야. 요사이 우후죽순처럼 동호회가 개설돼서 활동비를 제한적으로 지급했으니까."

"아, 네, 그렇다면 뭐……."

이제야 1학년만 부려먹는 것 아니냐고 은근히 항의를 하던 봉선이가 얼굴을 붉히며 말꼬리를 흐렸다. 일반 전형 학생들에 대한 은근한 차별과 학년에 의한 부당한 처사라고 생각해 반발했었지만, 사실 자신이 동경하는 선배에게 그런 태도를 보였던 것에 어쩔 줄 모르는 듯했다.

"저, 저기 선배님, 이것 좀 보세요. 재미있는 거 보여드릴게요. 준비… 하나, 둘, 셋!"

"……!"

예지가 갑자기 눈앞에서 봉선이가 꾸깃꾸깃 구겼던 종이가 화르륵 타오르자 깜짝 놀란 눈으로 바라봤다가 다음 순간 그 눈이 감탄의 눈으로 변했다. 그리고 그녀 앞에는 세일러문 머리의 덧니가 귀여운 소녀가 재가 된 종이 뭉치 대신에 장미 한 송이를 들고 있었다.

곧 봉선이가 쑥스러운 듯 배시시 웃으며 그 장미를 예지한테 주었다.

"전 마술 특기생으로 입학한 1학년, 클래스는 DⅡ예요. 하지만 장래 희망은 데이빗 커퍼필드를 능가하는 세계 최고의 마술사가 되는 겁니다."

'세계 최고.'

예지는 그 말에 표정을 굳히고 김봉선이라는 소박해 보이는 소녀에게 시선을 고정시켰다. 배시시 웃는 그 얼굴은 이제 막 고등학교에 입학한 소녀답게 아직 중학생 때의 치기가 남아 순수해 보였다. 그러나 방금 전 보여준 그 장기는 전혀 어린 소녀의 그것이 아니었다. 그것을 깨닫고 예지는 자신과 성전특고 내의 다른 학생들에 대해서 다시 한번 생각하게 되었다.

'이 학교의 모든 아이들이 세계를 목표로 해서 달리고 있다.'

그런데 나는 무엇을 목표로 최고가 되려 하지?

왜 하필 이 순간 그런 문제가 떠오르는지 모르겠다. 아무래도 연주 발표회 때문일 거다. 어쨌든 예지가 이런저런 생각에 복잡한 표정을 짓자 봉선이가 그 모습에 그녀가 화가 난 줄 알고 당황하여 허둥대는 것이 보였다.

"아앗! 저기… 예지 선배님, 그러니까 전 그냥 힘드신 것 같아서 힘내시라고 한 건데… 죄송해요. 불장난한 거 때문에 그런가요? 그치만……."

"까꿍!"

어? 방금 저 목소리는? 그리고 저 모습은?!

"도, 동희?!"

예지가 소리친 한가운데에 '신동희'라는 이름으로 알고 있는 무표정한 작은 꼬맹이가 갑자기 봉선이 머리 위에 매달려 깜짝 파티처럼 나타났다. 그 광경에 봉선이는 두 눈을 동그랗게 뜨고 얼이 나가 버렸다. 하긴 가뜩이나 불안정한 상태에서 무표정한 인형 같은 어린아이의 얼굴이 거꾸로 나타나 갑자기 눈이 마주친다면 저럴 수도 있을 거라는 생각은 들지만.

"아앗, 봉선아!"

예지는 마침내 제대로 비명도 못 지르고 기절해서 뒤로 쓰러지는 김봉선을 붙잡으러 뛰었지만 문제는 그것이 다가 아니었다.

삐익! 삐이익!!

"아라? 세일러문 언니가 쓰러졌네여? 그럼 앞으로 이 지구는 누가 지키죠오? 코오~ 세상은 정말 요지경이에요. 그래서 할 수 없네요. 결론은 앞으로도 둘기가 계속 동희랑 놀아줘야 한다는 거예요."

어, 어째서 그런 결론이 나오는 거지?

구슬픈 닭둘기의 울음소리까지 듣게 된 한예지는 머리 속이 새하얗게 탈색되었다. 신동희가 말썽쟁이란 건 신동민이에게 들어서 알고 있었지만 이 정도일 줄은 정말 몰랐다. 하긴 동희를 본 것은 항상 동희를 제어 가능한 신동민이가 옆에 있을 때뿐이었지만.

그런데 그건 그렇고 어떻게 된 일인지 날짐승인 둘기가 신동희의 손아귀에 잡혀 있는 것은 정말 이해 불가능하다. 저렇게 어린 꼬마한테 맹금이 순순히 잡히다니… 아니, 지금 그뿐만이 아니지 않는가. 둘기는 현재 신동희라는 무표정한 꼬마 악동에게 잡혀 이리저리 무자비하게 휘둘려지고 있는 것이다. 어린아이의 손아귀에서 한 번씩 휘둘려질 때마다 새끼 금응의 몸에선 가여운 금빛 깃털이 빠져 날리고 있었다. 듬성듬성 원형을 이루고 빠져 있는 것을 보니… 신경성 원형 탈모 증세 같다.

'동민이는 지금 어디서 뭘 하고 있는 거야!'

몸이 열 개라도 부족할 지경인 예지는 갑자기 신동희까지 나타나서 소동을 일으키자 머리가 아찔했다. 연주 발표회고 뭐고 더 이상 어떤 사건 사고도 없었으면 좋겠는데…

그러나 곧 예지는 생각을 정리할 시간적 여유조차 허락받지 못했다. 바로 다음 순간 들려온 금웅의 애처로운 비명과 무표정 속에 피어나는 웃음 덕분에.

"꺄아악! 신동희, 당장 그 손 놓지 못해!!"

"시져!!"

삐이이이이익~!!

"자신의 진정한 음악 세계?"

그때 동민은 그 어떤 소동이 일어나는 장소 거의 반대 편에 위치한 무대 대기실 중 한곳에 머물고 있었다. 그리고 자신과 관계된 어떤 소란이 있다는 것도 모른 채 계속되는 신동민의 혼잣말 같은 되물음. 세진이 그것을 무관심한 얼굴로, 또는 관심있는 얼굴로 천진한 미소를 지으며 소파에 편안히 기대어 다리를 꼬고 앉았다.

"그게 무슨 뜻이지?"

"훗! 글쎄요. 그것이 뭘 뜻하는 걸까요?"

"장난치지 마!"

말장난 같은 유세진의 말투에 동민이 마음에 안 든다는 얼굴로 거칠게 내뱉자 세진의 대답도 무섭도록 재빨리 되돌아왔다.

"장난 아닙니다!"

세진의 짙은 검은 눈동자가 그 순간 끝을 알 수 없을 만큼 깊고 차갑게 한기(寒氣)를 발했다. 감히 열여섯 소년의 눈이라고 상상할 수 없을 정도의 섬뜩한 차가움이다.

"이 순간 전, 그 어느 때보다 진지합니다."

동민은 그런 세진의 얼굴을 매섭게 쏘아보았다. 항상 경계하고 조심해야 할 인물. 평소 생글거리던 녀석이 언뜻언뜻 이런 모습을 보일라치면 그 사실을 더욱 뼛속 깊이 새기게 된다. 무엇보다 그 속을 알 수 없으니……

"아, 물론… 믿거나 말거나이지만요."

그리고 또 그 순간 유세진은 다시 생글거리는 얼굴로 돌아와 있었다.

"무슨 뜻이냐고 하셨죠, 동민 군? 그리고 전 '글쎄' 라고 했고요. 말 그대로입니다. 알 수 없죠, 아직은."

세진이 어깨를 으쓱이며 가벼운 제스처를 취해 보였다.

"좀 전에 말한 그것들은 '자료' 일 뿐이거든요. 약간의 정보 제공이라고 생각하십시오. 어떤 게임이나 스포츠 경기를 보더라도 약간의 사전 지식이 있어야 100% 즐길 수 있기에 해드린 이야기였을 뿐입니다. 유세진의 친절한 정보 서비스 한마디라고 이해하시면 되겠네요."

"헛소리! 좀 전의 네 말들을 단순한 사전 정보 서비스라는 걸 믿으라고?"

"네."

동요가 없다.

자신의 비꼬는 어조에도 변함없이 온화한 세진의 안색에 동민이 미간을 찌푸렸다. 신동민은 바보가 아니었다. 아니, 오히려 그 반대였다.

동민은 유세진이 최근 주목하고 있는 두 인물이 바로 강제경과 민제후라는 것을 알고 있었다.

유세진의 분석 리스트.

동민이 임의로 그렇게 부르는 그것은 성전특고 내에 중요 인물이나 주목할 만한 아이들에 대한 프로필과 정보 일체가 조사되어 있다고 생각되어지는 것이다. 아마도 학생들 중에는 일반 전형 학생들을 제외한 성전특고의 모든 학생, 즉 특별 전형 학생들 전부가 유세진의 분석 리스트에 올라 있을 것이다. 일반 전형생들은 평범한 아이들이므로 그의 관심 범위와 수준에서 벗어나기 때문에 빠져 있는 것이고. 물론 가끔 예외도 있지만.

'그런데 그 예외 중 핵심 인물이 바로 '민제후' 일 테지.'

그것도 예상치 못했던 충격적인 예외! 모르긴 몰라도 민제후라는 인물의 등장은 유세진에겐 방심한 사이 뒤통수를 맞은 것과 같은 적지 않은 충격으로 다가왔을 것이다. 급하게 알아보았더래도 생각보다 별소득도 없었을 터다.

「민제후」.

리스트에조차 없었던 평범한 일반 전형 합격생.

배경이나 성적도 별 볼일 없다고 생각했고, 뛰어난 능력이 있는 것도 아닌, 그저 그렇고 그런 '평민' 중의 하나.

그런 인물이 어느 날 갑자기 아이들 사이에서 주목받는 인물로 혜성처럼 떠오르기 시작했으니…

믿을 수 없을 정도로 파격적인 특급 클래스의 편입이 문제가 아니었다. 제후의 거칠 것 없는 행동거지와 이상한 이름으로 결성한 알 수 없는 목적의 스터디 서클. 게다가 처음으로 사귄 친구가 일반 전형 주제에 전체 수석이라는, 특별 전형 학생들에겐 눈엣가시 같은 건방진 신동민이라는 것이 시선을 끌었을 테다.

그렇게 세진은 자신이 예상 못한 인물이 의외의 행동을 벌이고 다니는 것이 충분히 신경 거슬렸을 테고, 자신의 리스트에조차 이름도 없는 그저 그런 평범한 일반 전형생이 특고 내를 휘젓고 다니며 보이지 않는 새로운 바람을 일으키고 있다는 것, 그것이 그의 자존심을 긁었을 수도 있다. 게다가 얼마 전 우연찮게 밝혀진 경악할 만한 민제후의 엄청난 배경이 그 자존심에 소금까지 뿌린 격이 되었을 수도 있다.

적어도 처음엔 그렇게 생각했었다. 그런데 요즘은… 요즘은 그것 이외에도 세진에게서 느껴지는 적대감에 또 다른 이유가 있을 수 있다고 생각되어진다. 지난 며칠 간 제후를 도우면서도 제후를 쳐다보는 세진의 시선이 때때로 섬뜩하게 일그러지는 것을 본 이후로.

그래서 그런가? 시간이 갈수록 동민은 유세진이 말하는 '재미' 라는 단어가 '위험' 이라는 말, 또는 '제거 대상' 에게 붙이는 수식어처럼 느껴지고 있었다. 어쩌면 민제후는 가장 가까운 곳에 가장 위험 인물을 두고 있는 것인지도 모른다. 아주 위험한.

"…날 바보로 아는군."

중얼거리는 신동민의 말에 유세진이 비스듬하게 고개를 들어 쳐다보았다. 탐색하듯 물끄러미 바라보는 시선. 그러나 곧 세진은 얼굴 한가득 생긋 웃음을 띠며 말을 이었다. 유세진의 천진난만한 미소가 오늘따라 더욱 해맑다. 그리고 그것에 더욱 기분이 나빠지는 동민이었다.

'음습한 녀석… 대체 저 녀석 어디가 천사 같다는 거야?!'

"쿡쿡, 바보라뇨? 어디 가서 신동민을 바보라고 하면 모두들 저보고 미쳤다고 할 텐데요? 그런데 그럴 리가 있겠습니까? …아아, 좋습니다. 내 생각이라… 이번 발표회에 대한 제 생각을 듣고 싶다, 그거죠?"

"훗! 서로 할 말만 하자. 넌 어차피 네 생각을 말해 줄 참이었잖아. 괜히 사람 갖고 놀지 마. 피곤해."

동민이 목 뒤를 주무르며 유세진에게서 좀 떨어진 곳에 있는 긴 모양의 소파로 다가갔다. 어제까지 풀가동시킨 두뇌가 과부하로 비명을 지르는지 아직도 머리가 지끈지끈했다. 그런 상황에서 영양가없는 말싸움은 정말 하고 싶지가 않다. 동민의 '장난' 과 '헛소리' 란 말뜻은 바로 그것이었다. 세진이 녀석이 어차피 해주려고 마음먹은 얘기를 가지고 자신의 속을 떠보려고 하는 것이다. 피곤해 죽겠는데.

"오~ 역시 신동민 군! 놀라운데요?!"

"그깟 걸로 비행기 태우지 마. 그런 걸로 칭찬받으면 기분만 나빠져. 네 녀석은 처음부터 할 생각 없는 이야기였으면 운도 띄우지 않았을 거 아냐. 그리고 만약 정말로 말하고 싶은 생각이 없다면 내가 아무리 다그쳐도 절대 입을 열지 않을 텐데 왜 서로 힘을 빼야 하지? 시간이 남아도는 모양이군. 너 혼자 놀아."

흔들리는 걸음으로 긴 소파에 다가가 보니 두툼한 담요가 펼쳐져 있는 것이 보였다. 엉망으로 뭉쳐 올려놨는지 구겨진 모양새로 불룩해 보였지만 잘 펴서 덮으면 좋은 잠자리가 될 것도 같다.

발표회까지 아직 몇 시간 남아 있으니 눈이라도 좀 붙여야…

"이름 민제후, 소속은 클래스S0, 전공은 아직 클래스A로 설정되어 있고, 지난 평가 자료까지를 바탕으로 본다면 특별히 뛰어난 분야는 보이지 않음."

그 소리에 담요로 손을 뻗던 동민의 손이 공중에서 멈칫 멈춰 섰다.

"좋아하는 음악 특별히 없음. 좋아하는 노래 '립스틱 짙게 바르고', '남행열차', '소양강 처녀' 등 대중적인 가요를 주로 즐김. 피아노 경력은……."

고개를 돌려보니 유세진이 중앙 소파에 다리를 꼬고 앉아 여유롭게 자료를 읊는 것이 보였다. 뿔테 안경 밑의 세진의 두 눈동자가 신동민에게 고정되어 있었다. 피식 웃는 작은 소년의 새하얀 얼굴 위로 푸르른 검은 머리칼이 흔들린다.

"달랑 2주."

유세진, 비웃는 건지 재미있다는 건지 애매한 경계를 보이는 미소를 지었다. 새까만 검은 머리를 가진 전형적인 모범생 이미지의 소년이 전자수첩을 교복 상의 주머니에 넣으며 동민을 향해 손가락 두 개를 뻗어 장난스럽게 흔들고 있었다.

"그에 반해 강제경은 진짜 천재. 그건 의심의 여지가 없습니다. 성전특고라는 영재 집단 내에서도 군계일학(群鷄一鶴)일 정도로."

"뭐야? 승률을 점치는 건가? 쓸데없는 짓을……."

"하하! 네, 맞습니다. 저도 처음엔 그런 생각마저 들더군요. 그 강제경에게 약점이란 보이지 않았죠. 그런데 전 다른 방향으로 다시 생각해 보았습니다. 정말 그 천재 소년은 약점이 없는 것일까? 정말 완벽한 것일까? 그럼 이 승부는 불 보듯 뻔한 결론이 나올 것인가? …그렇게 생각해 보다 보니 갑자기 의외인 곳에서 한 가지 약점을 발견하게 되었죠."

'약점?'

뻔한 결론이라 생각해서 긴장감 대신 괴물 녀석―제후―이 망신당하는 순간에 통쾌하게 웃어주리라며 초인적인 정신력으로 몸을 일으켜 교복까지 챙겨 입고 학교에 왔는데, 느닷없이 강제경의 약점을 듣게 되었다.

세진이 어리벙벙한 얼굴을 하고 있는 동민을 힐끔 쳐다보다가 앉아 있던 소파에서 벌떡 일어서며 말했다.

"바로 강제경이 '천재'라는 것!"

천재라는 것 자체가 약점이라니… 무슨 소린지 잘 알아들을 수가 없었다.

"좀 더 높은 위치에서 내려다본다면 그 '천재'라는 타이틀이 약점이 되는 겁니다. '천재'라고 불리는 것은 어른들이 요구하고 기대하는 바를 완벽하게 충족시켜 주고 있다는 의미도 되는 거죠. 즉, 강제경 군이 과연 어른들이 시키는 대로가 아닌 자신만의 진정한 음악 세계를 펼쳐 본 적이 있을까… 라는, 그런 결론이 나옵니다."

그 순간 검푸른 머리칼의 소년이 창가로 걸어가던 걸음을 우뚝 멈춰 섰다.

"얄궂게도 '천재'라는 타이틀 그 자체가 강제경의 천재성을 죽여가고 있는 것이죠."

생긋 웃는 유세진의 옆모습이 정말 즐거워 보인다. 분명 뭔가 또 다른 '재미'를 찾은 얼굴. 저 작은 머리 속에서 지금 어떤 계획들이 그려지고 있는 것일까?

동민은 마치 유리벽 안을 들여다보는 듯 주변 인물들을 속속들이 파헤쳐 이용하는 유세진의 모습에 가슴 한쪽이 서늘해지는 걸 느꼈다.

"너……."

"아, 그런데 이번 발표회에서 그 약점이 어느 정도 영향이 있을지… 그걸 알 수 없다는 것이죠. 처음부터 강제경과 엇비슷한 실력이 아니라면 애초부터 그건 '약점'이 될 수 없으니까요. 수준부터 차이가 나는 연주자에게 그것은 '약점'이 아니라 다시 '천재'라는 타이틀로 다가가게 될 겁니다. 그리고……."

동민의 말을 자른 세진은 피식 웃으면서 고개를 숙여 손가락으로 안경을 가볍게 올렸다.

"오히려 상대의 승부 의지부터 꺾어버릴 겁니다."

동민은 자신을 향해 고개를 돌린 검은 머리의 소년을 뚫어지게 쳐다보았다. 뭔가 다른 생각을 가지고 있다는 건 알겠는데 무슨 생각을 하고 있는진 도무지 들여다볼 수가 없다. 분명 무언가 투명하지 않은 계획을 갖고 있다는 건 알겠으나…

그런 복잡한 동민의 심경을 아는지 모르는지 세진은 창가에서 쏟아져 들어오는 햇살의 커튼 아래 두터운 뿔테 안경을 빛내며 웃고 있다. 안경알이 햇빛을 반사하여 소년의 눈에 떠오른 표정은 읽을 수가 없었다.

"훗! 복잡하게 말하는군. 결론은 제후에게 승산이 없다는 걸 말하고 싶은 거잖아? 그건 너처럼 이것저것 잡다하게 따지지 않아도 이미 모두가 알고 있는 사실이라구."

"…그럴까요?"

"그럼 다르다는 건가?"

"글쎄요."

또 그놈의 '글쎄요'군.

'재미있어서'라는 말 다음으로 짜증나는 대답. 세진이 녀석의 생글거리는 얼굴로 저런 애매모호한 대답을 할 때마다 동민은 속에서 울컥거리는 것이 올라오는 기분이었다. 도발에 넘어가기 싫어 참고는 있지만 정말 유쾌하지 않은 인간이다.

겉으로 보기에는 빈틈없는 모범생에 용모 단정, 거기에다 성실하고 구김없는 밝은 미소와 천사 같은 천진난만한 이미지.

하지만 검은 안개로 감싸인 것 같은 어둡고 짙은 유세진의 눈동자를 마주할 때마다 그런 겉모습에서 오는 착각이 얼마나 위험한 것인가를 깨닫게 된다. 자신보다 키도 훨씬 작고 두 살이나 어린 녀석에게 주시당하고 놀림받는 듯한 느낌이라니… 정말 불쾌하기 짝이 없다. 아니다. 정확히 말하자면 오싹한 느낌까지 든다고 할까? …목이 탄다.

"쿡쿡… 뭐, 좋습니다. 어느 쪽이든 몇 시간 뒤면 금방 알 수 있을 테니. 그나저나 동민 군은 참 상냥하시군요."

"뭘 말이지?"

동민은 물이라도 한잔 마셔야겠다라고 생각하며 한쪽에 마련된 음료 테이블로 가서 유리컵에 주전자를 기울였다. 날카로워 보이기까지 한, 샤프하고 스마트한 소년의 목소리가 잔에 따라지는 물처럼 평이하게 흘러나왔다.

…피곤해. 역시 너무 피곤하다. 유세진 같은 녀석을 상대하기엔 지금의 황폐한 정신 상태론 무리인 것 같다.

그런데 그때 들려온 의외의 말소리.

"동민 군은 오늘 제후 군이 발표회에서 떨어지게 될 때를 걱정해서 나온 거 아닌가요?"

"푸웃!!"

지금 무슨 소리얏!!

"우, 웃고 있네!! 난 그 자식 망신당하는 꼬락서니를 구경하러 나왔을 뿐이야! 얼마나 꼴사납게 떨어지는지 가까이에서 지켜봐 줘야지!

안 그래? 그런 좋은 구경거리를 놓칠 순 없잖아?"

동민이 사레가 들려 콜록이며 기침하다가 기침이 잦아들자 고개를 획 돌리고 거칠게 항의했다. 사레가 심하게 들린 모양인지 얼굴로도 피가 몰리는 느낌이다.

젠장! 오늘은 스타일 다 구기네. 그런데 여긴 왜 이렇게 더워?!

"호오~ 제대로 서 있기도 힘든 그런 몸 상태로 말입니까?"

"……"

뿔테 안경의 작은 소년이 빙글빙글 웃으며 말하는 그 소리에 동민은 마땅히 대답할 말이 떠오르지 않았다. 그래서 그는 어이없게도 태어나서 처음으로 말을 잃어버리고 금붕어처럼 입만 뻐끔거렸다. 그 모습에 유세진이 입가에 미소를 띠며 말한다.

"제후 군은 정말… 좋은 친구를 많이 둔 것 같군요."

고개 숙인 세진의 얼굴. 사라락 가려진 검푸른 머리칼 안에 순간적으로 소름 끼치는 표정이 스치고 지나갔다고 느낀 건, 왠지 그 미소가 찰나간 비틀려 보였다는 건 정말 착각인가?

"쳇! 쓸데없는 소리! 난 더 이상 너랑 말씨름할 생각 없어. 그만 잠이나 잘 거야. 그러니까 발표회 시작할 때까지 절대 건들지 마!"

"엇? 저, 잠깐, 그쪽은……."

'음흉한 자식! 내 언젠가 네 녀석의 속셈이 뭔지 속속들이 밝혀내 버리겠어!'

세진이 뭐라고 부르는 소리가 들렸으나 동민이 못 들은 척하며 담요가 두툼하게 뭉쳐져 있는 긴 소파로 몸을 던졌다. 잠자리를 정리하고 나서 몸을 눕혀야겠다는 생각은 더 이상 안 들었다. 평소 깔끔 떨기로 유명한 신동민이었지만 지금만큼은 머리만 닿으면 어떤 곳에서라도 잘 수 있을 것만 같았다. 유세진이라는 이름의 인물과의 대화로 그나마 조금 남아 있던 기운이 모두 빠져나간 기분. 저 작은 녀석과의 대면은 항상 사람의 에너지를 급속도로 소모시킨다. 다른 때도 아니고 어제 뒤의 '오늘'과 발표회 직전의 '지금'에는 이 이상 기운을 소진시키는 것이 자기 자신만 손해라고 생각해 이를 악물었다.

'그래도 제후 녀석보다는 나을지도… 만약 지금 그 녀석을 만난다면 난 신경 쇠약에 걸릴지도 몰라. 그래, 차라리 이게 낫지. 어휴~'

그때였다.

"꾸에에에에엑~!!"

"우아악! 뭐, 뭐야?!"

갑자기 등에 닿는 익숙치 않은 쿠션과 돼지 멱 따는 비명 소리에 동민이 기겁을 해서 일어났다. 도대체 이번엔 또 뭐야!

"우… 억… 힝~ 나… 죽는다, 동민아… 꼬르륵……."

담요를 둘둘 말고 바닥에 떨어져 있는 물체는 사람 같은데… 그럼 담요가 불룩했던 건 그 때문이었나?! 그런데 어딘가 상당히 낯이 익다. 잘은 안 보이지만 요란하게 떨어져 바닥에 널브러진 담요 사이에서 보이는 저 특이한 금갈색 실들은…… 으윽!

신동민이 식은땀을 삐질삐질 흘리며 창백한 얼굴로 황당해하자 뒤쪽에서 재미있어 죽겠다는 듯, 웃음을 참는 기색이 역력한 유세진의 목소리가 들려왔다.

"그래서 제가 말씀드리려고 했는데 듣지 않으시더니… 쯧쯧, 제후 군이 그곳에서 자고 있었거든요. 아! 잔다고 하기보다 정신을 잃고 있었다고 해야 하나요? 킥킥, 약 한 시간 전쯤인가? 김 비서님이 성전저택 음악실에서 발견했다고 하시면서 제후 군을 여기에 떨궈놓고 가셨죠. 그리고 전 바로 그의 '감시자' 구요. 김 비서님이 도련님이 도망가지 않게 도와달라고 부탁하셨지만 감시할 것도 없어서…… 이렇게 보시다시피 말이죠."

단정한 사립 고교 교복을 입은 검은 머리의 소년이 어깨를 으쓱이며 가벼운 제스처를 취하자 주먹을 틀어쥐고 끓어오르는 뭔가를 참고 있던 또 다른 소년의 고함 소리가 마침내 터져 나왔다.

"너, 이 자식… 민.제.후!!"

'이런이런……'

세진은 한바탕 소란 뒤에 신동민이 있는 대로 화를 내며 아직도 잠에 취해 징징대는 민제후를 끌다시피 해서 데리고 나가자 고개를 절레절레 흔들며 웃었다. 덜컹거리는 문소리. 대기실에 혼자 남으니 갑자기 적막이 찾아와서인지 아담하게 꾸며진 그곳이 너무나 넓게 느껴졌다.

신동민이 특별히 뭔가에 화가 난 것은 아닐 것이다. 저것 모두 민제후라는 소년을 걱정하고 위하는 그만의 표현이라고 생각된다.

모든 걸 다 가진 것 같고, 이미 누구도 감히 올려다보지 못할 최고의 위치, 힘의 중심에 서 있는 친구.

하지만 그것의 몇 배에 달하는 위압적일 정도의 책임감과 의무, 자유의 구속, 게다가 가주로서 요구되는 의연함과 필수적으로 받아넘겨야 하는 적대적인 친인척들의 노골적인 경멸, 그리고 회사 내 그의 존재를 반대하는 세력에 대한 견제 등… 아직 고등학생으로선 상상도 하지 못할 상황에 홀로 서 있는 한 친구에 대한 걱정일 테다. 부끄러움과 어색함에 마음만큼 따뜻하게 표현 못하고 저렇게 화를 내는 것으로 나타내고 있는 것이다. 그 단적인 예로 신동민, 그 자신의 몸도 극도로 불안정한데도 오늘 굳이 나오지 않아도 되는 학교를 무리해 가며 나오지 않았는가. 약간의 피로라며 태연한 척했지만 감출 수 없는 창백한 안색과 평소와 달리 단정하지 않은 자세 등이 그가 오늘 충분히 무리하는 중이란 걸 알려주었다. 게다가 겉으로는 불같이 화를 내면서도 제후의 잠을 깨워야 한다며 억지로 세수시키러 간다며 챙기기까지…

세진이 키들거리며 피어 오르는 비웃음에 입꼬리를 말아 올렸다.

웃기는군. 가식과 위선이 아니라면 우습기 짝이 없어.

"가만가만… 이제부터 나도 슬슬 움직여 봐야 되지 않을까?"

우정이라… 그게 어디까지 갈런지. 훗!

'응?

발소리?

세진이 혼자만의 생각에 빠져 있다가 적막 속에 자신 이외의 물체가 내는 소리가 들려오자 긴장하며 반사적으로 문 뒤로 몸을 숨겼다. 이 시간에 이렇게 외진 곳까지 들어올 진행 요원이 있을 리 없었다. 발표회가 몇 시간 남지 않아 한창 바쁠 이때 그들이 여기까지 일부러 들어올 리가 없잖은가?

그런데 그 순간 들려오는 목소리들.

"꼬마야, 이쪽이래. 한눈팔지 말고 이리 와."

"동희야, 동희! 신동희! 난 꼬마가 아니라구."

"어쨌든!"

성전특고 교복을 입은 한 여학생과 6~7세 정도로 보이는 작은 꼬마 소녀가 복도를 걸어오고 있는 중이었다. 둘 다 세진에게 낯이 익은 얼굴.

저 아이들은?!

"그런데 너, 정말 신동민 선배님 동생 맞니? 전혀 웃지도 않고. 으~ 정말 귀염성없는 꼬맹이."

"쿄오~ 봉선 언냐, 아까 동희 땜에 기절했다구 지금 화풀이하는 거야?"

"아냐!"

여학생이 작은 꼬마아이의 질문에 무심한 척 걸으며 내뱉는다.

그 여학생은 원래가 어려 보이는 인상인데다가 헤어스타일까지 양 갈래로 높이 올려 묶어 더욱 동안(童顔)으로 보였다. 특고의 교복이 아니었으면 중학생이라고 해도 믿었을 듯.

그리고 깜찍하고 인형처럼 예쁜 작은 꼬마 소녀는 무표정한 얼굴에 떠 있는 큰 눈이 매우 인상적이었다. 특이한 디자인의 모자를 쓰고 그 커다란 두 눈으로 말똥말똥 쳐다보며 쫑알쫑알 말하는 것이 마치 인형 가게 진열대 위를 장식해 놓은 진짜 수재 인형 같아 보였다.

그러나 무엇보다 가장 돋보이는 것은 그 두 인물이 투닥거리는 모습이 열 살의 나이 차이에도 불구하고 똑같다는 것에 있었다.

"저리루 가면 정말 우리 오빠가 있어?"

"응, 그래. 그러니까 좀 조용히 해봐라. 저기에 동민 선배님이 계실 거야. 아까 저쪽에서 다른 사람들도 선배님이 이쪽 대기실에 있을 거라고 했잖아. 어떻게 넌 쬐끄만 게 의심도 그리 많니?"

"이 세상이 워낙 요지경 속이잖아. 그리고 세상에 믿을 놈 하나 없다는 말도 몰라? 언냐는 그렇게 순진해서 어떻게 이 험한 세상을 살아가려구 그래?"

무표정한 아이의 입에서 말이 터지자 그 황당한 내용과 나이에 어울리지 않는 어조에 마치 세일러문처럼 양쪽으로 길게 올려 묶은 머리 모양의 여학생이 식은땀을 흘리며 굳어버렸다.

"자고로 이 세상을 멋지게 살아가기 위해선 여자는 우선 돈 많고 힘 좋은 남자를 잡아야 하는 거샤, 언냐. 그리고 무엇보다 남자는 힘이 가장 중요해!"

계속되는 꼬마 신동희의 황당 강의.

그 꼬마 소녀의 한마디 한마디에 같이 동행한 여학생은 얼굴이 새빨개져서 입을 다물지 못하고 있었다. 아직 초등학교도 들어가지 않은 꼬맹이한테 그런 소리를 들었다는 것이 믿겨지지가 않는 모양이었다. 반사적으로 몸을 숨겼던 세진은 가까이 다가온 그들을 관찰하다가 그 모습에 하마터면 웃음이 터질 뻔하였다. 순간적으로 누군가의 모습이 겹쳐 보였었다.

설마 동희 양이 제후 군의 수제자?

"어머머! 얘… 얘가 아까부터 못하는 소리가 없어!"

"아라? 뭐가? 남자가 힘이 좋아야 밤마다 동희 어부바도 해줄 수 있잖아. 그런데 그게 왜?"

"어… 어엇?"

뭐가 이상하냐고 두 눈을 동글동글 굴려가며 순진하게 물어보는 신동희의 질문에 할 말이 없어진 여학생이었다.

"그것도 몰랐단 말이야? 에궁~ 언냐, 진짜 나중에 어쩌려고 그러우?"

"아아~ 그, 그런 뜻이었니?"

"호오~ 언~냐! 뭔가 다른 거 있는 거지? 그치? 뭐야? 뭔데? 언냐는 뭘 생각한 건데에? 웅? 웅?"

넘겨짚은 어떤 생각이 상당히 떳떳치 못한 듯. 꼬치꼬치 캐묻는 동
희의 말에 봉선이라는 여학생은 막다른 골목에 다다른 것 같았다. 그
런 그녀에게 드디어 찾아다니던 특별 대기실의 문이 등장한 것은 정말
반갑기 그지없는 것이었다.

"호호호… 저, 음, 언니는… 그러니까… 아, 여기다! 다 왔다. 여기
가 대기실이네. 동희야, 금방 찾았다. 그치?"

"그거야 당연하지. 이쪽 복도에는 문이 이거 하나뿐인걸."

"이게! 이 언니가 그렇다면 그런 거야. 실례합니다~"

똑똑.

그녀가 한쪽에서 들려오는 '독재자'라는 쫑알거림을 무시하고 살짝
열려 있는 대기실 문을 조심스럽게 밀며 목소리를 높였다. 하지만 되
돌아오는 것은 잔잔한 고요. 반쯤 열린 문으로 햇살이 평화롭게 비추
는 아담한 대기실이 그녀들에게 보여졌다.

바닥의 푹신한 카펫과 편안해 보이는 의자와 소파. 사람이 있었다는
흔적처럼 어질러진 테이블과 담요는 자연스럽게 다가오는 이미지. 그
리고 숲이 보이는 유리창은 살며시 열려 있어 하얀 커튼이 투명한 창
위로 산들산들 바람에 흔들린다.

그러나 인기척은 느껴지지 않았다. 따뜻하고 평화로워 보이지만 그
정경 사이에서 정작 찾아다니던 한 사람의 모습이 보이지 않자 아무리
멋진 공간이라고 해도 실망스러울 수밖에 없다.

"이상하다? 분명 선배님이 이리로 간 걸 봤다는 사람이 있는
데……."

"왜 그래? 오빠가 없어?"

"응. 이상하네. 동희야, 너 여기에서 잠깐 기다리고 있어. 언니가 이

근방을 좀 찾아보고 올게."

　오랜만에 학교 최고의 명물 중의 하나인 신동민이라는 선배를 가까이에서 보게 됐다고 들떠 있던 봉선은 이렇게 되자 약간 풀이 죽은 얼굴이 되어 동희를 대기실 문 앞에 두고 어딘가를 향해서 뛰어갔다.

　덜렁대며 달리는 폼을 보아하니 동희는 별로 믿음이 안 가는 듯해 보였지만 자기에게 당부한 말에는 수긍한 눈치다. 조금 이상한 분위기를 느꼈지만 동희는 고개를 조금 갸우뚱하다가 문을 열고 대기실로 들어섰다. 그런데 그때!

　"꺄아… 우읍!! 읍!!"

　동희는 갑자기 코와 입을 틀어막는 흰 수건과 공중으로 떠오른 두 다리를 느끼고 있는 힘껏 비명을 지르며 발버둥쳐 댔다. 하지만 비명은 수건에 막혀 새어 나오지 않고, 팔다리는 이미 몸이 괴한에게 잡혀 공중으로 높이 들려진 상태라 공중에서 허우적거릴 뿐 별 효과가 없다. 그리고 동희가 자연에 널리 퍼져 있는 눈에 보이지 않는 존재들에게 도움을 청하기 직전, 숨을 틀어막고 있던 수건에서 맡아지는 약품 냄새에 마침내 정신을 잃어버리고 말았다. 흐려지는 정신과 함께 늘어진 인형 같은 작은 소녀의 몸.

　"이런이런, 쯧쯧……."

　그때 뒤에서 갑작스런 기습으로 어린 소녀를 기절시킨 괴한이 안타깝다는 듯이 혀를 찼다. 한 손에는 가볍게 찰랑이는 작은 약병. 의외로 맑은 미성을 가진 그 인물은 효과 만점의 마취약이 들어 있는 작은 병을 흔들며 잠시 쳐다보다가 처음부터 그것이 들어 있었던 상의 안쪽 주머니로 약병을 되돌려 놓았다.

　적막함 속에 가벼운 구두 소리가 울렸다. 그리고 그 메아리와 함께 그늘에서 나타나는 얼굴은…

"모두들 이렇게 빈틈이 많아서야… 제가 전부터 누누이 이야기했을 텐데요, '누가 친구' 냐고."

…유세진!

세진이 축 늘어진 동희의 작은 몸을 가볍게 안아 들어 대기실 안의 소파로 옮겨 얌전하게 눕혀놓았다. 정신을 잃은 꼬마 소녀의 흐트러진 머리카락과 모자를 정리해 주는 모양새는 방금 전 그런 짓을 저지른 사람답지 않게 자상하기 그지없다. 단정한 소년의 얼굴에 해맑은 미소가 피어 올랐다.

"후후, 이 정도면 제 운도 제후 군에 못지 않은 것 같군요. 굳이 찾으러 가지 않아도 이렇게 꼭 필요한 '인형' 이 스스로 찾아오니 말입니다."

세진은 마지막으로 정신을 잃은 신동희의 복숭아빛 뺨을 귀엽다는 듯 톡톡 두들겨 주고 일어서서 쓰고 있던 두꺼운 뿔테 안경을 벗어 상의 주머니에 넣었다. 투박하고 사람을 한없이 정리 정돈되어 보이게 만들던 그 물체가 사라지니 원래의 눈의 이미지가 솟아 나왔다. 하지만 여전히 즐거움이 가득한 유세진의 눈동자. 그러나 이전과 달라 보이는 것은, 또는 새롭게 발견하는 것처럼 느껴지는 것은 그 눈웃음 속에 몇천 피트 지하 심해의 차가운 해수보다 더 섬뜩한, 잔인한 즐거움이 서려 있다는 것이었다.

"역시 오늘 같은 이벤트에는 이런 긴장감과 박진감이 들어가야 재미있죠."

그리고 그 잔인한 눈동자가 아무 죄책감 없이 반짝였다.

유세진이 모범생 이미지를 벗어던지자 전혀 새로워진 분위기로 핸드폰을 꺼내어 전화를 걸었다.

"접니다. '인형'이 준비됐으니 시작하시죠. 제가 스콜피온에게 약속했던… 그 '시간'입니다."

오랫동안 준비해 왔던 뭔가를 시작하는 모양이었다. 통화 내용을 듣자니 오늘 이미 모든 것을 준비시키고 있던 듯한데…….

푸른빛 도는 새까만 머리카락이 흩어진 소년의 새하얀 얼굴에 만족스런 미소가 물컵에 떨어진 잉크처럼 번져 갔다. 맑은 물잔에 떨어진 한 방울의 검은 잉크가 퍼져 가듯이 점차 강렬한 어둠으로 잠식되어 가는 세진의 얼굴, 그리고 그 얼굴이 천천히 내뱉는 말은 정말 상상할 수도 없을 만큼 즐겁고 유쾌하다.

탁!

"마침내 제후 군을 위한 쇼 타임이 시작됐군요."

생각보다 아주 간단하게 끝난 통화.

핸드폰 폴더를 닫아 처음에 꺼내 들었던 교복 재킷 주머니로 되돌려 넣으면서 세진이 꼬마 인질을 힐끔 바라보며 생긋 웃곤 펜을 꺼내 들었다. 학교 기념품 볼펜이었지만 테이블 위의 메모지에 간단한 메시지를 남기는 데는 아무 지장도 없어 마지막까지 밝은 표정을 유지하며 혼자 중얼거린다.

"이제 강제경 쪽에만 조금 손을 보면 준비 완료입니다. 음, 아주 약간의 압박감 정도면 어떨까요? 오늘 전 절.대. '천재'의 명성 그대로의 연주를 듣고 싶거든요. 후후후……."

종이 위를 매끄럽게 굴러가던 볼펜이 우뚝 멈춰 섰다.

"자, 이제 어떻게 할 건가요, 민제후 군?"

있는 힘껏 눌러 쓰는지 종이 위에 멈춰 서 있는 볼펜이 부러질 듯 휘어졌다. 그리고 점점이 과하게 흘러내리는 검은 잉크… 그러나 그것과는 대조적으로 유세진의 하얀 얼굴에는 천사 같은 순수한 순백의 미소가 햇빛 아래 환하게 빛나고 있었다. 비록 그의 두 손은 망가진 펜에서 흘러내린 잉크로 검게 물들었다고 해도 말이다.

제3장 삶의 최고 우선 순위 I

웅성웅성—

엄청난 인파다.

인파(人波)… 사람의 물결.

정말 그렇게밖에 표현할 길이 없는 광경이 한 소년의 눈앞에서 벌어지고 있었다. 아무리 성전특고라 해도 특고 사상 이렇게 수많은 사람들이, 단지 학생들의 발표회를 보기 위해 몰려든 적이 있었을까? 성전특고 예술관 대강당. 그곳의 콘서트홀을 2층 관람석까지 개방하였음에도 사람들로 북적대는 광경이란… 가히 장관이라 말할 수 있었다.

'내가 저 많은 사람들 앞에서 연주를 한다라……'

"어이~ 이봐, 강제경!"

"응?"

제경은 무대 뒤 통로를 가리는 붉은 커튼 뒤에서 관객석을 멍하니 바라보며 상념에 잠겨 있다 누군가가 자신을 부르는 소리에 깜짝 놀라 고개를 돌렸다.

그곳에 있는 건 의외로 두어 명의 학생들.

귀한 집 자식인 듯 고생한 흔적이 보이지 않는, 깔끔하고 단정한 온실 속 화초 같은 인상의 교복 차림 아이들이 보였다. 얼굴들도 낮이 익고 발표회 참가자 번호가 얼핏 보이는 것을 보니 같은 클래스B의 학생인 듯. 하지만 호의적이지 않은 눈초리가 그들이 제경을 마음에 들어 하지 않는다는 걸 아주 적나라하게 드러내 보인다. 그 눈에 담긴 것은 '열등감'이라고 표현해야 할까?

어쨌든 그들도 성전특고 예술 전공 최고 레벨 클래스에 있는 만큼 최고의 재원으로서 자부심에 가득 차 있건만, 오늘 같은 날 '천재'라는 타이틀을 가지고 있다는 이유로 모든 스포트라이트를 강제경이라는 출신 성분도 알 수 없는 서민 녀석에게 빼앗긴 것이 분한 모양이었다.

마침내 제경의 앞을 가로막고 있던 아이들의 입에서 이죽거리는 목소리가 튀어나왔다.

"호~ 맞네? 뒤에서 보니 오늘따라 너저분하지 않고 그 더벅머리도 비교적 단정하길래 아닌 줄 알았더니. 교수님들의 총아(寵兒)이시자 한국 음악계의 기대주인 '천재 소년' 강.제.경.군."

"……."

제길… 상대를 말아야지.

제경은 미간을 찌푸리며 자신에게 주어진 개인 대기실로 걸음을 옮겼다.

보통 발표회 참가 학생들은 가족과 함께 있거나 친구들과 어울리기 때문에 대기실을 받지 않지만, 강제경처럼 자신의 차례까지 누구에게

라도 방해받고 싶지 않다던가 조용한 장소를 갖고 싶은 참가자는 사전에 진행 요원에게 대기실을 요청하고 개인 공간을 배정받을 수 있었다. 물론 전공 연구 발표회 당일 날은 그동안 자신을 가르쳐 주었던 전공 교수님들께 인사를 다니는 것이 관례이기 때문에 번거롭게 그런 요청을 하는 학생은 드물다. 그러므로 최근엔 학생이 대기실을 받았다고 한다면 발표회 준비가 덜 되었거나 연습을 조금이라도 더 해보고 싶은 실력에 자신없는 학생들, 특히 악기가 구비된 대기실을 요청하는 학생들은 그 관례 때문인지 언제부턴가 수준이 낮은 학생들로 치부되기 시작했다. 제경의 경우 실력이 없는 것은 아니나 그에게 적의를 가진 인물이 본다면 어떻게 비춰질지.

아나나 다를까, 제경이 향하는 곳이 연습실을 겸한 개인 대기실인 것을 알아차린 그 아이들은 이번엔 강제경 자체보다 그것을 가지고 실실 웃으며 비아냥댔다.

"뭐야? 대기실을 받은 거야? 천재 나으리도 연습이 필요하신가? 하하하!!"

"…야, 너희들, 어디까지 따라오려는 거야?"

그들의 비웃음에 제경이 복도에서 잠시 걸음을 멈추고 살짝 뒤쪽을 돌아보며 싸늘하게 말했다. 눈을 내리덮은 긴 앞머리 때문에 눈빛은 알 수 없지만 그의 목소리만으로도 충분히 위압감을 주었다. 하지만…

"흥! 뭐가 어때서? 혹시 우리가 있으면 연습하는 데 방해가 되니? 듣자 하니 클래스S의 햇병아리하고 이번 발표회에서 겨루기로 했다던데. 설마 그것 때문이야?"

제경의 싸늘한 말투에 두 남학생 사이에 있던 작은 여자 아이 하나가 앞으로 나서며 거만하게 물었다. 그것은 평소 피아노 전공 교수들에게 온갖 찬사와 총애를 배경으로 항상 자기 멋대로 굴던 녀석이 겨우 그런 녀석과의 맞대결로 긴장하냐라는 말뜻 같다. 그 소리에 제경의 눈이 자신을 따라오는 아이들의 의도를 파악하려는 듯 실처럼 가늘어졌다. 이들도 소문을 들은 모양이었다.

'저 녀석들… 무슨 속셈이지?

강제경과 민제후의 피아노 정면 승부.

알고 있는 게 당연했다. 원래 소문이란 조용히 안 보이게 하룻밤 새 천 리를 달리는 말이니 2주나 지났는데 이 성전특고에서 그런 특종을 못 들은 이가 없을 터였다. 하지만 그 끝이 뻔히 보이는 승부에 관심을 갖는 이는 없었다. 결투든 내기든 조금이라도 상대가 된다고 여겨져야 재미가 느껴지는 것인데 민제후라니.

'민제후'라고 한다면 지금은 특급 클래스 소속이라곤 하지만 바로 얼마 전까지는 클래스A의 최하위 레벨에 있던 소년 아닌가. 게다가 그 소년의 전공은 단순히 '학업'이었을 뿐이다. 조금이라도 음악에 재능이 있었다면 처음부터 전공을 클래스B로 선택해서 입학했을 것이다. 아니면 전과를 했던가.

만약 그 민제후가 전공이 클래스B였다면, 최하위 레벨인 IX이기라도 했다면 분위기가 지금과는 조금 달랐겠지만.

어쨌든 너무나 끝이 뻔한 대결이므로 어느 누구도 그 내기를 진지하게 생각하는 이가 없는 상황. 다만 모두들 강제경의 제멋대로 성질이 또 튀어나온 것뿐이라고 치부하고 있을 뿐이었다. 지금 제경과 맞서고 있는 두 소년과 한 명의 소녀도 그렇게 여기고 있었던 것이다.

한데…

그동안, 그리고 지금 이 순간까지 자신을 몰아치는 강제경의 모습이라니… 마치 자신의 모든 실력을 오늘 최대한 발휘하겠다는 결의 같지 않은가!

우연히 제경과 마주치게 된 아이들은 한 번도 볼 수 없었던 그의 진지한 그런 모습에 놀랍다기보다 비웃음이 마구 피어 올랐다. 그들의 얼굴은 이러하다.

'그 대단한 천재 나으리를 긴장시킨 맞상대가 겨우 민제후?! 민제후라… 쥐새끼 민제후라니.'

아이들은 어이없어 헛웃음이 터져 나왔다.

어쩌면 강제경은 그들이 생각하는 것만큼 대단한 인물이 아닐지도 몰랐다. 실제로 그의 연주를 제대로 몇 번 들어본 적도 없었다. 항상 전공 실습 수업을 땡땡이치거나 일부러 들으라는 듯 엉성하게 대충대충 수업을 보냈으니까. 지난번 강당 유리벽이 깨져 결국 끝내지 못한 발표회에서 도망친 경력도 있고 말이다.

이런저런 생각과 함께 그 추측은 전공 연구 발표회를 앞두고 초조해하는 강제경의 모습이 증거물처럼 다가오니… 제경과 마주하고 있는 학생들, 이런 생각까지 들었다.

'교수들이 괜스레 허풍을 치거나 강제경을 실력 이상으로 감싸고 도는 것일지도 몰라!'

…라고.

자신들도 같은 클래스B I 로 한국에서 손꼽히는 영재들이기에 제경의 뒤를 따라왔던 소녀와 소년들은 회심의 미소를 지었다.

"우리 잠깐 얘기 좀 할까, 강제경? 원래 발표회 직전에 연습하는 건 오히려 더 안 좋지 않아. 어때? 친목도 도모할 겸."

소녀가 제경이 자신이 배정받은 개인 대기실로 들어서려고 하자 그의 뒤통수에 대고 도발하듯 말했다. 아이들은 제경의 반응이 어떻게 나올까 궁금했다. 화를 낼까? 아니면 무시할까?

그리고 그 소리에 문을 열던 강제경의 우뚝 멈춰진 몸짓.

"훗! 뭐, 좋겠지. 나도 오늘은 특별히 연습 따윌 하려고 했던 건 아니었으니까. 들어와."

"의외네?"

"어째서?"

제경이 눈을 동그랗게 뜨는 여학생과 약간 놀랍다는 표정을 짓는 남자 아이들 쪽으로 피식 웃으며 물었다.

의외라… 쿡! 뭐가 의외라는 걸까? 내가 들어오라고 했던 거? 아님, 대기실까지 받아놓고 연습할 생각이 없었다는 거?

"오~ 여기 정말 괜찮은데? 발표회에서 내 순서까지 대기실에 갇혀 있는 건 싫지만, 이런 방을 배정받는다면 나도 내년엔 대기실 요청을 진지하게 한번 생각해 봐야겠어. 킥킥."

제경이 문을 열자마자 남학생들이 제멋대로 그를 밀치고 들어서며 예의없게 굴었다. 거만하게 들어와 이것저것 개인 소지품까지 손을 대며 구경하는 모양새라니.

일부러 시비를 거는 듯한 그 소년들의 행동에 제경은 낯이 찌푸려졌지만 지금은 그저 조용히 참고 그들의 하는 양을 묵묵히 지켜보았다. 도대체 무슨 속셈인지 궁금하다.

제경이 적당히 분위기를 맞춰주며 입을 열었다.

"운이 좋았을 뿐이야. 대기실이 남아돌아서 좋은 자리를 얻었어."

"그래? 그것 참 공평하네. 우리들이야 집에 가도 이 정도 설비의 연습실을 항상 사용할 수 있지만 너 같은 '서민'은 특고에서밖에 구경할 수 없으니… 그럼 아쉽지만 내년 발표회 때에도 난 대기실 신청은 하지 말까 보다. 적선(積善)은 좋~은 것이니까. 키득키득."

에휴~ 말하는 거나 생각하는 거나 꼬락서니들하고는.

제경은 떫은 표정을 지으며 남자 아이들에게서 등을 돌려 창가 앞 피아노로 다가갔다.

하지만 정말 그 대기실은 그들의 말처럼 확실히 쾌적하고 훌륭한 설비를 갖춘 아늑한 공간이었다. 전체적으로 하얀 벽으로 둘러싸인 공간. 창은 답답하지 않을 정도로 전망 좋게 트여 있고 한국 전통 문살 디자인을 차용한 아름다운 하얀 창틀 사이에선 화사한 햇살이 내려비춘다. 그리고 그 창 앞에는 반짝이는 햇살을 은은히 내려받는 검은 그랜드 피아노.

정말 저 부잣집 영양들도 감탄할 정도가 아닌가. 이 모두가 여기가 '성전(聖殿)'이기에 가능한 일이었다.

"하고 싶은 말이 뭐야?"

제경이 일행 중 비교적 차분하게 자세를 유지하고 있는 여학생 쪽을 향해서 입을 열었다. 물론 몸은 창가 앞 피아노를 바라보고 있었지만 그들도 누구를 향해서 말하는 것인지는 충분히 알아들을 수 있었을 테다.

"뭐, 별로. 난, 아니, 우리 생각을 네게 알려주고 싶다는 충동이 들었다고나 할까? 그러니까 그리 큰 별일은 아니지. 이미 알고 있을지도 모르니."

"뭔데?"

"넌 너무 건방져."

"…무슨 뜻이지?"

계집애가 밑도 끝도 없이 시건방지다는 눈으로 바라보며 쏘아붙이다니.

제경은 돌아서서 눈썹을 치켜올리며 그 아이들과 정면으로 마주 섰다. 가만히 봐주려고 했더니 하는 꼴이 점점 더 가관이다. 귀하게 자라면 원래 다 저 모양인가? 도도한 것과 싸가지가 없는 것은 정말 다른 것이다.

'참고로 한예지는 도도하지만 서민 출신이라고 일반 학생들을 낮게 보진 않지. 저 버르장머리없는 안하무인 계집애와는 달리 말이야.'

제경은 자신의 인내심이 벌써 바닥을 드러내는 걸 느끼고 손가락으로 양미간을 지압하며 바이올린, 비올라 등의 현악기들이 전시되어 있는 고풍스런 벽 쪽으로 걸음을 옮겼다. 스스로에게 실망이 들었다. 자신의 인내심은 저런 철없는 상류층 자제들을 상대할 수 있는 최대 시간이 10분 정도가 한계인 모양이다. 이런이런.

제경이 그들을 방에 들여놓은 걸 후회하며 쫓아낼 궁리를 시작하자 비아냥이 가득한 소녀의 목소리가 남자 아이들의 키득거리는 비웃음을 배경으로 계속해서 들려왔다.

"네가 정말 '음악 천재'라고? 그런데 어쩌지? 난 믿지 못하겠어. 천재라고 소문은 무성하지만 과연 이 특고 내에서 너의 제대로 된 연주를 끝까지 들은 사람이 있을까? 솔직히 나뿐만이 아니라 우리 클래스B I의 모든 학생들이 그런 생각일 거야. 게다가 강제경, 네 콩쿠르 입상 경력이야… 흥! 그까짓 것 정도는 우리 클래스에선 대단한 것도 아니잖아? 나도 대형 콩쿠르에서 입상 경력이 있어. 국제 콩쿠르에 최연소로 참가하기도 했었단 말이야. 그런데 어째서 다들 너만 천재니 어쩌니 하면서 치켜세우는 거지!"

'지금 무슨……?!'

하핫… 정말 생각지도 못했던 진행이다. 웃기지도 않는군.

"오늘 보니까 겨우 민제후 정도의 애와 상대하는 걸로 긴장하는 모양인데, 그런 천재 나으리 따윈 하나도 겁나지 않는데?"

"그러게 말이야. 킥킥. 더군다나 오늘은 세계적으로 저명한 피아니스트들, 줄리어드 음대 교수들까지 지켜보고 있으니 저 가짜 천재의 가면이 벗겨지는 꼴을 볼 수 있을 거야. 한국에서나 그 잔재주와 반항기로 좀 시끄럽게 했다지만, 그 유명한 리비터 마카로브 교수 앞에서까지 그 연극이 지속될까? 푸하하하~"

제경은 머리에 핏대가 오르는 걸 느끼며 입을 꾸욱 다물었다. 어떤 상스런 욕이 터져 나갈지 몰라서인데…

욕을 참는 이유는 욕지거리 몇 마디로 이 아이들을 쫓아내기에는 자신의 기분이 너무 많이 상했기 때문이었다. 제경은 그렇게 마음이 너그럽지가 못했다. 가장 확실하고 정신적으로 치명상을 줄 수 있는 답례를 해줘야 이 은혜를 갚는 것이라 생각됐다.

"그래서?"

제경은 어쩐지 좀 답답해진 것 같아 교복 마이를 벗어 피아노 위로 던지고 하얀 셔츠의 양 소매를 팔뚝까지 걷어올리며 가라앉은 목소리로 중얼거렸다.

그동안 자신에게 접근하는 학생들조차 없어서 머리로는 알아도 실감은 하지 못했었는데 오늘 이들을 만나보니 이 성전특고 내에 신분과 배경, 부의 기준으로 갈라놓은 파벌과 차별을 느낄 수 있었다. 그 순간 제경의 머리 속엔 항상 생글생글 웃는 얼굴의 금갈색 머리칼의 어떤 인물이 언뜻 떠올랐다.

'난 지금 몇 분도 안 돼서 인내심의 한계를 시험당하고 있는데 그 녀석은 어떻게 항상 웃을 수 있었을까? 정말 존경스럽군.'

"깔깔깔~ 강제경, 오늘 연주는 정말 하는 거니?"

자신의 되묻는 소리를 씹고 그 일행 중 하나인 여학생이 모욕적으로 받아들일 정도의 웃음소리를 냈다. 소문만 믿고 가까이 접근도 못했던 존재를 깔아뭉개게 되니 재미있어 죽겠다는 얼굴이다. 제경은 그 얼굴이 마치 「들장미 소녀 캔디」의 '이라이자' 나 「달려라 하니」의 '나예리' 같다고 생각했다.

흠~ 그런데 어떤 식으로 답례를 해야 잘했다고 소문이 날까?

"아니, 뭐… 오늘 또 자신이 없어서 지난번처럼 도망가는 게 아닌가 싶어서 말이야. 이렇게 되면 오늘 전공 연주 발표회는 내가 우승일지도 모르겠는걸? 아! 내가 오늘 치게 될 곡명을 알려줄까?"

자신만만한 '이라이자' 의 모습에 제경이 여유로운 웃음을 되찾으며 명랑하게 물었다. 민제후에게 배운 방법이라고나 할까나?

"뭔데?"

갑자기 기분이 좋아진 듯한 강제경의 모습에 아이들이 약간 의아한 듯했지만 곧 그 기분을 떨쳐 냈는지 다시 포식자의 잔인한 표정을 지었다. 그리고 소녀의 작은 입술이 천천히 열렸다.

"「라 캄파넬라(La Campanella)」!"

'이라이자' 소녀의 음성에 제경의 눈썹이 활처럼 휘어졌다.

"「파가니니에 의한 초절기교(超絶技巧) 에튀드」 제3곡… F. 리스트(Liszt)인가? 고생 좀 했겠군."

제경의 휘파람과 감탄이 어린 목소리에 상대 여학생은 더욱 비릿한 표정을 짓는다. 그 표정은 단순히 연주곡을 완벽하게 소화했다고 나오는 미소는 아니었다. 자기 딴에는 그 이상의 뭔가 믿는 구석이 있는 모양. 그러니 오늘따라 특별히 제경에게 일부러 시비를 걸어오는지도.

'뭔진 모르지만 나를 상대로도 자신있다 이거겠지.'

어리석군.

하지만 '이라이자'는 제경이 자만심에 빠져 있는 그들을 속으로 비웃고 있는 줄도 모르고 의기양양하게 대들듯 말을 쏟아내기 시작했다.

"고생? 그래, 좀 했어. 다른 자리도 아니고 이번 전공 연구 발표회는 예년하고는 수준부터 달리하니까. 세계 수준을 요구하는 자리에서 '리스트'를 목표로 했다고."

그렇겠지. 리스트의 곡은 거의 전부가 초인적인 기교를 요구한다고 해도 무리가 아니니까. 그런데 그걸로 이번 연구 발표회를? 호오~ 대단한걸? 무엇보다 세계적인 마스터들 앞에서 그 난해한 선곡이라니… 간도 크군.

'그러나 그만큼 극적 효과도 누릴 수 있는 건 틀림없어.'

제경이 혼자 이 생각 저 생각에 빠져 있는 사이에도 '이라이자'의 무례하고 쌀쌀맞은 대사는 계속되고 있었다.

"흥! 하지만 그런 고생이 아니었더라도 난 원래부터 최고야! 그건 누구나 다 인정하는 사실이었어. 적어도 네가 나타나기 전까진 말이야. 그리고 이제 오늘 부로 그 최고 자리는 내가 다시 되찾아갈 거야. 너같이 실제 실력보다 부풀려져서 화려하게 포장된 가짜 천재 따위는 이제 떨어질 때가 됐다는 소리지. 난 오늘을 위해서 우리 나라 최고의 음대 교수들에게 레슨을 들었어. 호호호~ 최고의 레스너의 교습비가 얼마나 비싼지… 일반 전형인 넌 감히 상상도 하지 못할걸? 그리고 비싼 레슨비만큼 지금의 내 실력은 전보다 훨씬 향상되었지. 스스로 생각해도 너무 만족스러워!"

작은 체격의 여학생이 모습과는 어울리지 않을 정도로 표독스러운 표정을 지으며 웃는다.

"아무리 못해도 가짜 음악 천재 정도는 한 번에 눌러 버릴 정도로."

무대 화장인가? 표독스런 '이라이쟈'의 표정은 마음에 들지 않았지만 그 새빨간 입술과는 아주 잘 어울린다.

"잠깐잠깐! 그런데 말야, 이건 진짜 궁금해서 그러는데 말이야… 너희들은 왜 내가 '가짜'라고 생각하는 거지?"

이젠 자신을 아주 소문만 무성한 빈 껍데기 천재로 완전히 단정하는 '이라이쟈'의 자신만만한 목소리에 제경은 고개를 흔들며 물었다. 장난처럼 말하는 투였으나 정말이지 궁금했다. 다른 쪽은 몰라도 설마 이런 방향으로 추궁을 받으리라곤… 정말이지 꿈에도 생각지 못했으니.

'도대체 내가 어째서 이런 말을 듣게 된 거야?'

강제경이 의아하다고 반응하자 수시로 시비를 걸던 특별 전형 소년들이 이번에는 웃기는 자식이라며 키득거렸다. 그리고 다시 들려오는 싸가지가 바가지인 '이라이쟈'의 목소리.

"호호호호~ 그럼 아니라구? 그럼 내 눈이 잘못됐다는 거니? 강.제.경. 미안하지만 네가 좀 더 오랫동안 천재의 가면을 쓰고 싶었다면 고작 민제후 같은 덜떨어진 녀석하고의 대결로 마음 졸이는 모습 따윈 보이지 말았어야지. 그랬으면 나도 오늘 발표회에서 네가 그저 그런 수준의 연주를 들려줬어도 단순히 천재의 반항심 때문에 진지하지 않은 것이라고 생각했을 거야. 한데… 이미 봐버렸는데 어쩌겠어? 아~ 물론 네 실력은 특고에 있는 만큼 천재 수준까진 아니더라도 평균 정도는 되겠지. 하지만 그뿐이야."

"아~ 역시 그런 거군. 그러니까 결국 내가 민제후와 오늘 발표회에서 승부하기로 했다는 그 소문 때문이었구나. 아, 이런이런! 아무리 그래도 이건 너무 황당한데?"

궁금증이 풀리자 제경이 쾌활하게 주먹을 손바닥에 내려치면서 웃었다. 그러자 당황할 줄 알았던 제경의 의외의 반응에 '이라이자'의 뒤를 따르던 두 명의 남학생들이 '너, 돌았냐'는 얼굴로 어이없어하며 물었다.

"허! 저거 이젠 아주 쇼하구 있잖아?! 야, 자식아! 왜 그러셔? 이제 와서 변명이라도 좀 해보시려고? 해보려면 한번 해보……."

"아니."

"뭣?"

변명이라도 하겠다면 넓은 마음으로 들어주겠다고 말하려던 소년들은 단호한 그 말에 당황했다. 애써 변명하면 끝까지 들어준 후에 코웃음과 함께 비웃어주려고 했는데…

뭣 때문에 '가짜 천재' 소리를 들었으면서도 저렇게 태평할까? 아니, 어째서 그보다 민제후가 겁나냐는 비아냥을 저리도 쉽게 인정하는 거지?

"솔직히 말할까? 그래, 난 그 녀석이 겁나."

제경이 눈을 거의 다 가리다시피 한 긴 앞머리 사이로 두 눈을 빛내며 양손을 바지 주머니에 찔러 넣고 당당히 서서 말한다. 그러나 겁난다는 말과는 다르게 그 소년에게서 피어나는 자신감이라고 할 수 있는 밝은 미소.

"너희 같은 어중이떠중이보다 말이야. 민제후… 그 자식이 제일 겁이 나지. 무슨 생각인지, 어느 정도의 실력인지 도무지 가늠해 볼 수가 없는 놈이거든."

"뭐, 뭐야?! 이게!!"

"그래. 이라이자, 넌 믿고 싶지 않겠지만 난 너의 비싼 리스트보다 민제후의 소박한 동요 한 소절이 더 긴장돼. 사실이야."

강제경은 표독스러운 얼굴이 분을 참지 못하고 빨갛게 익은 '이라이자'를 슬쩍 바라보고는 한 손을 들어 머리를 긁적이며 걸음을 옮겼다. 소매를 팔꿈치까지 걷어올려 자유롭게 흐트러진 그의 흰 교복 셔츠가 햇살을 받아 눈처럼 새하얗게 빛났다.

'그런데 니들은 날 너무 화나게 했어. 답례를 해주지.'

"흠… 리스트라… 기억이 좀 가물가물한데 이게 맞을라나?"

"…뭐 하려는 거야? 너도 그 정도를 칠 수 있다는 걸 지금 증명이라도 하겠다는 거야? 하, 웃겨!"

그 빈정거림에 뒤를 살짝 돌아보며 피식 웃는 제경.

그러나 제경이 피아노를 치러 간다고 생각했던 '이라이자'의 생각을 비웃듯 강제경은 검은색 그랜드 피아노를 스쳐 지나갔다. 그리고 그 소년이 걸음을 멈춘 곳은 마치 장식처럼 유리 벽장 속에 진열되어 있는 현악기들의 바로 앞. 제경이 그 유리문을 열고 자신의 눈을 사로잡은 평범한 바이올린 하나를 케이스에서 꺼내 들었다. 명품은 아니지만 균형 잡힌 바이올린의 따뜻한 밤갈색이 소년의 눈을 더욱 깊어지게 했다.

"내가 왜 '피아노 천재'라기보다 '음악 천재'라고 불리는 줄 알아?"

"……?"

대답을 하지 못한 채 제경의 행동을 이해하지 못하고 멍청히 바라보기만 하는 아이들. 그 모습에 제경도 빠른 대답을 하지 않고 바이올린을 들어 올렸다.

"그건 내가 피아노 천재라는 이름만으론 넘치기 때문이야."

그 순간 강제경이라는 소년의 눈매가 커튼처럼 늘어뜨려졌던 머리칼 사이에서 찰나간 예리하게 번쩍였다.

"이렇게!!"

강렬하게, 그러면서도 부드러움으로 쏟아지는 바이올린 선율!

가슴을 시원하게 뚫어주는 듯 상쾌하게 울리는 청량한 현의 울림 소리가 한순간에 대기실 안을 가득 채웠다.

살짝 시선을 내린 한 소년의 눈동자… 입가에 잔잔한 미소를 띠고 제경이 연주하는 곡은…

"마, 말도 안 돼… 바이올린까지?! 게다가 저건…「라 캄파넬라」?!"

피아노가 아닌, 바이올린의 「라 캄파넬라(La Campanella)」!!

놀랍다! 분명히 강제경은 피아노 전공자일진대 바이올린이라니… 아니, 그보다 더 놀라운 것은 바이올린을 다룰 줄 안다는 것을 넘어 전혀 어색함이나 부자연스럽지 않은 그의 손놀림과 음색. 제경의 손아귀에 있는 평범한 바이올린은 마치 최상급 스트라디바리라도 된 양 연주자와 하나가 되어 아름다운 선율을 뽑아내고 있었다.

통통 튀는 듯한 매력적인 상쾌한 소리들.

고음부의 맑디맑은 교회의 종소리.

눈앞의 소년이 정말 피아노 전공자가 맞는 것일까?

아이들은 자신들의 두 눈을 의심하고 있었다. 같은 예술관 건물에서 공부하기에 바이올린 전공자들을 보는 건 전혀 어렵지 않다. 바이올린은 클래스B에서 피아노 다음으로 많이 선택되는 전공이기에 성전특고에서 피아노와 함께 기악 분야의 양대 산맥을 이루고 있으니 말이다. 그런데 지금 강제경이 선보이는 저 정도의 기량은…

'바이올린 전공으로도 최상급 레벨의 수준이다!'

"거, 거짓말……."

쌀쌀맞은 인상인 여학생의 목소리가 덜덜 떨리며 흘러나왔다.

한 분야에서 경지를 이루는 것도 얼마나 어려운 일인데 지금 강제경이라는 소년은 자신의 비전공 악기를 가지고 마치 자신의 몸의 일부인 듯 자유롭게 다루며 현란한 기교를 보이는 것이 아닌가.

'이라이자' 소녀와 그 일행들의 얼굴이 점차 창백하게 굳어져 갔다.

'어떻게 「라 캄파넬라」라는 제목만을 듣고 그 연주를 할 수 있지? 악보도 없이, 자기 전공 기악도 아닌데 어떻게… 어떻게… 미리 이런 상황이 올 것이라고 예견하고 연습한 것도 아닐 텐데… 어떻게 이럴 수가!!'

"설마 웬만한 악보들은 거의 외우고 있단 소린… 아, 아니겠지?"

특별 전형 아이들은 믿을 수 없는 사실을 눈앞에 두고 머리 속이 얼굴색만큼이나 새하얗게 탈색되었다. 그러자 그 순간에 제경의 바이올린이 클라이맥스를 울리며 고난도의 기교를 선보인다.

놀라운 기교! 망설임없는 정확함과 이루 말할 수 없는 섬세한 감성!

그리고 그 소년만의 참신하고 독특한 곡 해석!

기본에 충실한 느낌이 강했던 첫 부분과는 다르게 연주의 클라이맥스를 지나 라스트로 치닫게 되는 부분에 이르러서는 이미 완벽하게 자신의 색깔로, 자신만의 바이올린 「라 캄파넬라」로 소화해 끌어안은 인물이 거기에 서 있었다.

"…믿을 수 없어."

하지만 누군가 믿든 안 믿든 마침내 다가온 바이올린의 열정적인 라스트!

극적인 효과 속에 그 찬란한 음색이 울려 퍼졌다.

곡이 끝나자 순식간에 그 자리를 차지하는 고요함이었다. 다른 때 같았으면 기립 박수를 받을 만하건만 오늘은 너무나 특별한 관객이기에 그 빛나는 재능이 박수를 받을 수 없나 보다. 연주가 끝나고 난 뒤에 제경을 반갑게 맞이한 것은 무거운 침묵뿐이었다. 하지만 연주자인 제경은 오히려 그 상황이 더없이 마음에 든다는 듯 좌중을 둘러보며 피식 웃음을 터뜨렸다.

마지막 한 음(音)의 여운까지 공기 속으로 녹아들자 대기실은 진짜 네 명의 아이들 숨소리만 가득해졌다. 남자 아이 중 하나가 자신도 모르게 환호하며 박수를 치려 하자 같은 일행에게 뒤통수를 맞고 말았던 순간의 해프닝을 빼고는 너무나 정적인 고요다.

"어땠어, 아가씨? 내 전공 분야는 아니지만 그럭저럭 들을 만했지?"

"흥! 우, 웃기고 있네! 지금 그건 뭔 뜻이지? 그래서 뭐가 어쨌다는 거야? 난 바이올린 따위 관심없어!"

제경이 잔잔히 웃으며 다가가자 깨져 버린 정적에 '이라이자'가 정신을 차리며 이를 갈듯 내뱉는다. 분한 모양이다. 일반 전형에게 눌린 기분에. 그래서 부리는 억지인가?

제경은 여전히 '싸가지가 바가지'인 여학생의 모습에 재미있어하며 더욱 승부욕을 올렸다. 그 눈은 자신을 업신여기는 녀석들에게 해줄 수 있는 가장 큰 정신적 치명타를 생각해 낸 눈빛. 제경은 오랜만의 스트레스 해소라고 중얼거리면서 자신의 개인 소지품이 있는 곳으로 다가갔다. 게다가 약간 가빠졌던 숨까지 제대로 돌아오자 더욱더 활기와 희열감이 오르는 느낌이다.

발표회 직전에 이런 방법으로 긴장감을 풀게 되다니…

제경은 이젠 자신에게 시비를 건 아이들에게 고마운 마음마저 들었다. 지나친 긴장감으로 손이 굳어져 오늘 민제후와의 대결에 걱정이 많았었는데, 그것을 오해하고 시비를 건 아이들 덕에 그 걱정이 풀려 버렸으니 정말 아이러니하다. 한데 마음을 바꿔보아도 자신을 화나게 한 대가로 그 아이들이 받아야 할 답례가 긴장감을 풀어준 사례로 보여주고 싶은 것과 결과적으로 똑같다.

'내 답례는 받아들이는 사람 마음에 따라 독이 될 수도, 약이 될 수도 있을걸? 하하하.'

간만에 바이올린을 만져서 그런지 기분도 많이 풀린 제경이 아무렇게나 던져 놨던 가방을 찾으며 유쾌한 어조로 말했다.

"니콜로 파가니니라는 바이올리니스트이자 작곡가가 있었지. 신기에 가까운, 그래서 '악마의 바이올리니스트'라는 별칭을 얻었을 만큼 바이올린 연주에 있어 당대 최고의 비르투오조(Virtuoso), 즉 대가의 기량을 뽐냈던 연주가. 이 사람의 「바이올린을 위한 24개의 카프리스」가 라흐마니노프, 리스트 등의 작품들에 사용되어져 더욱 유명해. 물론 「라 캄파넬라」에는 24개의 카프리스에서가 아니라 「바이올린 협주곡 2번」의 주제를 사용했지만… 아참, 내가 진짜 이야기하고자 하는 건 이게 아니고……."

제경이 자신의 소지품 사이에서 뒤적뒤적하다가 마침내 작은 커터 칼을 발견하고는 '찾았다'라고 감탄사를 내뱉으며 기뻐했다. 이유를 알 수 없는 설명을 늘어놓으며 찾아낸 것이 겨우 커터칼? 어느 곳이든,

구멍가게만한 문방구에서도 파는 흔하디흔한 커터칼 하나에 뭘 그리 기뻐하는지…

"내가 보여주고 싶은 건, 니콜로 파가니니의 신기에 가까웠던 악마적인 연주 기량!"

강제경이 뒤돌아서서 눈앞에 커터칼의 날을 드르륵 꺼내 보이며 입가에 즐거운 미소를 띤다. 제경은 오늘만큼은 자신의 피아노라는 것을 민제후라는 소년을 겨냥하여 맨 처음으로 대하고 싶었기 때문에 이들이 이 정도 이벤트로 만족하길 바랐다. 무엇보다 이것도 이것 나름대로 오싹하게 즐거울 테니까.

"이봐, 이라이자. 혹시 너, 그의 천재적이었던, 소름 끼치는 일화를 알고 있니?"

"무슨……?"

제경이 아이들 앞에 똑바로 마주 서서 다시금 손에 쥐고 있던 수수한 바이올린을 들어 올렸다. 어리둥절해 있는 아이들을 바라보고 있자니 억누르고 있던 자신의 나쁜 성격이 삐쳐 나오는 것 같았다. 별로 자랑 따윌 하고 싶은 건 아니지만 이런 식의 대접을 받았던 건 처음이라 적절한 보답(?)을 해줘야 할 의무감이 느껴진다 할까?

당분간은 음악의 '음' 자도 듣기 싫어지게 만들어주면 어떨까라고 즐거운 생각에 잠시 빠져들었던 제경이었다. 소년의 입가에 악마적인 미소가 걸렸다.

"니콜로 파가니니… 그는 연주 중 바이올린 줄이 끊어졌는데도 끝까지 연주를 해낸 일화로도 아주 유명해. 때로는 연주 중 일부러 면도칼로 줄을 하나씩 끊어가며 연주하기도 했다지? 후후후… 그래서 결국 나중엔 단 한 줄만 가지고 연주를 계속했다는 이야기는 정말……."

제경이 조용한 음성으로 나직이 읊조리며 부드럽게 현을 타기 시작한다. 잔잔하게 울려 퍼지는 사랑의 멜로디. 사랑을 갈구하는 애절한 음색은 감미롭고 사랑스럽기까지 하다. 하지만 순간 들려온 조용한 강제경의 목소리는 곡과는 정반대로 스산하다.

　"소름 끼치지 않나?"

　왠지 번쩍였다고 느껴진 그의 눈빛에 아이들이 숨을 들이키자 아름다운 선율이 흐르는 그 중간에 뭔가 또 다른 느낌이 빠르게 스쳐 지나갔다.

　'너희들이 그렇게 보길 원하는 '천재(天才)' 라는 것을 보여주지. 너희들 친. 절. 에 감동한 내 답례의 본편이다.'

　"바로 이런 거 말이야."

　티딩!

　"아앗!!"

　연주 도중 제경이 순식간의 자신의 손으로 절묘한 순간에 바이올린 줄을 커터칼로 그어버렸다! 아이들의 놀란 비명 소리! 그러나 신기하게도 바이올린을 연주하는 소년의 자세는 전혀 흔들리지 않는다. 그리고 더 놀라운 것은 줄이 하나 끊어졌는데도 흔들리지 않고 여전히 울려 퍼지는 사랑스런 멜로디.

　"하나 더!"

　티티딩!

　그때 또 하나의 선이 과격한 칼날에 끊어져 사라지자 그것을 바라보던 소년들의 입이 턱 벌어졌다. '이라이자' 소녀의 얼굴은 이제 더 이상 보고 있기가 가여울 정도로 창백하게 질려 버렸다. 이 공간에 웃음을 잃지 않는 이는 이제 강제경, 그 소년 하나뿐이다.

천재적인 기교와 기량을 보여주며 제경이 마지막으로 강하게 손을 휘둘렀다.

"마지막 하나!!"

티디딩!!

결국 E, A, D선인 줄 셋을 끊어버리고 단 한 줄, G선만으로 바이올린을 다루는 제경의 모습이 보여졌다. 그 단 한 줄로 3옥타브 이상의 음을 마음대로 넘나들며 하모닉스까지 연주하는 소년의 모습.

한 명의 소녀와 두 명의 소년은 햇빛 아래 단 한 줄의 바이올린으로 곡에 심취해 있는 키 큰 장발의 소년을 겁에 질린 얼굴로 바라보았다. 아이들의 눈에 떠오른 것은 질려 버린 표정. 그들은 마치 귀신이나 마귀를 현실에서 마주친 듯, 하얗다 못해 파랗게 질린 모습들로 굳어져 버렸다.

그리고 마침내 제경의 답례(?)의 두 번째 연주도 끝났다. 곡예와 같았던 두 번째가 끝나자 제경이 처음의 떨떠름했던 표정을 완벽히 벗어 버리고 상쾌한 미소를 지었다.

"어때? 반했냐?"

"으… 으……."

아이들이 그의 그런 음성과 악마의 미소에 주춤주춤 뒷걸음질쳤다.

소름이 끼쳤다. 귀신이었다. 귀신이다! 눈앞의 저것이 사람일 리가 없었다.

"뭐야? 별로였어? 하긴, 내 주 전공 분야인 피아노보다 매력이 좀 덜하지? 그럼 이번엔 '가짜'의 피아노로 보여줄까?"

제경이 뚜벅뚜벅 걸어가 여학생에게 다가가니 그 소녀가 새파래진 얼굴로 비명을 지르며 제경의 대기실에서 뛰쳐나갔다. 다른 일행들도 무너지고 넘어지며 마찬가지였다.

"귀, 귀신… 꺄아아!!"

"아하하하하~ 아참! 그리고 '이라이자', 머리 동글동글하게 옆으로 말아봐! 그 밥통 같은 성깔머리하고 썩 잘 어울릴 것 같애."

일반 전형이라고 대놓고 무시하던 상류 자제들이 하늘이 내린 비범한·재능에 겁을 먹고 도망가자 제경은 호탕하게 웃어 젖혔다.

'아, 속이 다 시원하다.'

그런데 그때,

"너, 너무 심한 거 아니냐. 솔직히 네가 극도로 비정상인 거지 쟤들도 한국에선 뛰어난 재능의, 손꼽히는 영재들이라구."

"어?"

또 다른 외인의 음성에 제경이 놀라 시선을 다른 쪽으로 옮기자 문밖에서 웃으며 그를 지켜보는 두 개의 인영을 발견할 수 있었다.

그중 하나는 큰 키에 샤프한 이미지를 가진 지적인 소년, 나머지 하나는 겨우 평균이 되는 키지만 장난기가 가득한 금갈색 머리칼의 귀공자 같은 소년이었다.

"신동민… 그리고 민제후?!"

제경이 예기치 못한 방문에 깜짝 놀라자 동민이는 문에 기대서 노크를 하며 짓궂게 웃었고, 제후는 바닥에 쭈그리고 앉아 환하게 웃으며 손을 흔들었다.

"어이, 안녕~!"

"뭐야, 너희들은? 여긴 웬일이야?"

"어머머! 마카로브 교수님?! 여긴 어쩐 일이세요?"

《안내 방송 드립니다. 잠시 후 성전재단 후원 성전특별고등학교 클래스B의 피아노 전공 연구 발표회가 있을 예정이오니 학부형들과 관객 여러분은 자리를 정해주시길 바랍니다. 다시 한 번 안내 말씀드리겠습니다.》

같은 시각 다른 장소에서는 그 소년들과 세계 무대의 예기치 못한 만남을 준비하는 예기된 만남이 이루어지고 있었다.

곧 발표회가 시작된다는 교내 안내 방송이 흘러나오는 가운데 VIP를 위해 마련된 특별석으로 걸음을 옮기던 장혜영 여사는 특별 심사 위원 자리로 가는 한적한 복도에서 한 인물을 만나 눈을 동그랗게 뜨고 있었다. 아니, 정확하게는 뜨려고 했다. 마치 그 외국 신사를 본 것이 뜻밖이라는 듯 능청을 떠는 그녀. 한눈에도 과장된 모션이다.

그 모습에 리버터 마카로브 교수가 무거운 안경을 올려 쓰며 머리가 아프다는 제스처로 희긋한 갈색 머리를 지그시 눌렀다.

"끙~ 캐. 롤. 린. 이노옴~"

'장혜영 . 또 다른 이름으로는 '캐롤린 장'.

오늘 그녀는 성전재단의 이사이자 피아노 전공 발표회의 심사 위원.

그래서인지 오늘의 그녀는 평상시의 편안한 차림이 아닌 고급 부띠끄의 세련된 정장과 하이힐로 무장한 절제된 모습이다. 하지만 겉으로 보이는 그녀의 우아함과 기품에 속아 넘어가기엔 그 외국 노신사가 장혜영이라는, 이젠 중년에 접어든 그 여인을 너무나 잘 알았다.

"아, 알았다! 우리 교수님이 한국에 오시자마자 여기로 먼저 온 이유! 오호호호호~ 제가 그렇게 보고 싶으셨군요! 아이~ 교수님, 깍.쟁.이."

"쿨럭… 너, 넌 역시 여전하구나."

마카로브 교수가 이쁜 척을 하는 엽기적인 제자를 눈앞에 두고 억지로 미소를 지었다. 노신사의 눈 밑이 미세하게 떨리는 것을 보니 억지웃음에 얼굴 근육이 경련을 일으키는 모양이다.

"저야 늘 그렇죠."

그 모습에 혜영이 얄미운 미소를 천천히 지우고 포근한 표정을 띠었다.

"잘 오셨어요, 교수님. 정말 오셨네요? 기다렸어요. 그리고 정말로 많이 보고 싶었어요."

그녀가 마카로브 교수에게 다가가 살짝 포옹하였다. 그러자 처음의 말투와는 달리 따뜻한 표정으로 혜영을 맞으며 마주 안아주는 노교수.

한 명은 앳되어 보이는 동양 여인이고, 다른 한 명은 한눈에도 외국인이 분명했지만 지금의 모습은 누가 보아도 아버지와 딸과의 관계 같다. 고등학생 아들을 둔 중년의 여인이 된 혜영이었지만 나이보다 어려 보이는 데다가 마카로브 교수 앞에선 어린애가 돼버린 듯 장난스럽게 눈을 반짝이는 모습을 보니 더욱 그들이 부녀지간으로 보여졌다.

"안 올 수가 있어야지. 네 부탁도 부탁이지만… 그런 식으로 운을 띄워놓으면 내가 궁금해서 못살지 않느냐, 이 약아빠진 제자 녀석아!"

"아아, 제가 그랬나요? 메일에 뭐라고 썼었죠?"

마카로브 교수는 자신을 따뜻하게 환영하는 장혜영을 바라보며 짐짓 엄한 목소리를 흉내 내어 말했다. 난데없이 한 주 전에 메일을 보내 한국으로 날아오라고 한 제자 녀석의 괘씸한 행태가 생각이 났다.

캐롤린 장, 즉 장혜영은 리비터 마카로브 교수의 가장 총애하는 애제자 중 하나. 오래전에는 그녀의 대책없는 성격으로 그녀의 이름만 들어도 몸서리를 치던 교수였지만 세월이 흐르면서 혜영은 리비터 마카로브 교수의 가장 사랑스럽고 자랑스런 제자가 되어버렸다. 그래서 아닌 척하면서도 그녀가 부탁을 하면 거절하지 못하게 된 노신사. 그런데 교수는 이 애물단지 제자가 자신이 원래는 면담하기도 힘든 저명한 피아노 교수라는 걸 제대로 인식하고 있는지 궁금해졌다. 이번 일만 해도 마치 동네 구멍가게 아저씨 부르듯 불렀으니……

그렇게 노신사가 씁쓸한 입맛을 다시고 있자 장혜영 여사가 손바닥을 치며 말했다.

"아, 생각났다! '소개시켜 주고 싶은 아이가 있습니다. 교수님께서 잠깐 한국에 나오셔서 봐주세요. 몇 년 안에 지금의 이 캐롤린 장의 10배는 쉽게 넘어설 아이예요. 성전의 미공개 스페셜 재산 목록 중 하나죠. 그 아이의 가치는 적어도 성전그룹의 주요 기업체 하나를 능가할 겁니다' 라고 했던 것 같은데……"

정말 긴 대사.

'잘도 외웠군' 이라고 중얼거리며 교수가 다시 떫은 표정을 지으며 그 말을 정정한다.

"자체 심의냐? 참 점잖게도 수정했구나. 일부 내용은 맞긴 맞다만, 이런 내용은 왜 빼먹냐? '교수님! 캐롤이 추천하니 누군지 보고 싶죠? 궁금하죠? 에이, 아닌 척하지 마요. 지금 통밥 굴리는 거 다 보여. 지금 궁금해서 미칠 지경일 거야. 오호호호~ 좀 아깝지만 내가 먹기엔 그 애의 그릇이 너무 커서 넘기는 거예요. 그러니까 한번 보시고 곱게 잘 길러서 다시 넘겨줘요. 싫어요? 싫으면 비싼 값에 사가던가' 라고 했지 않았냐!"

"호오~ 그 긴 걸 잘도 외우셨네요? 쳇! 노인네가 기억력도 좋아."

"…네 아들은 제발 널 안 닮았길 바란다."

기품있고 세련된 옷차림과 안 어울리게 고개를 절레절레 흔들며 말하는 장혜영의 모습에 노교수는 정말 절실하게 기원했다. 그러나 얄밉게 방긋 웃을 뿐인 장혜영 여사. 뛰어난 미인은 아니지만 세계에서 인정받는 톱 클래스 피아니스트로서 갖추고 있는 섬세한 감성, 자유로운 그녀의 삶 때문인지 생동감 가득한 그녀는 너무나 아름답다.

"호호호~ 그런데 우리 귀염둥이 '오동통한 메리베스' 는 잘 있죠?"

"으윽! 꼭 너 같은 엽기 동물은 이제 그만 사양이다. 그보다 민 군은?"

"몰라요! 교수님은 어떤 때 보면 저보다 그이를 더 챙기시는 것 같애. 그렇게 꽉 막힌 사람 어디가 그렇게 예뻐요? 그나저나 호텔에 들르지 않고 이곳으로 바로 오셨나 봐요?"

어린 소녀의 응석처럼 입을 삐죽이며 그녀가 노교수의 팔짱을 끼었다. 그리고 그 노신사가 들고 있던 여행용 가방을 들고 걸음을 옮겼다. 이제 곧 발표회가 시작한다니 특별 심사 위원석으로 안내하려는 모양이다.

마카로브 교수는 20여 년 전 어린 소녀의 모습이 그대로 남아 있는 장혜영의 그런 모습에 미소를 지었다.

"어디 시간이 있었어야지. 비행기가 연착을 한 데다가 갑자기 공항에 기자들이 깔려 있어서… 몇 시간 전에 간신히 도착했으니까."

"어쨌든 잘하셨어요. 한국에 오셨는데 이 애제자 집에서 머무르셔야죠. 제 아들 녀석도 교수님을 만나면 무척 좋아할 거예요. 교수님, 우리 아이 아직 본 적 없으시죠?"

"하하, 애기 적 사진은 본 적 있지. 누굴 많이 닮았나?"

"그이죠 뭐. 전엔 잘 몰랐는데 오랜만에 만나보니 딱 그이 얼굴이지 뭐예요. 성격도 겉으론 가벼워 보이지만 속으로 의외로 우직해서 딱 그이 판박이라니까요! 정말 기분 나빠! …어? 지금 뭐라고 하셨죠?"

교수는 '제발 민 군을 닮아야 할 텐데' 라고 생각하던 중에 돌아온 장혜영의 대답에 '그것 참 다행이군' 이라고 중얼거리다 날카롭게 쏘아보는 그녀의 눈빛에 어색한 너털웃음으로 얼렁뚱땅 넘겼다. 줄리어드나 다른 음대 초청 강의 때는 싸늘하고 날카로운 비평과 독설로 명성이 자자한 명예 교수였지만 그녀에게는 한없이 자애로운 아버지이자 스승일 뿐이다.

노교수가 화제를 성전특고의 전공 연구 발표회로 돌렸다.

"네가 그렇게 보여주려고 하는 것이 오늘 고등학생들의 발표회라고? 음, 성전특고가 명문인 것이야 이제 미국에서도 인정하는 추세다만, 아무리 그래도 네가 부른 특별 초청 인사들 눈에 찰 만한 인재가 있을까? 나야 한국 관광도 하고 널 보러 온다는 이유가 있으니 별 상관은 없지만 말이다."

"네. 한국에서는 비교적 인정받는 아이들이지만 세계를 대상으로 한다면 대부분이 평범한 수준이죠. 하지만 이번 발표회는 보석 한두 개 정도는 건질 수 있는 광맥의 진흙인걸요."

"하하하~ 진흙 속에서 진주를 찾으라?"

인적이 없는 복도에 외국 노신사의 목소리가 맑게 울리자 깔끔한 대답이 돌아왔다.

"아뇨, 다이아몬드요!"

줄리어드 음악원의 명예 교수이자 세계 최고의 피아노 교수인 리비터 마카로브. 그 노신사의 짙은 잿빛 눈동자가 그 순간 칼날처럼 예리하게 빛났다. 이제야 장혜영이 자신을 부른 이유가 가볍게 한 말이나 농담이 아니라는 것을 느낀 표정이다.

"자네가 추천한 그 아이인가?"

"…글쎄요?"

혜영이 잠시 발을 멈춘 자신의 스승을 다시 이끌며 VIP 특별석으로 들어가는 입구를 열었다. 고요했던 복도와는 달리 웅성이는 소리가 갑자기 쏟아졌다.

"대부분의 학생들이 아주 어렵고 난해한 곡을 들고 나올 겁니다. 제가 초청한 인사들에 대한 정보를 듣고 잘 보이기 위한 것이겠죠."

"후후, 그런가? 그래, 그렇겠지. 하지만 그들의 눈에는 연습이 잘된 지루한 곡에는 관심이 없을 것 같은데."

"네. 그런데 이번 발표회는 제가 주최자인만큼 형식엔 별로 구애받지 않도록 했으니까요. 어쩌면 재미있을지도 몰라요. 어쩌면요."

장혜영이 생긋 웃으며 대답했다. 시작 직전의 발표회를 앞두고 대강당 콘서트홀은 엄청난 인파에 마치 꿀벌이 붕붕대는 듯한 소리로 가득했다. 노교수는 오페라 공연장의 특석 같은 화려한 좌석에 편안히 앉으며 지나가는 투로 물었다.

"자네가 추천하는 아이는 어떨 것 같나?"

"음, 모르긴 몰라도 그 아이들은 단순한 클래식만은 아닐걸요?"

"아이들?"

교수가 고개를 돌려 옆 자리에 앉는 제자 녀석을 쏘아보았다.

'한 명이라고 하지 않나?'

"보시면 알아요, 교수님."

그 눈빛을 느꼈음인가? 그에게 고개를 돌리지 않고 시선을 아직 비어 있는 무대 위로 고정시킨 장혜영이 천천히, 나직하게 읊조렸다.

"마지막까지, 끝까지 지켜보시면 아실 거예요. 제가 누굴 추천하는지 직접 찾아보세요."

캐롤린 장의 입가에 야릇한 미소가 피어났다.

"야, 괴물. 저래도 강제경, 저 녀석을 이길 수 있다고 큰소리칠 거야?"

"물론이지! 괜찮아, 괜찮아. 그리고 저건 바이올린이지 피아노가 아니잖아. 게다가 내가 어제 꿈을 꿨는데 강에서 큰 잉어를 낚는 꿈을 꿨거든! 이건 내가 이길 거라는 계시가 아니겠어? 음하하하!"

한편 장혜영 여사가 지켜보는 그 무대 뒤, 어느 참가자 대기실에는 오늘 수많은 사람들이 주목하는 아이들이 모여 있었다.

강제경과 민제후.

그중 정말 모든 것이 알 수 없는 미지의 소년 민제후의 웃음소리가 대기실에 울려 퍼지고 있었다.

클래스B의 특별 전형 애들이 귀신이라고 소리치며 도망갈 정도의 소름 끼치는 하늘의 재능, 아니, 악마의 재능을 보았음에도 손을 흔들며 웃어넘기고 있는 민제후의 얼굴. 라이벌의 진짜 숨은 실력의 단면을 보았는데도, 아니, 전보다 훨씬 더 강해진 것 같은데도 오히려 기뻐하는 듯한 표정이라니.

제경과 동민은 이해하지 못하겠다는 얼굴로 굳어버렸다. 그리고 마침내 신동민이 그 소리에 뭘 잘못 먹은 듯한 떨떠름한 표정을 지으며 말했다.

"…너, 애 섰냐? 그거 태몽 아냐?"

"어라? 정말 그거 태몽이야? 음… 그런데 나 아직 배도 안 나왔고 헛

구역질도 안 하는데…….”

“그 딴 건 진지하게 생각하지 마!!”

동민의 말에 제후가 심각한 얼굴이 되어 자신의 배를 만지며 중얼거리자 신동민이 소리를 빽 지른다.

'뭐야, 쟤들은?'

제경은 멍하니 넋이 나간 얼굴을 하고 있다가 지적인 외모의 키 큰 소년이 금갈색 머리칼을 가진 장난기 가득한 귀여운 소년의 목을 프로 레슬링하듯 옆구리에 끼고 흔들자 제정신으로 돌아왔다. 갑자기 가슴 저 깊은 곳에 묻어뒀던 뭔가가 해방된 기분이 들었다.

“푸… 푸하하하하하!!”

주체할 수 없이 웃음이 터져 나왔다. 멈출 수가 없다. 이렇게 시원하게 웃어본 적이 있었던가? 꽁꽁 묶여 있던 뭔가가 풀려난 것 같았다. 마음의 문이 이 순간 활짝 열렸다.

「친구」…….

자신과 인연이 없던 그 한 단어가 뇌리에 떠올랐다. ‘친구’ 라는 단어가 이렇게 따뜻한 것인지 전에는 미처 알지 못했다.

긴장감을 푼 제경은 이 순간 다시 한 번 다짐하는 자신을 깨달았다.

오늘 발표회, 정말로 태어나서 그 어느 때보다 진지하게 임하겠다고, 실력이나 수준 차이를 넘어 ‘민제후’ 와 ‘강제경’ 이라는 자신들의 주체를 놓고 겨뤄보겠다고 결심한다.

“황당한 녀석들…….”

다른 사람들 같았으면 질린 얼굴로 쳐다보든가 경외의 눈으로 쳐다볼 터인데 이 아이들은 그렇지 않았다. 자신을 바라보는 시선이 평범한 다른 아이들 쳐다보는 것과 별다를 바가 없다. 처음부터 지금 이 순간까지 한결같이, 정말 이상할 정도로.

　보호라는 이름 하에 받았던 농축적인 교육 과정, 그리고 초기의 레벨 테스트. 그때 스카웃 교수진들도 제경의 인간의 것으로 보이지 않는 실력과 천재성에 환호하는 부류와 새파랗게 질리는 부류로 나눠지지 않았던가. 때로는 신의 불공평한 재능의 분배에 분노를 표현하는 교수들도 있었던 것이다.

　'그런데 저들은……'

　제경은 모처럼 시원하게 뚫린 가슴으로 궁금한 점을 물었다.

　"너희는 놀라지 않아? 어떻게 그리 태연하지?"

　"엉? 뭐가?"

　그의 질문에 신동민에게 갖은 구박을 다 받고 있던 제후가 눈을 동그랗게 뜨고 어리둥절하게 쳐다본다. 질문을 한 쪽은 자신인데 돌아온 대답이 답변이 아니라 또 질문이라니. 제경은 너무나 평온한 그 아이들의 모습에 의아하긴 했지만 그들이 일부러 안 놀라는 척 연기를 하는 것은 아니라고 걸 느낄 수 있었다.

　그때 질문의 대답은 다른 곳에서 들려왔다.

　"너도 저 괴물과 한 달만 붙어 다녀봐라. 겨우 그 정도로 놀라는 심장이라면 아무것도 못해."

　"신동민?"

　제경이 담담한 목소리로 친절하게 대답해 주는 반대쪽으로 약간 시선을 돌리자 스마트한 키 큰 소년이 제경에게 웃으며 다가오는 것이 보인다.

　"그 정도 일로 때마다 놀라면「초전박살」에서 살아남을 수가 없지. 안 그랬음 심장 마비로 벌써 예전에 실려 나갔을걸? 우리들은 저 녀석

덕에 더 이상 웬만한 것엔 놀라지 않게 면역됐다고 할까? 그러니까 너도 그냥 그러려니 하라고."

제경은 천재 집단의 모범생들은 항상 알 수 없는 소리만 한다고 생각했다. 그러자 동민은 제경의 그런 생각을 다 꿰뚫어 본 듯 혼란스러워하는 그의 어깨를 잡고 두들겨 주면서 한마디 해준다.

"세상은 다 그런 거야."

「초전박살」의 멤버라면 민제후에 대해서 잘 모르는 이에게 항상 해주고 싶었던 그 대사.

하지만 그 친절이 누구에게는 놀리거나 조롱하는 것처럼 들릴 수도 있다는 걸 생각지 못한 동민이었다. 제경은 친절하게 웃으며 자신의 어깨를 두드리는 신동민의 팔을 탁 쳐냈다. 그리고 처음으로 편안한 친구가 될 수 있다고 생각했던 그들에게 보내는 꼬인 시선. 아무리 마음에 든 상대라지만 살갑게 구는 것이 원래 체질에 안 맞는 제경인지라 얼굴을 가린 긴 앞머리 사이로 동민을 투덜거리듯 노려보았다.

"흥! 웃기는군. 무식해서 보는 눈이 없는 것뿐이면서. 하긴, 뭘 알아야 놀라고 말고 할 거 아니겠어?"

그 모습에 신동민이 피식 웃으며 따끔함과 함께 물리쳐진 손을 교복 주머니에 넣었다.

"쿡! 너, 이제 보니 되게 귀엽다."

"너도 참 재수없게 잘생겼다."

"뭐? 아하하하하!!"

동민이 제경의 말에 유쾌하게 웃음을 터뜨렸다.

항상 가볍게 미소 정도만 띠던 얼굴이었어도 그 지적인 차가움과 샤프함으로 매력적인 외모였는데, 그 얼굴에 상큼한 웃음까지 퍼지니 그의 얼굴이 한층 더 핸섬하게 보인다. 여자애들이 있었으면 넋을 잃고 쳐다봤을 좋은 구경거리인 것을. 안타깝다.

"그나저나 너, 정말 듣던 대로 선배님에 대한 존경심이 빈대 비듬만큼도 없구나. 후후… 아주 건방지게."

그런데 그 순간 웃으며 말하는 신동민에게서 갑자기 무시 못할 박력이 쏟아졌다. 유세진에게 배웠음인가? 웃는 낯으로 약간 빈정대는 듯한 어감이 느껴지는 목소리.

"하, 하지만 어차피 사회 나가면 일이 년 정도야 친구고 또……."

'제길! 내가 왜 말을 더듬지? 어째서 공부밖에 모르는 클래스A 녀석 따위에게서!'

제경이 자신도 모르게 말을 더듬는 것을 깨닫고 얼굴을 벌겋게 익히며 속으로 욕설을 내뱉었다. 하지만 신동민이 바닥을 탁탁 치며 내는 구두 소리가 분위기를 아무 말도 못하게 고조시킨다.

항상 민제후 옆에서 조용히 자리를 지키는 인물이기에 별로 신경 쓰지 않았었는데 정말 만만하지 않았다. 아니, 만만한 게 뭔가. 민제후 앞에선 왠지 당하는 기분이 들었어도 말은 제대로 할 수 있었건만 바로 앞에 서 있는 신동민이라는 상대에게는 완벽하게 제어당하는 느낌이다. 그러므로 자의든 타의든 천재적인 재능 탓에 누구에게든 제멋대로 행동해 왔고, 누구도 그에게 예의를 요구하지 않았던 제경이기에 좋은 기분일 리가 없었다.

하지만 신동민은 모범적인 인상으로 단정히 서서 강제경을 똑바로 바라보며 또박또박하게 말하고 있다.

"일 년. 일 년이라… 일 년이라고 한다면 날수로는 365일이고, 시간으로는 8,760시간, 분으로는 525,600분, 초로 따지면 31,536,000초…

이 세상에 나와 숨을 쉬고 밥을 먹었어도 1,095번의 끼니를 더 먹은 존재가 바로 우리, 2학년 선배들일 텐데, 맞먹기엔 그 숫자가 좀 크지 않나?"

"으윽!"

'뭐… 뭐 저런 녀석이 다 있어! 얼굴 좀 잘생긴 것 말곤 잘난 것도 없는 범생이 주제에. 그런데 어떻게 숨도 제대로 안 쉬고 말하는 저런 빠르기로 순식간에 계산이 나오는 거지?

그러나 말이 막혀서 제경이 우물쭈물한 것과 반대로 동민의 눈동자는 흔들림이 없다. 지금은 무테 안경도 쓰고 있지 않아서 이마로 흘러내린 가느다란 모발의 머리칼이 그의 한쪽 눈매를 자연스럽게 살짝 내리덮고 있었다. 지적인 잔잔한 두 눈. 그런데 그 눈은 지성적이되 결코 호락호락하지 않은 단호함과 냉철함의 빛을 뿜는다.

"왜? 입이 안 떨어지나? 훗! 내가 저 꼴통하고 같이 어울려 다닌다고 날 저것과 똑같이 취급하면 못쓰지. 하.늘.같.은. 선배한테."

젠장할!

"으윽… 네에, 선… 배……."

신동민의 차가운 박력에 밀리긴 했지만 차마 '님' 자까진 붙이진 못하겠다 싶다.

"어라? 그럼 나한테도 형이라고 불러야 하는 거 아냐?"

"시끄릿! 그건 절대 인정 못해!"

제경은 동민을 선배라고 부르자 반색을 하는 제후에게 잽싸게 소리질렀다. 그러자 금갈색 머리칼의 소년이 방글거리던 인상을 찌푸리며 투덜거린다.

"야, 그건 너무 불공평하잖아. 나도 동민이랑 같은 학년인데."

"그래도 싫어. 넌 전혀 형 같은 느낌이 없단 말이야."

"동민이는 다르고?"

"…직접 봐라."

"보긴 뭘 봐……."

제후가 투덜투덜대며 고개를 획 돌려 조금 떨어진 곳에 있는 신동민 쪽으로 시선을 던졌다. 그곳엔 강제경이 순순히 자신을 선배로 인정하자 다시 물 흐르듯 자연스레 분위기에 섞여 모범생으로 돌아간 한 소년, 바로 신동민이 대기실의 각종 시설물을 흥미롭다는 듯 구경 중에 있었다.

훤칠한 키.

근육이 많이 붙지 않은 날씬한 몸매.

헬스나 격한 격투기를 익힌 남자들처럼 근육이 울퉁불퉁 불거진 몸이 아니라 펜싱이나 승마 같은 운동에 더 어울릴 것 같은 유연성있어 보이는 체격이다. 그래서 피아노 옆의 테이블에서 진열품들을 살피는 동민의 뒷모습은 햇빛을 등지고 서서 생긴 세련된 사립고 교복에 의해 단정한 실루엣과 소년이 아닌 남자의 절제된 미(美)를 유감없이 보여주고 있었다. 마치 외국 잡지 모델 같은 이미지.

게다가 겉모습의 아름다움만이 아니라 아이들의 시선 속에 담긴 신동민은 차분한 어른스러움을 가진 모습이다. 그 모습을 대하자 평소에 민제후가 사고 칠 때마다 소리치고 화내면서도 항상 마치 형처럼 수습해 주곤 했던 기억들이 겹쳐 떠올랐다. 그렇다. 동갑이지만 어느 누가 보아도 신동민은 어른스러웠다.

결국 제후는 할 말이 없었다.

"우이 씨~"

"맞지? 누구랑 다르게 저 형은 진짜 '선배' 잖아."

옆에서 제경의 건들거리는 놀림을 받자 제후가 눈에 쌍심지를 켰지만 역시 또 할 말은 없다.

"이익… 야, 신동민! 너, 지금 혼자 뭐 먹어?!"

"쳇! 할 말 없으니까 딴청은."

"그런 거 아냐, 임마!"

그러자 결국 그 투정의 화살은 애꿎은 동민에게로 날아갔다.

예민해진 건지, 아니면 그 반대로 늘어져 버린 건지 모르겠지만, 어쨌든 제후는 평소와 달리 별로인 기분, 안 좋은 컨디션으로 어른답지 못하게 굴고 있었다. 동민은 동민대로 이것저것 구경하며 테이블에 놓인 유리 케이스에서 사탕을 하나 집어 먹다가 갑자기 득달같이 달려든 제후 때문에 엄청 놀란 모양. 영문도 모르고 갑자기 황당한 일을 당한 동민은 순간 놀라서 삼켜 버린 사탕으로 사레가 들려 버렸다.

"콜록콜록! 뭐, 뭐야 또? 너, 진짜 날 죽일 생각이냐?"

"아아~ 너 진짜~ 너무한다. 난 오늘 아침도 못 먹고 기절했다가 끌려 나왔는데 넌 그런 친구의 눈을 피해서 혼자 맛있는 거 몰래 먹고."

"뭘 또 몰래 먹어! 생떼 좀 그만 써라!"

황당무계, 어이없는 동민이었지만 제후의 뚱한 다음 말에 입을 다물고 말았다.

"넌 입이고 난 주둥이냐?"

이미 말이 필요없는 상황이다.

"하, 나참."

"배고파."

"곧 발표회 시작할 텐데 어디서 먹을 거 타령이야!"

"싫어!! 다 먹고 살자고 하는 짓인데 끼니를 거른다니, 말도 안 돼!"

제경이 그들을 바라보며 키득댔다.

다 커서 생떼를 부리는 제후도 제후이지만 그런 민제후를 마음에서 밀쳐 내지 않고 받아주는 신동민도 재미있었다. 겉으로 보기에는 신동민이 민제후를 다독이고 보살피는 것처럼 보이지만…

진짜로 의지하고 있는 쪽은 신동민이고, 이들의 실질적인 리더는 민제후.

그것을 알아본 것은 그들의 눈을 통해서다. 잠시 잠깐 살펴본 이런 상황에서도 신동민의 눈엔 신뢰가 꺼진 적이 없었고, 민제후의 눈에서도 서늘하다고 느낄 정도의 어떤 단호함이 사라진 적이 없었다. 그런데도 이런 상황이 연출되고 있는 건…

'저들도 긴장하고 있는 건가? 아니면……'

"으~ 알.았.다. 이 꼴통아! 그럼 우선 우리 대기실로 가. 아직 세진이도 거기 있을 테니."

"와아~"

그런데 제경이 어리둥절하게 있는 사이 순식간에 그들에게 잡혀 어디론가 끌려가는 것은 '제경'이었다.

'얼레? 이거 뭔가 이상한데? 갑자기 내 대기실에 나타난 것도 그렇고, 서로 티격태격하는 것 같다가 둘이 나란히 생긋 웃으며 날 끌고 나가는 것도 그렇고…….'

"이씨! 이거 뭐, 뭐야! 이거 놔! 니들 짠 거 아냐?!"

"어허! 짜다니. 그리고 우리가 널 잡아먹냐? 가만 좀 있어라. 어차피 너 혼자 있으면 아까 거기에서 청승 떨고 있으려고 했잖아. 아니면 질질 짜고 앉아 있던가."

"내가 언제!"

"아까 울었잖아."

'……!!'

두 명에게 양팔을 잡혀 끌려가는 와중에 제경이 눈을 동그랗게 떴다.

"같은 반이라고 했나? 그 버릇없는 하이클래스 애들 도망가는 것 보고 웃으면서 속으론 울었으면서… 웃기네. 내가 너 이러고 앉아 있을까 봐 잡으러 왔다, 자식!"

"쓰, 쓸데없는 참견은……."

진지하게 말하는 제후의 옆얼굴을 바라보며 제경이 고개 숙여 입술을 깨물었다. 외로움을 많이 타는 성격이지만 항상 뻣뻣하고 가시를 잔뜩 세우고 있기에 아무도 몰랐던 자신의 속마음을 들킨 부끄러움. 그때 제경의 머리를 거의 헝클어뜨리듯 쓰다듬는 손길이 느껴진다.

"기운 빠진 라이벌은 너무 시시해."

멍한 눈으로 바라보는 민제후의 옆얼굴은 별처럼 반짝이는 눈동자로 인해 시선을 뗄 수 없다. 그리고 그런 제후를 힐끔 바라보는 동민이도 그 소년의 생각을 읽고 있었다는 듯 의미있는 미소를 짓는다.

그럼 결국 지금까지 다 쇼였던 거야?

민제후, 정말 알 수 없는 인간이다. 형이라는 느낌이 없어 그렇게 부르지 못하겠다고 버틴 지 얼마나 됐다고 지금 보여주는 이런 모습들은 또 뭔가? 제경은 피식피식 솟아오르는 웃음 속에서 중얼거렸다.

"젠장할! 재수없는 자식… 소원대로 박살을 내주겠어."

"하하하… 글쎄, 그게 맘대로 될까?"

마침내 도착한 제후의 대기실이었다.

삑— 삑—

문을 열고 들어서자 햇빛이 스러져 가는 창가에 어떤 빛나는 생물체가 장난치고 있는 모습이 눈에 들어왔다. 그건 발가락 사이에 뭔가를 짚고 부리로 콕콕 찍어가며 장난치면서 노는 금빛의 작은 새끼 매.

저건 뭐지? 웬 희한한 새가…

"야, 민제후. 저건 뭐 하는 물건이냐?"

"아, 내 꼬붕. 둘기 왔니? 그런데 내가 항상 하는 말이지만 단백질 섭취하고 나서는… 으아아악!! 둘기야!!"

금응을 처음 보는 제경이 물었지만 그 질문은 곧 경악을 하는 제후의 비명 소리에 묻혀 버리고 말았다.

에에?

"둘기야, 너 왜 여기저기 땜빵이 생겼어? 엉? 누가 그랬어?"

삐익— 삐이익—

"뭐? 에구, 불쌍한 녀석~!"

삐이이익—!!

마치 진짜로 대화를 나누듯 말을 주고받다가 마침내는 서로 꼭 껴안고 얼굴을 부비부비 부벼대는 한 명과 한 마리.

그래, 세상은 다 그런 거야. 하하… 하하하…….

'어? 이건?

그때 바닥에 떨어져 있는 쪽지 하나가 제경의 눈에 띄었다.

"이게 무슨 뜻이지?"

제경이 둘기라고 불리는 새끼 매가 떨어뜨린 쪽지를 주워 들고 한참을 쳐다보다 결국 모르겠다는 듯 고개를 흔들었다. 무슨 메모라는 건 알겠는데 그 내용을 이해할 수 없었다. 새로운 게임을 시작한다는 것은 뭐고, 무표정한 꼬마 숙녀가 이번 자기 편의 인형이 될 거라는 말은 또 뭔지. 게다가 그 게임이라는 것이 이미 시작했다라니… 정말 암호문 같은 내용이 아닐 수 없었다.

그런데 누구한테 보낸 거지? 수신인이… 제후 군?!

"야, 뭐야? 뭔데 그래? …엇?!"

순간 제경은 곁으로 다가온 민제후에 의해 그 메모를 빼앗겼다. 원래 그에게 보내진 쪽지이긴 하지만.

그런데 그 내용에 뭔가 이상이 있는 걸까? 민제후가 갑자기 얼굴을 일그러뜨리더니 고개를 획 들어 주변을 정신없이 살폈다.

"치잇! 세진인 어디……?"

어떤 큰일이 생긴 걸까?

그 쪽지에 쓰여진 내용이 뭐길래 항상 온화하던 한 인물의 얼굴을 저리도 험하게 만들 수 있는지 제경은 궁금해졌다. 그리고 그 모습이 의외로 다가왔던 것이 강제경만이 아니었던 듯, 가장 마지막에 뒤따라 들어온 신동민도 매우 궁금한 표정으로 물어왔다.

"무슨 일 있어? 뭐야?"

"아, 아무것도 아니야."

'아무것도 아니긴. 아무것도 아닌데 겨우 종이 쪼가리 하나를 죽일 듯이 노려보냐?'

제경은 뭔진 잘 모르지만 가장 친한 친구라면서 단순한 쪽지 따위를 감추는 제후를 이해하지 못하고 입을 열었다. 쓸데없이 이것저것 비밀이 많으면 골칫거리만 늘어난다는 것이 그의 신조였다.

"왜에? 말해 줘. 형 있잖아요, 방금… 꾸엑!"

강제경이 동민에게 이상한 암호문이 쓰인 쪽지에 대해 막 이야기하려 하니 그때 갑자기 어디선가 손 하나가 튀어나와 무서운 힘으로 제경의 입을 틀어막았다. 하얗고 섬세한 손. 그런 손아귀에서 어떻게 그런 힘이 솟아나는 건지 신기하기만 하다. 그래서 자신보다 한 뼘 정도 작은 키의 연약해 보이는 소년에게 뒤에서 끌어 안기다시피 하며 입이 막힌 제경의 모습은 정말 어쩔 수 없어 붙잡혀 있다기보다 차라리 같이 장난치며 동조하는 듯해 보였다.

"아하하하… 동민아, 별거 아냐. 별거 아닌데 얘가 참. 제경아, 나랑 잠깐 어디 좀 같이 가자."

"우웁!! 웁!!"

"너희들, 지금 어디 가는데?"

제경이 민제후의 손아귀에 잡혀 버둥대면서 문밖으로 끌려 나가자 동민이 의아한 얼굴로 소리쳐 물었다. 좀 전에 연주 발표회에 대한 안내 방송이 있었는데 어딜 가냐는 눈치다. 그러자 그때 돌아오는 대답은… 역시 민제후다웠다.

"화. 장. 실!!"

그 대답에 멍해진 신동민.

"화장실? 그런데 왜 화장실에 저 녀석까지 끌고 가지? 여자애들도 아니면서……."

아무도 없는 대기실에 동민은 어리둥절해진 채 혼자 남았다.

민제후와 강제경.

성 빼고 이름만 들으면 비슷해서 형제 같은데 방금 막 제후가 제경의 목을 끌어안고 데리고 나가는 모습을 보니 성격은 물론 외양까지 정반대의 두 인물이란 생각이 들었다.

제후가 밝은 빛이라면 제경은 매혹적인 어둠이었다.

황금빛 머리칼을 가지고 장난기 가득한, 천진난만하고 순수한 천성의 소년이 민제후라면, 눈을 거의 가린 긴 검은 머리칼에 마음의 상처를 음악, 특히 피아노라는 천재적인 재능을 통해 감추는 밤의 이미지의 소년이 강제경이었다. 하나 여기에서 제경이 어둠과 밤이라고 표현되었다고 해서 그 소년이 음침하다는 소리는 결코 아니었다. 물론 일반인들이 쉽게 접근할 수 없을 정도로 사람들에게 냉소적인 아이지만 그의 성정은 결코 음침하지 않은, 모든 색을 흡수하는 어둠처럼 사람의 감성을 빨아들이는 힘과 깊이감이 느껴지는 소년.

어둠은 빛이 강하면 강할수록 그 깊이를 더해가고 짙어진다.

동민은 거기까지 생각이 미치자 제후가 이번 발표회에 그렇게 높은 관심을 기울이게 된 것이 그 때문일지도 모른다고 생각했다. 강제경이라는 소년의 최고의 가치를 끌어내기 위해서 자신의 빛도 최고로 끌어올리려 이를 악문 것이라고… 비록 그 빛이 단 한 번의 폭발로 끝나고 말지라도 말이다.

'어쩌면 이번 발표회… 저 둘이 무사히 참가하기만 한다면……'

그런데 그때 들려오는 멀리서 점점이 작아지는 제경의 절규.

"싫어, 자식아!! 내가 왜 너랑 같이 손잡고 화장실 따위 가야 하는데~!! 으아아~!!"

*   *   *

해가 많이 기울었다. 늦은 오후.

작은 정원을 가진 어느 2층 건물이 그 늦은 한낮의 햇빛 속에 이상

야릇한 분위기를 뿜으며 비교적 높은 부지 위에서 시내를 내려다보고 있었다. 산 위에 있다고 하기에는 너무 과장된 표현이고 그냥 주택가에서 좀 떨어진 한적한 작은 동산 위에 서 있는 아담한 빨간 지붕 주택이라고 설명하면 될 듯하다.

주변엔 풍성한 나무들, 이곳은 여름이 좀 이르게 찾아온 듯 봄이라고 하기엔 너무나 생동감 넘치는 짙은 녹음이 푸르게 펼쳐져 그 빨간 지붕 주택을 호위하며 둘러쳐져 있었다. 봄바람이 사르륵 훑고 지나가면 잔가지를 흔드는 나무들의 노랫소리는 가만히 눈을 감고 있으면 자장가처럼 듣는 이들의 가슴을 풍요롭게 채워준다.

하지만 그런 풍경과는 달리 그 집과 그 주변에 흐르는 공기는 긴장감마저 흐르고 있었다. 그리고 때마침 빨간 지붕 주택으로 올라가는 길목의 공터에 승용차 한 대가 멈춰 섰다.

"준비는?"

고급 승용차가 멈춰 서자 그 뒷좌석에서 내린 한 소년이 기다리던 아이들에게 처음 묻는 말이었다.

싸늘한 어조. 그리고 그 말투에서 느껴지는 냉기만큼 파르스름한 새까만 검은 머리. 복장은 학교에서 바로 온 것인지 아직 절제된 고급 사립고의 교복 차림이다.

"다 됐어. 이제 기다리기만 하면 돼."

"후후, 이럴 땐 조금 쓸모가 있군 그래."

고개를 든 작은 체구의 소년의 눈이 얼음 조각처럼 시리게 빛났다. 경멸스런 눈초리이지만 그런 그들을 이용하고 부리는 자신에게도 같은 시선을 보내는 탓이다. 그런 눈동자를 가진 인물은 성전특고에서도 정말 많이 알려진 인물, 바로 유세진이었다.

그런데 그때, 세진을 기다리던 일행 중 하나가 세진이 내렸던 뒷좌석에서 누군가를 안아 올리려 하자, 모두는 유리가 깨지듯 날아온 누군가의 날카로운 목소리를 경험해야 했다.

　"건드리지 마십시오!"

　흠칫 놀란 소년들.

　고개를 돌리자 서늘한 표정의 세진이 그들을 노려보고 있는 것이 보였다. 아, 아니다. 그들이 순간적으로 세진이 노려보는 것처럼 느껴진 것은 갑작스런 목소리에 놀란 탓일지도 모르겠다. 푸른빛 검은 머리칼의 소년의 얼굴은 처음과 다름없이 여전히 웃고 있었으니.

　유세진의 입가에 걸린 미소가 너무나 해맑다. 단지 조금 마음에 걸리는 것이 있다면 그 환한 미소 속에 빛나는 눈동자가 왠지 섬뜩하고 차갑게 느껴진다는 것 정도. 하지만 전체적으로 살펴본다면 지금 그 소년의 모습은 모범생의 전형적인 표본이기에 그들은 잠시 느꼈던 그 서늘한 기운을 단순히 기분 탓으로 돌렸다.

　"이런 일까지 여러분들께 맡길 순 없죠. 신동희 양은 제가 직접 안아 옮기겠습니다. 스콜피온은 손님 맞을 준비만 철저히 하시면 됩니다."

　세진이 천진난만하게 생긋 웃으며 허리를 굽혀 자동차 뒷좌석에 정신을 잃고 누워 있는 작은 소녀를 안아 들었다. 어떤 생각인지는 모르겠지만 처음 그가 그들을 보고 혼잣말처럼 내뱉던 말과 스쳐 갔던 경멸의 빛을 기억한다면 정중하다고까지 생각되는 예의 바른 모습이다.

　"준비된 방은 어느 곳이죠?"

　"아, 이쪽으로."

　리더로 보이는 체격이 건장한 한 남학생의 인도에 세진이 동희의 작은 몸을 가볍게 안아 들고 뒤따랐다.

귀여운 강아지 인형 가방을 등에 멘 작은 소녀. 그 귀엽고 앙증맞은 얼굴을 독특한 디자인의 털모자가 살짝 가르듯 씌여져 있다.

유치원에 다닐 정도라고 생각되는 그 아이, 그 작은 여자 아이가 웃는 얼굴은 상상만 해도 자신도 모르게 빙그레 미소 지을 정도로 너무나 귀엽고 깜찍한 작은 꼬마 숙녀였다. 잠들어 있는 소녀의 지금 얼굴을 본다면 어찌 이 작은 아이가 초자연적인 존재들을 마음대로 부리는 범상치 않은 존재라고 생각할 수 있을까? 연약하고 평범한 어린아이로 보일 뿐인데.

그때 막 세진이 이층 계단을 올라 안내된 방으로 들어서며 중얼거렸다.

"좋군요. 비교적……."

그곳은 그 집에서 가장 깨끗하고 잘 꾸며진 내실이었다. 전체적으로 연두색 그린 톤으로 인테리어 된 공간.

집 앞의 마당과 공터를 내려다볼 수 있는 시원하게 뚫린 하얀 창문이 있고, 유리창은 활짝 열려져 있어 그 창으로 기울어가는 햇빛과 깊어가는 봄바람이 밀려 들어온다. 그리고 그 창문으로 늘어져 닿은, 솔바람에 산들산들 흔들리는 복숭아 나뭇가지의 파릇파릇한 모습.

포근하고 아늑하게 잘 꾸며진 방인 것만은 누구도 부인하지 못할 사실이다.

세진이 모처럼 진심으로 만족한 듯 약간의 감정을 드러내며 신동희를 침대에 내려놓고 창가로 다가갔다. 새순이 돋아 형성된 연하게 보이는 복숭아나무의 잔가지가 보이자 그 소년이 관심을 보이며 그쪽으로 손을 뻗었다.

역시 생명력이 넘치는 것은 아름답다.

"네가 말한 대로 이곳은 일반 주택가와 많이 떨어져 있어서 한적하고 좋더라. 정말 누구 하나 죽어 나가도 아무도 모를 거야. 킥킥킥… 아, 그리고 이 방은 관리인이 처음부터 잘 돌봤는지 흠이 별로 없더라구. 누구 소유인지 모르겠지만 버려져 있는 집치고는 정말 훌륭해."

"네, 잘난 유씨 집안의 이름이죠. 버려진 여인과 버려진 아이에게 이보다 더 어울리는 집이 어디 있겠습니까? 안 그런가요?"

"어엇?"

창밖을 바라보며 뒤돌아서 있기에 그 표정을 알 순 없지만 경쾌한 세진의 목소리에 방을 안내했던 남학생은 어떤 반응을 보여야 할지 당황스러워하고 있었다. 유세진이라는 소년이 내는 목소리는 분명 웃음기 담긴 유쾌한 어조지만 그 내용만큼은—잘 이해할 순 없지만—결코 유쾌하지 않기에 그러했다.

스콜피온의 대외적인 리더인 그는 큰 덩치에도 불구하고 앞뒤가 안 맞는 유세진의 언행에 몸이 뻣뻣하게 굳는 걸 느꼈다. 저 작은 체격의 소년이 겉으로 보기엔 비록 한없이 약해 보여도 이럴 때 잘못 걸리면 물리적인 힘이 아니라 또 다른 힘에 의해 끔찍한 보복을 당할 수도 있다는 걸 그는 오래전에 체험한 바가 있었던 것이다.

'주먹은 법보다 가깝다.'

그러나 그 생각을 전면적으로 뒤집어 버린 어느 옛 사건.

무서운 걸 모르고 날뛰며 스콜피온을 장악했던 그가 유세진에 의해 조종된 사회적인 힘에 의해 완전히 매장되어 버릴 뻔한 그 사건 이후, 스콜피온은 실질적으로 세진에게 접수된 것이나 마찬가지가 되어버렸다. 물론 성전특고에서 완벽한 모범생으로서 생활하는 세진이기에 특별히 세진 자신이 원하는 것을 얻고자 할 때 이외엔 처음과 마찬가지로 방관하고 있었고, 대부분의 일원들도 유세진의 존재 자체를 아예 모르고 있었지만.

하지만 그것이 더 무섭게 느껴지는 것도 사실이었다. 저렇게 천사같이 웃는 얼굴로 무엇을 생각하는지 알 수 없으니… 더욱이 외부에 알려진 스콜피온의 짱을 뒤에서 꼭두각시처럼 부리는 순진한 얼굴은 항상 그를 소름 끼치게 했다.

그런데 곧 긴장한 덩치의 분위기를 눈치 챈 세진이 피식 웃으며 어깨 너머로 살짝 뒤돌아보며 말했다.

"쿡쿡! 아닙니다. 그냥 실없는 농담이었습니다."

"그, 그래? 난 또. 아하… 하하하하!!"

과장되고 어색한 웃음소리.

세진의 기분을 맞춰주려는 행동인지 오버하는 그 모습이 동정을 불러일으키며 얼굴을 찌푸리게 했다.

'신경 거슬리는군.'

세진이 줏대없이 자신에게 끌려 다니며 이용당하는 인간들을 비웃으며 입 안으로 중얼거렸다.

세진은 자신의 손아귀에 잡혀 흔들리는 나뭇가지 하나가 저 인간들보다 오히려 더 쓰임이 있을 것이라는 생각이 들었다. 자신의 뜻을 펼칠 의지도 없고 세상 물욕과 권력에 휩쓸려 다니다 결국 소모품으로 사라지는 파리 같은 존재들. 자신이 그렇게 정의한 그들에겐 관심이 없었다. 현재 유세진의 머리 속에 자리 잡고 있는 인물은 단 하나.

"민제후……."

아직 그에 대해서 여러 가지 타진해 보고 지켜보고 싶은 것이 많았다.

'성전그룹의 총수 민제후라… 후후훗!'

웃긴다. 그 어린 나이에 총수라니. 그것도 다른 기업도 아니고 성전 그룹.

한국 사람들에게 성전그룹의 위상은 정말 높은 편이다. 각 분야에 대한 투자도 활발하고, 몇 년 전부턴 무자비한 덩치 늘리기보단 비전있는 주요 산업 분야를 중심으로 내실을 다지는 전략으로 돌아서면서 일반인들에게 더욱 좋은 이미지를 심어주었다. 아니, 엄밀히 말하자면 성전의 '좋은 이미지'란 역시 성전그룹 홍보팀이 성공한 마케팅 전략일 것이고, 사실은 성전그룹의 힘을 직 · 간접적으로 느끼기 때문에 높아진 위상이다.

그럼에도 불구하고 현재 한국 사람들은 성전그룹을 국내 10위 안에 드는 재벌 기업 중의 하나 정도로만 알고 있다. 물론 그 정도로도 대그룹임은 자명하지만 일반인들에게 알려져 있는 그 인식은 정말 잘못된 것이었다. 일반 국민들에게 알려져 있는 성전그룹의 모습은 빙산의 일각일 뿐이다. 각 분야에 펼쳐져 있는 사업과 영향력, 자금력 등을 고려한다면 이 한국을 받치고 있는 것은 바로 성전그룹. 그리고 공개되지 않은 비공개 재단과 세력까지 생각한다면…

아시아를 떠받치는 거대한 대기둥으로서 독보적인 존재가 바로 한국의 대(大)성전그룹인 것이다. 그렇다면…

'말할 필요도 없이 성전에겐 한국이 너무 비좁다.'

물론 성전그룹은 세계로 진출해 있다. 그러나 여기에서 말하는 좁다는 뜻은 시장의 의미만을 뜻하는 것이 아니다. 첨단 미래 산업에서의 독보적인 위치와 영향력. 전대 총수였던 장문수 회장은 그것을 위해서 토대를 닦아왔을 것이고 이제 그 발판 위에 우연인지 필연인지 '민제후'라는 인물이 서 있었다. 솔직히 이번 단군 프로젝트만 해도 이러한 성전그룹의 힘과 재력이 없었다면 시작조차 감히 꿈꿀 수도 없는 일이었다.

한국 정부와 손잡고 시작하게 된 단군 프로젝트!

성전의 숨은 힘과 저력이 아니라면 아무리 하나의 국가가 지원해 준다 해도 어떻게 단기간 세계 정상을 노리고 무모하게 뛰어들 수 있겠는가! 그 성공과 실패의 여하는 지금 당장 알 순 없겠지만 몇 년 안에 그 윤곽이 잡힐 것이라 사료된다.

세계 위에 군림하겠다는 말은 결코 간단하게 내뱉을 수 있는 무게가 아니다.

'하지만 지금 내가 민제후라는 인간에게 주시하고 있는 점은 그의 배경, 그의 사업적인 재능이나 감각이 아니지. 내가 확인하고 싶은 건……'

세진은 바로 어제 있었던 「세계CEO포럼」에서 그 첫발을 내딛던 프로젝트 명 「단군」을 생각하며 손아귀에 힘을 주었다.

"하… 하하… 뭔진 잘 모르지만 어쨌든 난 그런 의미가 아니었고… 음, 그럼 이만 나는… 엇?"

마침 귓가에 울리는 파리 소리. 눈치없이 계속해서 앵앵거리며 울려대는 파리 소리가 세진의 불편한 심기를 더욱 돋우었다. 정말이지 신경에 거슬린다.

"와우~ 그나저나 이 꼬맹이 되게 깜찍하게 생겼네. 어디서 이런 걸 찾았냐? 내가 전에 데리고 놀던 애들보다 훨 나은데. 아직 좀 어리긴 하지만. 킥킥, 요즘 그런 거 안 따지는 녀석들도 가끔 있지. 어쨌든 고상한 척하더니 너도 보는 눈은 있구나."

이것이 정말 기분 맞춰준다고 하는 소리일까? 점차 건들거리는 어조가 더해가자 세진이 고개 숙여 피식 하고 웃어버린다. 그리고 그때 유세진의 손에 잡혀 있던 어린 나뭇가지 하나가 힘없이 뚝 꺾어졌다.

"네 것만 아니면 내 컬렉션에 넣고 싶을 정도… 왓!!"

쫙!

화끈한 감각!

덩치는 창가 옆 침대에 눕혀놓은 꼬마 동희를 비실비실 웃으며 만져보려고 하다가 다음 순간 얼굴을 치고 달아난 뜨끈한 번개에 정신이 없었다. 한쪽 뺨에 주룩 흘러내리는 것은 피.

돌아갔던 뺨을 돌리고 휘둥그레진 눈으로 시선을 고정시키니 그의 정면에 가느다란 회초리를 든 유세진의 웃는 모습이 눈에 잡혔다. 하얀 창가 앞에서 펄럭이는 투명한 레이스 커튼을 배경으로 해맑게 웃으며 서 있는 단정한 소년. 하지만 안경을 벗은 세진의 커다란 눈동자는 평소와는 또 다르게 서늘한 예기로 베일 듯 날카롭다. 귀기(鬼氣)까지 느껴질 정도다.

"왜… 왜 이래? 우리가 이런 사이는 아니잖아? 하… 하하… 하……."

그 모습에 아차 싶은 청년이었지만 그래도 그럭저럭 서로가 알고 지낸 지 두 해가 다 되어가기에 어떻게든 말로 무마해 보려고 노력했다. 그러나 냉정하게 천천히 날아오는 목소리.

"죽고 싶습니까?"

웃는 얼굴로 사람을 죽일 수 있는 사람이 있다면 지금 그 앞에 있었다. 아직 어리지만 표정과 생각이 분리된 이중적인 인간.

"손대지 마십시오. 특별한 아이입니다."

"어… 어어. 알았어, 미안. 그럼 난 진짜로 이만……."

생긋 웃는 유세진의 안색을 살피며 스콜피온 짱이라던 인간이 허둥지둥 방 밖으로 나섰다. 문이 닫히고 한동안 육중한 무게가 계단을 내려가는 소리가 쿵쾅거리며 들리고 나자 사방이 잔잔한 침묵에 잠겨 들어가는 듯했다.

침묵과 고요.

창가에서 살랑살랑 봄바람이 스며 들어와 포근한 봄날을 감싸는 것만 같았다.

한데 곧 이어 세진과 동희가 있는 방의 공기가 술렁술렁 흔들리기 시작한다. 이상했다. 마치 봄날 들판에 아지랑이가 피듯 흔들리며 넘실거리는 요사스런 기운들. 가벼운 현기증과 구토가 일어날 듯한 부자연스런 기(氣)가 미약하게나마 확실하게 초자연적으로 발현되고 있었다.

'드디어 시작했군.'

그러나 세진은 당황하지 않고 손에 들고 있던 회초리로 신동희 위의 공기 층을 갈랐다. 특별히 발산되는 기운이 있진 않았으나 인간의 단단하고 확고한 의지를 담은 목소리가 공기를 울린다.

"꺼져라. 네놈들 같은 잡귀가 넘볼 아이가 아니다."

그러자 신기하게도 점차 차분해지는 공기.

불안정한 진동이 사라지고 방 안 공기가 다시 시원한 봄바람만 가득한 걸 느끼고 세진이 그제야 신동희에게 다가가 그 소녀의 이마를 따뜻하게 짚었다. 좀 전까지 순간적으로 발갛게 얼굴이 달아올라 힘들어하던 꼬마 동희가 이제 겨우 열이 내려서 쌕쌕 숨을 고르며 편하게 잠에 빠져들어 가고 있었다.

"…급한 신열은 내렸군요. 정말 다행입니다."

유세진이 보기 드물게 따뜻한 시선으로 내려다보며 방긋 웃었다. 하지만 아무 능력도 없이 단지 지켜볼 수밖에 없는 씁쓸함이 담긴 그 표정, 그것을 볼 수 있는 유일한 인물은 지금 세상을 잊고 잠에 빠져 있었다.

*　　　　*　　　　*

"동희 일, 동민이한테는 절대 말하지 마!"

한편 그 시각, 다른 어느 곳에선 누군가의 딱딱한 목소리가 울리고 있었다. 분명 부탁은 아닌데 그렇다고 거만하거나 명령조도 아닌 비교적 간곡한 말소리.

"내가 왜! 게다가 동민 형이 신동희라는 꼬마 녀석의 오빠라며? 그럼 더 당연히 알아야 하잖아!"

하지만 좀 전에 울린 그 소리에 호응하여 또 다른 누군가의 목소리가 만만치 않게 응수한다.

첫 음성의 주인공의 외양을 살피자면 비교적 평범한 이목구비에 깔끔한 교복 정장을 한 남학생이다. 그렇지만 머리색이 금색이 섞인 특이한 금갈색. 그렇기에 그리 뛰어나지 않은 외모임에도 불구하고 전체적으로 귀하게 자란 도련님의 이미지를 뿜어내는 소년이었다.

사람들에게 '민제후' 라 불리는 소년.

바로 지금, 보통 때는 순해 보이는 동글동글한 눈을 가진 그 소년이 상대방을 가늘게 뚫어져라 바라보고 있었다.

반면 민제후와의 말씨름의 또 다른 상대방은 마른 몸에 양 소매를 팔꿈치까지 걷어 올린 흰 교복 셔츠, 또래보다 비교적 크다고 느껴지는 큰 키의 인물이었다. 독특하게도 뒷머리는 여자의 것으로 보이는 줄리본으로 묶여 있고, 긴 앞머리로 효과적으로 감춰진 눈의 표정은 어딘가 모르게 쓸쓸함과 외로움을 담고 있는 남자 아이. 그러나 그것과 비례해서 그 소년의 이미지를 지배하는 것은 특유의 반항적인 기질이다.

이해할 수 없다는 듯 소리를 씹어 내뱉은 목소리의 주인공은 바로 '강제경'이었다.

그런데 여기는 대기실에서도 한참이나 멀리 떨어진 화장실이었다. 말로만 그렇게 대담한 줄 알았는데 정말로 화장실로 오다니. 물론 시골 초등학교 분교도 아니고 명문 중의 명문고의 예술관 한 자락 끝이었으므로 화장실도 호텔 화장실처럼 깨끗하게 정돈되어 있었으나, 역시 남자들이 의견을 조율(?)하기 위해서, 조용한 대화를 위해 선택하는 장소라면 어쩐지 좀 어색하다 못해 우스워 보였다.

그런데 바로 그곳에 의견 조율이 안 되다 못해 서로 죽일 듯이 노려보는 이 두 명의 소년들이 마주 보고 있었다.

'지금 이게 뭐 하는 짓이람?!'

제경은 가뜩이나 민제후에 대해 갖고 있는 자신의 감정이 호의와 적의가 뒤섞인 혼란스런 것이기에 이런 황당스런 상황을 대하자 더욱 짜증이 솟구치고 있었다.

이제 몇 분 뒤면 기다리던 전공 연구 발표회인데…….

그런데 그 라이벌이라는 인물이 정작 제경과의 대결은 뒷전이고, 당연히 알려야 할 사건을 쓸데없이 덮어두려 하는 것에 제경으로 하여금 마치 농락당하는 기분까지 들게 만들었다. 처음으로 진지하게 승부하고 싶다고 만든 존재가 자신과의 대결에 집중하지 못하는 모습… 그것으로 인한 짜증. 아니, 걱정.

제경이 입술을 깨물었다.

'뭐가 이리 복잡하냐고!!'

그런데 다음 순간 제경은 자신의 목소리를 치고 들어오는 민제후의 하이톤에 복잡하게 얽힌 상념에서 벗어나 정신이 번쩍 들었다.

"알아, 알아, 나도 안다구! 그 녀석, 동생이라고 하면 끔찍하게 생각하는 거 잘 안다구. 그래서 그래. 그래서 안 돼!"

진지한 표정. 그리고 단호한 눈빛.

잠시 격해졌던 어조를 정리하며 제후가 숨을 골랐다. 어떤 때라도 담담함을 넘어 항상 희희낙락 즐거워 보이던 민제후였기에 그런 모습은 그도 얼마나 당황하고 있는지 보여주는 단면 같았다.

금갈색 머리칼의 소년은 횡설수설하면서도 유세진의 적의가 담긴 그 짧은 메시지를 변호하려 애쓰고 있었다.

"아직 무슨 일인지 잘 모르잖아. 너무 단정 짓지 마. 유세진… 내게 정면으로 맞설 녀석 아니야. 적어도 아직은. 그래, 아직은 너무 일러."

"야! 그래도 너……."

"내가 잠깐 다녀올게."

제경의 얼굴이 이번엔 걱정스런 표정으로 급격히 변해가자 제후가 제경의 말을 황급히 끊으며 생긋 웃었다.

"별일 아닐 거야. 뭐, 세진이 녀석도 뾰죽이 뭘 어쩌겠다는 말은 없었잖아. 녀석은 그냥… 그래! 그냥 내가 잠시 발표회 전에 와주었으면 할 뿐이야. 가볍게 생각해. 유세진, 그 녀석 나랑 전혀 모르는 인간도 아니고 특고에서는 유명할 정도로 단정한 놈이니까. 그리고 내 차례가진 아직 시간도 좀 있고……."

"말도 안 되는 소리 하지 마!!"

하지만 제경의 악 소리에도 제후의 눈은 전혀 흔들리지 않는다. 아니, 처음의 혼란스러움이 마음을 정하고 나서는 더욱 차분해지는 모양이었다.

'민.제.후. 이 쇠 심줄 같은 자식!'

이미 저 얼굴은 어떤 말도 통하지 않는 얼굴이다.

제경이 신경질적으로 자신의 머리를 흐트러뜨리며 욕설을 내뱉었다.

'젠장맞을!!'

"받아."

짤랑—

"읏!"

뭔가 휙 날아오는 물체. 제후가 자신의 얼굴을 향해서 빠르게 날아오는 그 물체에 놀라 가까스로 공중에서 낚아채서 바라보았다.

"뭐야? 열쇠?"

제후가 아기자기한 열쇠 고리에 매달려 있는 바이크 키를 손바닥 위에서 발견하고 눈썹을 치켜 올렸다.

" '카인' 의 열쇠야. 어차피 이젠 말려도 소용없는 거잖아. 그럴 거면 빨리 다녀오라구. 대신 흠 하나 없이 돌려줘야 해."

"네 오도배이를?"

인천에 갔던 날, 강제경이 그렇게도 자랑스럽게 여기던 최고의 바이크. 민제후에게 발각되기 이전에는 누구에게도 거의 보인 적이 없었다고 한 만큼 아끼던 그것을 자신에게 이리 쉽게 내준다는 것이 믿을 수 없다는 눈초리다. 하지만 누구에게나 가장 중요한 것이 매 순간마다 같을 수는 없다고 생각하는 제경이었다. 더 가치있고 소중한 일이 있다면 그것을 지키기 위해 온 마음을 다하고 싶다고. 예전과 같은 실수를 하지 않기 위해서라도.

"그리고 내 입을 잠가놓으려면 대신 약속해. 네 차례까지 꼭 돌아온다고. 네 순서는 어떻게든 가장 뒤쪽으로 돌려놓겠어. 네가 무대에 서고 난 다음에 내 무대가 있을 거야. 그러니까 꼭 돌아와! 기권패는… 절대 인정하지 않을 거야!! 알았어?"

"다, 당연하지!!"

민제후가 잠시 어리둥절해 있다가 제경의 마지막 말에 바이크 열쇠를 공중으로 튕겨 올렸다 다시 잡아채며 활짝 웃었다. 그런데 휙 뒤돌아서서 뛰어가려던 그 소년의 얼굴에 갑자기 심각한 표정이 떠올랐다. 의아해하는 강제경에게 제후가 얼마 가지 않고 멈춰 서서 바라보며 과장된 심각함을 연출하기 시작했다. 그리고 질질 늘어놓는 설교를 가장한 은근한 갈굼.

"그런데 제경아, 아무리 생각해도 오도배이에 이름까지 붙이는 건 진짜 이상하지 않냐? 다시 한 번 말하지만 '카인'이 뭐냐, '카인'이?! 네이밍 센스하고는… 쯧쯧쯧. 그거 판타지 소설에서 너무 흔하게 나오는 이름이잖아. 촌~스럽게~"

두 손을 벌리고 '에이~'하는 표정은 충분히 사람 열받게 만든다. 모처럼 진지한 상황, 진지하고 멋있게 마무리하려 했더니 꼭 초를 치고 돌아서는 저 인간.

"사, 상관 마!! 내 멋이얏!!"

"그래그래, 알어. 네 X 굵은 거. 냐하하하!"

"으득! 너, 갔다 오기만 해봐! 오늘 무대에서 그 웃는 얼굴을 아주 박살을 내줄 테니까!!"

제경이 있는 대로 놀리고 도망가는 제후를 쫓아 복도로 튕겨져 나오며 주먹을 흔들었다. 하지만 그 상대는 이미 벌써 복도 저편으로 사라져 가고 있었다.

"아차! 너 길은 알고 있어? 딴 거 찾지 말고 학교를 나가서 좌측으로 큰길만 쭉 따라가! 웅! 큰길만 쭉 따라가야 돼!!"

멀리서 '알았어'라는 메아리가 들려왔다고 생각한 순간에 민제후의 모습이 완전히 시야에서 사라졌다. 그러자 곧 제경에게 왠지 모를 허탈감이 밀려들었다. 그 야릇한 기분에 축 늘어지는 어깨. 게다가 또 이상하게도 제경의 얼굴에 자꾸만 실없는 미소가 피식피식 피어 올랐다.

"…가버렸군."

같이 있기만 해도 기운이 빠지고 엄청난 심력을 소모하게 만드는 인간이지만 그리 나쁜 기분이 들게 하는 녀석은 아니라고 생각했다. 한데 그때,

《딩동댕동~》

《안내 방송 드립니다. 곧 이어 개최하는 피아노 전공 연구 발표회에 참가하는 학생들은 지금 바로 무대 뒤로 가서 진행 요원에게 출석을 확인해 주시기 바랍니다. 다시 한 번 말씀드립니다.》

제후가 제경에게 바이크 열쇠를 받아 순식간에 사라지자 또 한 번의 안내 방송이 예술관에 울려 퍼졌다. 그리고 방송 전에 울린 벨 소리는 전공 연구 발표회의 개막을 알리는 예비 종. 그렇다면 앞으로 10분 뒤에 발표회가 시작한다는 말이 된다.

'이런! 시간이 벌써?! 그럼 빨리 가서 발표 순서를 바꿔야……'

그때였다.

"잠깐! 거기 학생, 자네가 '강제경' 학생이 맞나?"

원래 예정된 시각이 된 것인지, 아니면 예상보다 훨씬 많이 밀려든 인파에 놀란 진행 위원회에서 발표회 시간을 앞당긴 것인지는 잘 모르겠지만, 어쨌든 생각보다 빨리 눈앞으로 다가온 무대에 당황하여 뛰어가려던 제경은 갑작스런 호명에 놀라 우뚝 멈춰 섰다.

"음, 맞는 것 같군. 우리 잠시 대화 좀 나눴으면 좋겠는데."

천천히 고개를 돌리자 보이는 것은 중후한 풍채의 신사복을 입은 늙수그레한 중년인과 그 뒤를 따르는 몇 명의 일행. 공무원들인가? 하나같이 딱딱한 인상에 틀에 박힌 예의적인 표정을 갖추고 있다.

'저 아저씨들… 어쩐지 낯이 익은데?'

"누구시죠?"

"하하하, 긴장되나? 하긴 인생의 전환점이 될지도 모르는 무대니까. 그런데 우리도 그렇구나. 오늘의 발표회는 성전특고로서도 큰 기회이니까 말이야. 곧 우리 성전특고에서 열리게 될 클래스B 피아노 전공 연구 발표회에 대해 난, 아니, 우리들은 아주 자랑스럽고 기쁘게 생각하고 있단다. 학원 운영 이사들뿐만 아니라 교육청 인사들까지 말이다. 저 대강당에 얼마나 많은 관계자들이 기대를 갖고 지켜보고 있는지 학생은 잘 모를 테지? 음, 우리 학원이 줄리어드 음악원 같은 세계적 명문의 명성을 얻는 첫 발자국이 바로 오늘이 될 수도 있다고 하면 이해가 좀 쉬울까? 그래서 말인데 학생, 아니, 제경군……."

제경은 자신의 질문에 대답은 하지 않고 나이에 안 맞게 수다(?)를 떠는 중년인을 흐리멍덩하게 쳐다보다 마지막에 말을 늘이는 부분에서야 겨우 정신을 차렸다. 개인적으론 가뜩이나 시간이 촉박한데 자신을 붙잡고 있는 이 인물이 정말 마음에 안 들었다. 무엇보다 그 중년인이 지금까지 줄줄이 늘어놓는 말들은 한 귀로 듣고 한 귀로 흘렸기 때문에 정확히 기억나진 않지만, 대강 강제경의 천재 명성을 듣고 딴에는 응원한다고 찾아온 격려의 서두 비슷한 것 같다. 그런데 왜 자신이 이렇게 멀쩡히 서서 저 학원 관계자들의 자질구레한 말투를 듣고 있는지 모르는 제경이었지만…… 제경의 불안한 마음은 차라리 보통 때의 칭찬과 격려로 끝내주길 바라고 있었다. 하지만 만약 이렇게 많은 시간을 잡아먹은 주제에 단순히 '열심히 하게'라고 하면 한 대 칠 것 같은 기분도 드니…….

"성전특고의 교장으로서 제경 군에게 한 가지 당부를 하지."

"예?"

'교장? 아, 어쩐지 어디서 본 것 같더라니. 조회 때도 매번 땡땡이를 쳤던 데다가 워낙에 내가 사람 얼굴은 잘 기억 못해서. 그런데 교장과 이사들이 나한테… 무슨……?

강제경이라는 천재 소년만을 원하는 성전특고의 교장과 운영 이사들의 웃는 모습이 제경의 흔들리는 눈동자 속에 담겼다. 오늘만큼은 정형화된 틀에 얽매이지 않고 자유로이 자신의 진정한 피아노 연주를 선보이겠다고 결심한 그 소년의 가슴에 '불안'이라는 이름이 점점 확고하게 자리 잡기 시작했다.

"아무리 이번 연구 발표회가 자유 주제라지만 다른 때도 아니고 세계적인 마스터들 앞에서 장난질만 할 순 없지 않나? 자작곡, 편곡, 하다못해 대중 음악도 상관없다니… 특고의 명예도 달려 있는데 말이지."

"아, 하지만……."

제경이 급하게 반박의 말을 하려 했으나 마침내 그 소년이 불안해하던 한마디가 교장 선생님의 입에서 튀어나왔다.

"그래서 말이지, 제경 군이 우리의 명예를 살려주었으면 좋겠네. 특별 위원석에서 지켜보는 외국의 피아노 교수들과 음악가들에게 클래식으로 빈틈없이 정확하고 완벽한 '천재의 연주'를 들려주었으면 좋겠군. 우리에게 그동안 했던 투자의 가치를 보여주게!"

천재…….

투자의 가치…….

제경은 자신을 강타하는 오싹한 기운에 힘겹게 버티며 주먹을 그러쥐었다.

선택의 기로인가? 민제후가 아니더라도 이젠 더 이상 물러설 곳이 남아 있지 않았다. 장혜영 씨가 자유 주제라고 했지만 그녀는 이 학교보다 세계를 무대로 살아가는 피아니스트. 곧 떠날 것이다.

실세는 이들.

이들은, 특고의 운영진들은 정통 클래식만이 최고의 교양이라고 여기고 있었다. 만약 클래식이 아니라 자신이 하고 싶고, 표현하고 싶고, 진정으로 세상에 펼치고 싶은 자신만의 음악 세계를 보인다면 자신들의 목적에 부합하지 않는 투자 가치인 난…….

"성전특고의 자랑인 자네가 설마 우릴 실망시키진 않겠지?"

그 순간 제경의 눈이 무력함에 물들며 천천히 감겼다.

제4장 삶의 최고 우선 순위 II

부아앙—

요란한 바이크 소리가 길게 뻗은 아스팔트 도로 위를 막힘없이 달리고 있었다. 그 시원한 소리의 질주를 따라 바람도, 대지도, 태양마저도 쫓아오는 듯 느껴지는 풍경.

점차 주홍빛으로 물드는 붉은 구슬.

너울치마 같은 주변 구름을 색색으로 물들이며 자신을 감춰가는 빛의 원천이 시원하게 뚫린 도로 위를 질주하는 한 대의 바이크를 따라오는 듯한 정경은 마치 신이 세상에 무언가를 암시해 주는 것처럼 느껴질 정도로 멋진 풍경이다.

인간을 따르는 태양이라⋯⋯.

어이없는 상상력이라 하더라도 어쩌면 일부 그 의미가 맞아떨어지고 있을지도 몰랐다. 예술적이기까지 한 선(線)을 보이는 첨단 레플리

카 모델 바이크, 그것을 타고 달리는 교복의 소년이 바로 민제후라면.

'유세진! 제발 날 실망시키지 마!'

멀리 한적한 사유지 동산 위로 붉은 지붕의 주택이 보이기 시작하자 제후가 이를 악물었다. 아무리 머리를 굴려도 세진의 의도를 알 수 없는 제후였다. 분명 겉으로 드러난 사실만 보자면 지금의 이 사건은 세진이 제후를 인질극이라는 치사하고 비열한 방법으로 유인하는 행동이었다. 그러나 그 똑똑하고 치밀한 녀석이 7, 80년대 영화에서나 나올 법한 이런 고리타분한 방식을 택했을 리 없었다. 설사 이 사건이 정말 배신이 맞다 해도.

아니, 정확하게 말하자면 배신도 아니다. 유세진은 항상 자신은 아직 누구의 편도 아니라고 말했었으니. 더 좋은 기회가 온다면 얼마든지, 좀 더 극단적으로 말하자면 민제후의 반대 파 쪽에 설 수도 있다는 걸 피력해 왔던 것이다. 하지만 갑자기, 그것도 하필 오늘 이런 행동을 하는 것은 이해하기 어려웠다. 이것을 어떻게 받아들여야 할까? 항상 뭐든지 의미를 담고 계획적으로 움직이는 인물이기에 뭔가 이유가 있을 것이라고 막연하게 믿고 있지만… 아니, 믿고 싶지만…….

'모든 건 가보면 알게 되겠지!'

부아아앙!

제후가 헬멧 속에서 순간 눈을 번쩍이며 손아귀에 힘을 줬다. 그러자 마치 바이크 레이싱에라도 나간 것처럼 더욱 높아진 쾌속도.

세진과 동희가 기다리는 장소가 빠르게 시야로 다가들고 있었다. 공기 중에 녹아 있던 봄의 싱그러움이 민제후와 바이크에 의해 생기는 저항력 바람에 의해 갈라져 조각조각 흩어져 날렸다.

                  *   *   *

"어이! 넋 놓고 앉아서 뭐 해?"

"으응?"

제경이 무대 뒤 대기자 장소에 허리를 잔뜩 숙이고 앉아 있다가 누군가 어깨를 탁 치는 바람에 깜짝 놀라 고개를 들었다. 다른 참가자 아이들은 몰라도 친인척 중에 아무도 없는 제경이기에 찾아올 사람이 없는데…….

그런데 누구?

"뭐야? 응이라니. 긴장되는 거야, 제이? 웬일이냐? 천하의 '제이 강'이 다른 것도 아니고 피아노로 긴장하다니. 너, 혹시 어디 아프냐?"

"…아사미?"

강제경이 번쩍 든 자신의 두 눈에 어색하지만 구색을 맞춰 입은 정장 차림의 일본계 청년이 비춰지는 걸 믿을 수 없다는 듯이 더듬거리며 말했다.

유행이 지난 옛 스타일의 빛 바랜 양복을 걸치고, 정성은 다한 것 같지만 약간 비뚜로 매진 넥타이… 〈시티 오브 조이〉에서 항상 편안한 옷차림으로 일하던 청년이었기에 익숙하지 않은 그것을 매기 위하여 거울 앞에서 낑낑대는 모습이 눈에 선했다. 어쩌면 넥타이를 매는 것이 오늘이 처음이었을지도. 그리고 머리도 단정하게 한다고 무스를 발라 올빽으로 뒤로 한껏 젖힌 모양이 마치 선보기 위해 설레는 마음으로 다방을 향해 가는 농촌의 순박한 노총각 같았다. 이렇게 꾸민 것이 모두 자신을 위해서였다고 생각하니 제경은 말이 잘 안 나왔다.

"왜… 왜? 어디 이상하나? 나도 나름대로 신경 쓴다고 썼는데… 휘유~ 근데 여기 와보니 정말 장난 아니다. 여기 사람들은 다 최고급 아르마니 양복으로만 치장을 했는지 여기저기 삐까번쩍하고… 저, 제이? 혹시 우리가 와서 네가 괜히 창피한 건 아닌지…….”

“아, 아니야! 정말 멋있어! 최고로 멋있어요! 우와~”

감격해서 아무 말 못하고 멍하니 있는 제경의 얼굴이 보이자 그 일본계 청년은 제경이 자신의 촌스러운 모습에 실망한 것이 아닌가 걱정되는 모양이었다. 하지만 곧 얼굴이 발그레해져서 기뻐하는 기색이 역력한 강제경의 모습을 대하자 긴장을 풀고 빙그레 웃으며 제경의 머리를 쓱쓱 흐트러뜨렸다.

“짜식! 뭘 그런 걸 갖고. 그리고 넌 오늘 나가서 평소 하던 대로만 하면 돼. 넌 항상 우리들한테 최고였어. 화려한 무대 따위에 주눅 들 거 없이. 그냥 본때를 보여주는 거야!”

“저기에서 거들먹거리는 특기생들한테?”

“객석에서 보석 두르고 우아한 척하는 졸부들한테도.”

“코를 납작하게?”

“완전히 뭉개 버려.”

서로 문답식으로 말을 주고받던 강제경과 사토우 아사미는 얼굴을 맞대고 한동안 심각하게 상대를 바라보다 동시에 웃음을 터뜨렸다.

그 웃음소리에 주변에 드문드문 보이는 다른 참가자들이 경박스럽다느니 하며 중얼거리고 비웃었지만 지금의 제경은 그런 걸로 상처를 받을 만큼 약하지 않았다. 상처가 뭔가? 긁히지도 않는다. 자신을 지켜보고 있는 사람이 있다는 것, 자신을 사랑하고 아끼는 존재가 있다는 것은 그것만으로도 그 사람을 강하게 만드는 마법을 부리는 것 같았다.

제경은 어느 정도 웃음이 가라앉자 시원하게 웃어 젖힌 대가로 눈가에 고인 눈물을 훔치며 아사미라고 부르는 청년을 향해 진심으로 중얼거렸다.

"…고마워요."

그리고 그 말에 아사미가 잔잔히 미소 지으면서 제경, 아니, '제이'의 머리통을 주먹으로 톡 치며 그 소년의 얼굴을 보지도 않고 말한다.

"별말씀을. 당연히 와야지."

왠지 따스해지고 편안해지는 그 기분에 제경이 아사미에 의해 푹 수그러진 고개를 들지 않고 그대로 피식 웃었다.

"나… 학교 그만둬 버릴까?"

갑작스런 말이라 그런가?

제경의 혼잣말 같은 그 한마디에 사방이 고요해진 듯한 착각마저 들었다. 주변의 다른 참가자 아이들은 그들에게 신경조차 쓰지 않고 저 멀찍이 떨어져 자기 가족들에 둘러싸여 여전히 이야기꽃을 피우고 있는데도. 무엇 하나 달라진 것이 없는데 달라진 듯 느껴지는 이 공기.

아사미가 보조 의자에 앉아 고개를 숙이고 있는 제경을 정면에서 내려다보며 조용히 입을 열었다. 제경과 가까운 사람이라 화를 낼지도 모른다고 생각되기도 했지만 의외로 변함없이 잔잔한 미소를 띤 온화한 표정이다.

"왜 그래?"

"아니… 그냥… 에이~ 재미없잖아요. 맨날 지루한 수업에, 잔소리에, 시험은 또 얼마나 많은데. 어차피 난 상업적인 음악이 더 맞는 것 같으니까 좀 일찍 데뷔한다고 생각하지 뭐. 하하하! 나 원래 이렇게 꽉 짜여진 기숙 학교는 체질에 안 맞는 것 같다고 그랬잖아."

"음… 그래? 그것이 네 선택이라면."

"예?"

제경이 밝은 목소리로 이것저것 이유를 갖다 붙이자 아사미가 대수롭지 않다는 듯 쉽게 수긍했다. 허탈할 정도로 아주 쉽게.

제경은 자신이 말은 그렇게 했지만 말리는 흉내도 전혀 안 내는 아사미에게 어쩐지 좀 서운한 감정이 들었다. 정말 모순적이다. 자신의 의견에 동의해 주는데도 후련하지 않은 이 기분이라니… 제경은 이상하게 치밀어 오르는 알 수 없는 어떤 감정을 억누르며 한껏 밝은 척 목소리를 높였다.

"좋아! 그럼 〈시티 오브 조이〉에서 일하게 해줄래요?"

"아니, 싫은데."

"에에?"

이국적인 분위기의 그 청년은 어벙한 표정을 한 채 굳어버린 제경을 버려두고 주머니에서 막대 사탕을 꺼내 포장을 벗겨 입에 넣었다. 잠시 방긋 미소 지으며 '담배를 끊어서' 라고 대답한 아사미는 곧 당연하지 않냐는 듯이 담담한 얼굴로 말을 이었다.

"내 친구는 '제이 강' 이지 '강제경' 이 아니거든. 그리고 '제이' 라면 절대 도망가지 않지. 자신에게 솔직하게, 세상에서 자유롭게, 힘들더라도 한 발 한 발 앞으로 나설 아이니까."

"하, 하지만 '제이' 는 생각보다 그렇게 강하지 않을지도 몰라요. 그냥 그렇게 보이려고, 환상을 꿈꿨던 것일지도 모르잖아요!"

"뭐, 그렇더라도 별로 상관없지 않을까?"

입에 넣었던 막대 사탕을 다시 꺼내 들며 청년 아사미가 눈웃음을 지었다.

"사람은 누구나 자신에게 가장 소중한 것을 선택하지. 어떤 사람이 나중에 그 선택을 후회하더라도 그것은 그 사람이 그 당시에 자신이 선택하고 싶은 것보다 세상의 이목이나 물질적인 이익, 또는 주변의 사람들을 위한다는… 뭐, 어떤 것이든지 좋아. 사람마다 이유는 각기 다를 테니까. 어쨌든 누구를 위해서 희생했다든지 하는 그러한 자기 만족이나 허영심, 그 밖에 또 다른 어떤 마음들이 자신이 선택하고자 했던 것보다 더욱 소중했기 때문에 나중에 '후회한다'는 선택을 하게 되는 거지. 하지만 선택의 순간에는 누구나 그때의 자신에게서 가장 중요하게 여기는 마음에 이끌려 가게 되니까."

"……."

"그리고 내가 아는 '제이'라면 누구보다 솔직하고 자유로운 성질의 녀석이니… 성질은 꾸며지는 것이 아니거든. 그러니까 정말 중요한 순간에 가서는 훌륭하게 자신의 길을 찾을 거라고 우린 믿어."

사람 좋아 보이는 사토우 아사미의 미소.

편안한 기분을 느끼게 하는 저 미소 덕분에 〈시티 오브 조이〉의 바텐더로서 인기가 좋은 것일 것이다. 게다가 저렇게 확신에 찬 격려를 듣는다면 누구든 힘이 나지 않겠는가.

"하아~ 그렇지만 이번 일, 정말로 간단하지 않은데……."

역시 이번만큼은 쉽게 결정할 수 없는 문제다. 그래서 여전히 조금 풀이 죽어 있는 제경에게 아사미도 어쩔 수 없다는 표정을 지으며 다가와 약간의 말을 더 보태주었다.

"그러니까 문제는 이거야."

"……!"

갑자기 제경의 가슴 한복판을 찔러오는 손가락 하나!

"네 마음에서, 네 삶에서 가장 소중한 마음이 무엇인지 잘 찾아!"

가장 소중한······.

"안정된 생활이나 명예욕, 또는 설사 네가 순수하지 못한 부(富)를 택한다고 해도 누구도 널 비난할 순 없어. 바로 너 자신밖에는."

온화한 인상의 이국 청년이 그 순간엔 날카롭게 말을 내뱉었다. 평소 그답지 않게 축 처져 있는 강제경의 모습 따윈 보고 싶지 않다는 표현이었다. 전에도 잠깐 보여진 적 있다시피 때때로 위태로운 상황에서 은근히 뿜어 나오는, 인심 좋아 보이는 이국 청년의 카리스마가 현재 강제경을 압도하고 있었다.

"아무리 많은 시간이 흘러도 퇴색되지 않는, 진정으로 소중한 것을 찾도록 해야지. 삶을 살면서 자신에게 가장 소중한 것을 찾아서 선택의 우선 순위를 정해두는 것도 살아가는 데 그리 나쁘지 않은 방법이라 난 생각한다."

제경의 어깨를 잡고 말하던 아사미는 긴 앞머리 사이로 무섭게 빛나기 시작하는 반항적인 소년의 눈빛에 흠칫 놀라 손을 뗐다. 그러나 금세 원래의 온화한 미소로 돌아온 아사미가 어깨를 으쓱하며 가볍게 주절거렸다.

"···하지만 이건 내 방법일 뿐이야. 누구나 각자 살아가는 방법 하나쯤은 가지고 있어. 세상에는 원색적인 빨, 주, 노, 초, 파, 남, 보만 있는 게 아니거든. 참고로 난 파스텔 톤 연보라가 좋아. 뭐? 결론? 결론은··· '각자 알아서 살아라'지. 하하하하! 사탕 먹을래?"

"그게 뭐예요!!"

남은 한참 심각해 죽겠는데.

"제이, 널 생각해서 하는 말이야. 담배 끊는 데는 이거 정말 괜찮거든."

"됐어요! 지금 난 생계가 달려 있…… 끄악!!"

제경은 순간 멀리서 달려오는 어떤 덩치 큰 생물에 경악하며 벽으로 쭈욱 무섭게 물러섰다. 쿵쾅거리며 달려오는 거대 생물체. 게다가 울퉁불퉁한 그을린 굵은 팔뚝에 어울리지도 않는 새하얀 턱시도를 입고 빨간 나비 넥타이를 맨 그것은……!

"제이! 내가 왔다! 나의 사랑스런 썬, 제이야~!!"

"으악!! 말리 아저씨?!"

식은땀을 뻘뻘 흘리며 제경이 어색한 억지 웃음을 지으며 고개를 돌리자 생글생글 웃고 있는 온화한 아사미가 막대사탕을 빨고 있는 것이 보였다.

"아사미! 이게 어떻게 된 일이에요?"

"뭐가? 난 처음부터 '우리'라고 말했었는데."

"사토우 아사미, 당신 성격 진짜 나쁜 거 알아! 으아아악!!"

강제경이 때마침 들이닥친 마담 말리에의 숨통 조이는 애정 표현에 발버둥치며 이국적인 일본계 청년을 향해서 험한 욕설을 거칠 것 없이 퍼부어댔다. 그러나 그런 욕설을 듣고도 진짜로 기쁜 선물을 받은 것처럼 생긋 웃는 청년은 바로 '사토우 아사미'였다.

"호오~ 그래? 칭찬 고맙구나, 제이."

《신사 숙녀 여러분! 그럼 지금부터 성전특별고등학교, 예능 부분 클래스B의 피아노 전공 연주자들이 펼치는 전공 연구 발표회를 개최하겠습니다.》

발표회 시작을 알리는 사회자의 목소리와 함께 두꺼운 붉은 커튼 밖에서 우레와 같은 박수 소리가 터져 나왔다. 특별 심사 위원으로 초청된 세계적인 명사들이 소개되며 이번 학생 발표회의 취지를 밝히며 시작된 연주회. 하나같이 범상치 않은 영재들이 자신들의 피아노를 보여 주기 위해 차례를 기다리며 눈을 빛내고 있었다.

그러나 무대에서 드디어 첫 번째 참가자의 피아노 소리가 울려 퍼질 그때쯤, 무대 뒤에서는 한 소년의 살고자 하는 처절한 비명 소리와 그 어이없는 해프닝 해결을 위해 뛰어온 진행 위원들의 소란스러움으로 정신없이 울리고 있었다.

*　　　*　　　*

"여긴가?"

제후는 사유지를 표시하는 철제 대문이 길을 가로막고 있는 것이 보이자 바이크에서 내려 헬멧을 벗고 직접 그쪽으로 다가갔다.

메모에 의하면 분명 이곳이 유세진이 와달라고 했던 그 장소가 분명한데 길이 막혀 있다니. 약간 비스듬한 오르막길의 연속이 나무들 사이로 좁지 않게 나 있는 것이 보여 그 길로 곧장 올라가면 오래지 않아 세진이 기다리고 있는 집이 보일 것이라고 쉽게 짐작할 수 있었다. 하지만 오래도록 돌보지 않았던 듯, 주택이 있는 곳까지 이어져 있는 가로수 길과 정원은 여러 가지 잡동사니가 굴러다니고 사람의 손길이 느껴지지 않아 버려진 집처럼 느껴진다. 아니면 정말로 버려진 집인가?

끼이익—

"어? 잠긴 게 아니었네? 애구, 다행이다."

새빨갛게 녹이 슬고 말라 죽은 덩굴 식물이 어지럽게 엉겨 있지만 예전에는 상당히 멋졌을 것 같은 화려한 문양의 철제 문. 그것이 쇳소리를 내며 손쉽게 열리자 제후는 안도의 한숨을 내쉬었다. 잠겨 있었다면 저 높은 철제 대문을 타고 넘어갔어야 했을 텐데 상당히 다행한 일이 아닐 수 없었다. 만약 담이나 문을 타고 넘어가야 했다면, 마치 도둑고양이처럼 남의 구역을 무단으로 침입한다는 기분도 기분이지만 가뜩이나 촉박한 시간을 훨씬 잡아먹었을 테니.

제후는 무심코 손목시계를 바라보다 시간을 보고 더욱 초조해졌다. 학교까지 아무리 빨리 왕복한다 하더라도 오고 가는 시간을 빼면 못해도 4, 50분 안에 동희를 데리고 나서야 한다. 오늘 피아노 발표회… 절대 놓칠 수 없었다. 여러 가지 의미로.

그런데 그때 급한 마음에 걸음을 빨리하던 제후는 자신을 기다리는 어떤 정경에 두 눈을 휘둥그레 떴다.

"엇? 너희는……."

무슨 일일까?

한편, 민제후가 목적지로서 향하고 있는 빨간 지붕의 주택은 의외로 평온하기 그지없었다.

저택이라 하기에는 너무 작고, 단순한 가정집이라고 하기에는 조금 큰 듯한 이층 구조의 주택. 빨간 지붕이 이색적이고, 화사한 외양을 가진 아기자기함이 눈에 띄는 이 집은 경치 좋은 곳에 마련된 별장의 이미지가 짙은 건물이었다. 전체적으로 자연 친화적인 건축 자재로 구성되어 있어 보고만 있어도 따뜻하고 안락한 느낌이 드는 집. 예전에 이곳에 누군가가 살았다면 정말 정성을 다해 집을 돌봤던 듯 서툴지만 정성이 깃든 흔적이 아직도 여기저기에서 보인다.

그런데 바로 그곳에 민제후가 지금 기필코 만나보고자 하는 인물, 유세진이라는 소년이 한가롭게 창가 앞 테이블에 앉아 있는 것이 보였다. 오늘 그가 이곳에 도착했을 때 안내되어진 방, 그곳 창가에 놓인 2인용 테이블에 혼자 앉아 체스판을 앞에 두고 미소 짓고 있는 검은 머리의 소년.

누군가를 환영한다는 의미처럼 활짝 열린 창에선 따뜻한 솔바람이 들어와 그 소년의 푸른 머리칼을 살랑살랑 쓰다듬어 주고 있다.

그러나 그런 평화로운 풍경에도 불구하고 누군가 이 공간에 사람이 남아 있어 유세진의 모습을 관찰하고 있었다면 그 소년의 행동에서 한 가지 이상한 점을 쉽게 발견할 수 있었을 것이다.

유세진의 앞에 놓여 있는 것은 고급 체스판.

우아한 깊은 자줏빛과 아이보리에 가까운 흰색의 스퀘어(Square)가 교차되어 배열된 그것에서 품격이 느껴진다. 게다가 그 체스판 위에 놓인 말들조차 모두 하얀 돌로 정교히 조각되어 얼핏 보기에도 그것들은 최상의 가치를 가진 물건들.

하지만 이상한 점이란 유세진이 그런 고급 체스판을 가지고 놀고 있다는 것이 아니라 그 혼자서 양쪽의 말을 교대로 배열할 뿐인데 흥미진진하다는 얼굴로 게임을 시작한다는 것 자체였다. 유세진의 재미있어하는 그 얼굴 그 모습은 결코 양쪽의 말을 자기 혼자 움직여 가는, 혼자만의 게임으로 인해 생겨난 표정이 아니다.

"후후, 그럼 이만 본격적인 면담에 앞서 약간의 남은 시간을 이용해 게임을 좀 해볼까요?"

유세진이 체스판 위의 말의 배열이 막 끝나자 그림 속에서나 나올 것 같은 아름다운 배경을 뒤로하고 고개를 들어 순진무구한 천사의 미소를 방긋 지었다. 소년은 잠시 시선을 돌려 그 방 한쪽 침대 위에 불가사이한 빛에 감싸여 누워 있는 작은 소녀를 바라보며 입을 열었다.

"그런대로 재미있을 겁니다, 민제후 군."

순간적으로 유세진의 눈동자가 악동 같은 즐거움으로 반짝이며 그 푸른빛이 나는 검은 머리 소년의 손이 재빠르게 움직였다 싶을 그때,

탁!

체스판 위에서는 한판의 전쟁이 벌어지기 시작했다. 그리고 세진의 작은 입이 열리며 서늘한 느낌의 한마디가 튀어나왔다.

"폰(Pawn)의 정렬. 게임 시작."

"우와아아아아!!"

"우앗!! 잠깐! 잠깐! 얘들아, 얘기 좀 하자!!"

유세진의 체스판이 움직인 그때쯤, 주택으로 올라가는 가로수 길에서는 십수 명의 아이들이 손과 주먹에 뭔가 하나씩 무기가 될 만한 것들을 들고 민제후를 덮쳐 가고 있었다.

눈에 무섭도록 독기를 품고 달려드는 소년들!

시끄럽게 떠들지도 않고, 불필요하게 건들거리지도 않고, 쓸데없는 잘난 척도 없이, 진짜 꼭 필요한 단순한 공격만을 무자비하게 퍼부어대는 학생들이 거기에 있었다. 가만히 살펴보자니 그 소년들은 예전에 제후와 시내에서 마주쳤던 스콜피온인 듯 드문드문 낯익은 얼굴들이 보였다. 그리고 그중 하나가 바로 민제후와 반갑지 않지만 의외로 질긴 인연을 가진 빨강 머리 앤써니.

"이봐, 빨강 머리 앤! 이런 상황에서 차마 반갑다고 인사는 못하겠는데, 그래도 이유나 좀 알자구! 지금 너희들 나한테 왜 이러는 거야? 아니아니, 어떻게 너희들이 여기에 있지? 우앗!'

제후가 스콜피온 지역 조장이라던 앤써니에게 소리 높여 묻고는 뒤

로 날아오는 각목을 아슬아슬하게 고개 숙여 피했다. 그러나 단지 그 것만으론 끝나지 않는 연속타, 또는 동시에 날아오는 공격들!

'크윽! 이거 한도 끝도 없이 정신없구만.'

바닥으로 뒹굴며 흙먼지를 뒤집어쓰고서야 겨우 숨을 돌릴 수 있게 된 제후는 그제야 이 상황을 어떻게 쉽게 벗어날 수 없을까 하는 안일한 생각을 멀리 던져 버렸다. 그렇게 마음을 다잡고 나니 오히려 기분이 차분하게 가라앉고 투지가 끓어오른다. 어차피 다시 태어난 생에서도 싸움과의 인연을 뗄 수 없나 보다라고 체념하는 제후였다.

그런데 이번엔 과연 무사히 이 판을 접을 수 있을까?

"우리가 어떻게 여기에 있냐고? 흥! 그럼 우리 스콜피온이 겨우 너 같은 애송이 하나에 숨죽이고 엎드렸다고 생각했냐? 또라이 새끼! 바로 오늘처럼 한 번에 제대로 밟아주려고 기회를 봤을 뿐이지! 내가 나중에 다시 보자고 했지! 저번엔 네가 어떤 속임수를 썼는진 모르겠지만 오늘만큼은 그렇게 안 될걸? 푸후후후."

"뭐? 으읏!"

슝!

숨 돌릴 틈도 안 주겠다는 듯 잠시의 여유도 허락하지 않는 스콜피온 지역 짱들. 여러 명이 한꺼번에 달려드는데도 호흡이 척척 맞는 것이 민제후에 대해 들었던 말들을 다 믿진 않으나 절대 방심하지 않겠다는 결의가 역력하다. 그렇게 자신을 목표로 동시 다발적으로 일어나는 공격들인지라 아무리 예전의 실력을 그대로 지닌 민제후라도 완벽히 막아내진 못했다. 하지만 때때로 맞아주어도 아직까진 그리 큰 타격 안 받고 그럭저럭 피해 나가는 소년이었다.

빨강 머리 앤써니는 그 모습을 보고 미꾸라지 같은 그 알미운 상대를 향해 억지로 비틀린 미소를 지으면서 이를 갈듯 말을 내뱉어주었다.

"바로 우리에게 너의 가장 가까운 인물이 협력자로 들어와 있거든!"

"……!"

협력자?!

'지금 뭐라 한 거지? 협력자라니? 그럼… 날 이리로 유인한 이 유치찬란함이……!'

"세진아……."

제후는 마치 누군가 자신의 머리를 후려치는 듯한 기분을 느꼈다.

아니다. 설마…….

제후는 빨강 머리 앤의 그 말에 충격을 받은 듯 잠시 얼이 빠졌다가 정면에서 자신의 머리 바로 위로 내리꽂히는 각목을 발견하고서 간신히 정신을 차렸다. 순간적으로 번쩍 떠진 눈으로 사방을 둘러보니 마치 영화 속 슬로 모션처럼 스콜피온 녀석들의 무자비한 태클이 한눈에 들어온다.

느리다… 느려…… 아주 느렸다.

"유세진!"

"시끄러! 이거나 먹어라, 새꺄!"

제후가 나무들 사이에서 멀리 보이는 붉은 지붕을 향해 소리를 지르자 앤써니가 다른 아이들과 함께 빠르게 다가들며 각목 등을 휘둘렀다. 하지만 현재 민제후에게 중요한 것은 유세진의 진의였다. 금갈색 머리의 순한 인상의 소년이 눈을 무섭게 부릅뜨며 소리 질렀다.

"유세진, 나와! 나오란 말이야! 유.세.진!!"

제후가 악에 받쳐 스콜피온 지역 조장들과 정신없이 맞붙고 있을 그때, 정작 유세진은 멀리서 자신을 부르는 작은 목소리에 눈을 살짝 감으며 살풋 미소 짓고 있었다.

그러나 소년은 그 소리에 아랑곳하지 않고 벌써 여러 번 움직인 듯한 체스판에서 이번엔 자기 편의 말을 움직이기 위해 손을 뻗는다. 그 소년의 손에 이번에 잡힌 말은 십자가를 든 주교 형태의 정교한 말. 그 말이 큰 타격을 주며 상대 진영 깊숙이 파고든다.

그리고 이번에도 울리는 즐거운 어조의 유세진의 목소리.

탁!

"비숍(Bishop) 출현합니다."

"저리 비켜! 난 지금 당장 만나야 할 녀석이 있단 말이야! 방해하지…… 어엇?!"

파파팡!

"아악!!"

끓어오르는 화를 주체하지 못하고 무계획적으로 스콜피온에게서 빼앗아 든 각목을 이용해 자신을 가로막는 아이들을 후려치고 발로 차며 뚫고 지나가던 제후는 갑자기 옆구리와 가슴 한복판에서 느껴지는 격심한 극통과 충격에 붕 떠서 날아가 바닥을 굴러야 했다.

"쿨럭쿨럭… 으윽… 누구야……?"

지금까지 자신에게 덤비던 아이들과는 분명 다른 인물이었다.

제후도 그 인물이 자신에게 가까이 다가들어서야 그 존재를 알아챌 만큼 놀라운 스피드! 게다가 상대의 허점을 순간적으로 포착해 정확히 가격하는 솜씨는 정말… 아직 학생일 뿐이라고 생각하기엔 놀랄 정도다.

'젠장, 더럽게 아프네. 나 그동안 정말로 편하게 살았나 보군. 윽······!'

제후는 아직도 가시지 않는 가슴의 통증에 한쪽 눈만 간신히 뜨며 비틀거리고 일어섰다. 그런데 그때 초점이 잘 안 맞는 민제후의 시선에 하나의 흐릿한 인형이 비쳐졌다.

"일어나."

제후가 가슴과 옆구리를 움켜쥐고 찡그리고 있자 약간 허스키한 목소리가 다가왔다.

"누구······."

"난 스콜피온의 지역 총괄부장인 '문승현' 이다."

몸을 세우며 상대를 자세히 관찰하기 시작한 제후는 미간을 찡그렸다.

'문승현?'

"그리고 이제 시작인데 엄살은 그만 부리지."

스콜피온 지역 총괄부장이라는 학생이 보였다.

키는 컸지만 단단한 남자라기보다 보이쉬한 느낌이 훨씬 더 강한 소년. 그래서 그런지 약간 허스키한 느낌의 목소리와도 잘 어울렸다. 중성적인 외모인데다 어딘가 모르게 느껴지는 강렬한 기운이 요즘 여학생들에게 상당히 매력있게 어필되는 이미지였다.

가느다란 모발의 머리칼이 옆 가르마로 흘러내려 무심해 보이는 얼굴과 독특한 회색 빛 눈동자를 감싼다. 게다가 그가 걸치고 있는 옷 또한 사슬이나 괴상스런 장식품이 주렁주렁 달린 불량아의 대명사 차림이 아닌, 평범한 보통 고등학생들이 주로 입는 베이지 색 면바지와 가벼운 캐주얼 재킷.

어디로 봐도 문승현이라는 아이는 스콜피온 같은 불량 서클에 가담할 것 같지 않은, 진지함이 묻어나는 학생으로 보였다.

그렇지만 본인 말대로라면 이 소년이…

"스콜피온 지역 총괄부… 장? 그럼 너도 성전의 특고생……."

그리고 그뿐만이 아니라 지역 총괄이면 민제후가 처음으로 마주친 그 십수 명의 지역 조장들을 관리하는 스콜피온의 중간 리더라는 소리가 된다.

'우이 띠! 일이 점점 더 꼬이는군. 오늘이 스콜피온 곗날이라도 되는 거야 뭐야? 왜 이리 다들 꾸역꾸역 몰려든담.'

제후는 이제 얼마 남지 않은 시간을 계산하며 낭패라는 얼굴로 주변을 둘러보았다. 문승현이라는 소년이 겉으로 보기에는 별로 강해 보이진 않았지만 자기 밑의 아이들에게 확실한 신뢰를 심어주고 있었던지 제후에게 얻어맞고 쓰러졌던 녀석들도 '넌 이제 죽었어' 라는 표정으로 의기양양하게 뒤로 물러서고 있었다.

'불량 서클이라지만 상하 관계는 확실한 건가? 아니면 전에 생각했던 대로 아이들 세계도 힘의 우열이 지배하는 걸까? 뭐, 어느 쪽이든 다 마음에 안 들지만. 쩝! 할 수 없지. 목마른 자가 샘을 판다니.'

"비켜줘. 나 지금 당장 만나야 할 녀석이 있어서 올라가 봐야 해. 너희들하고 싸우고 싶지 않아. 그래도 정 나와 부딪치고 싶다면… 나중에 하자. 오늘 말고 나중에. …부탁이다."

제후가 반듯한 눈으로 문승현을 바라보며 진지하게 부탁했다.

부탁?

부탁이라니!

전생의 그를 생각해 본다면 정말 놀라운 일이 아닐 수 없다. 민제후,

아니, 전생의 박경덕은 말 그대로 폭력 조직의 보스가 아니었던가. 그것도 누군가에게 물려받아 이끈 조직이 아니라 정말 밑바닥 잡부에서부터 시작하여 하나하나 직접 그의 손으로 일군 그의 것! 그것만으로도 박경덕의 성정을 어느 정도 짐작할 수 있다.

중년의 나이에 접어들기 전에 이미 하나의 거대 조직을 완성시킨 대보스.

그 이름은 거저 얻어진 것이 아니다. 처음엔 살아가기 위해 어쩔 수 없이 시작했다고는 하나 그 리더가 실력도 없고 냉철함과 카리스마가 없었다면 아무리 주먹 싸움에서 날고 뛴다고 해도 결코 손에 꼽히는 조직으로 클 수 없었을 터였다.

그래서 지금 놀랍다는 말이 어울리는 것이다. 전생의 박경덕이 그대로 환생한 민제후였다면 그는 결코 어떤 상황에서도 부탁 따윈 하지 않았을 테니까. 예전의 박경덕이라면 오히려 한쪽이 끝장날 때까지 이 상황을 끌고 나가서 스콜피온이라는 불량 서클을 와해시켜 버리거나 지금 현재 이 자리에 있는 아이들을 모두 죽기 직전까지 잔인하게 밟아버렸을 것인데. 암흑가의 젠틀맨이라고 불렸지만 자신의 경고를 한 번 들었던 이가 다시 한 번 자신의 뜻을 어기고 도전해 온다면 일말의 동정도 두지 않았던, 한편으론 정을 갈구했지만 또 다른 한편으론 오싹하도록 무서워질 수도 있는 인물이 바로 한 조직의 보스 박경덕이라는 인물이었으니…….

아니다. 놀랍다 못해 이상하다.

어째서 민제후가 저리 쉽게 부탁이라는 걸 할 수 있는지. 아니, 이상한 점을 찾자면 오래전 처음 민제후로 깨어났을 때부터 시작해야 할 듯싶다. 전생의 그런 과거가 있는데 어떻게 이리도 밝고 천진난만한 빛나는 영혼을 가진 소년이 될 수 있었는지, 어떻게 이리도 순수하고, 또 마치 영혼까지 진짜 십대 소년이라도 된 것처럼 자유롭게 생(生)을 영위할 수 있는지. 바로 그것에서부터 시작해야 할 듯싶다.

그러나 지금 이 자리에 그런 감춰진 깊은 비밀이 있는 것을 아는 이가 없기에 민제후의 그런 행동을 좀 의외라고 생각하면서도 다들 대수롭지 않게 넘기고 있었다.

"무슨 말을 하는지 잘 알겠어. 하지만 어쩌지? 우린 여기서 널 올려 보내지 말고 1시간만 잡고 있으라는 또 다른 부탁을 받았거든. 네 부탁을 들어주고 싶어도 못 들어주는 이유가 바로 그 때문이지."

'세진이가?! 그럼 발표회는……'

"……!"

문승현이라는 소년이 무심한 회색 빛 눈동자에 미소를 담으며 대답하자 제후가 입술을 깨물며 물었다.

"그럼 내가 어떻게 해야 하지?"

스콜피온 간부들만 모인 이 공간이 너무나 답답하게 느껴졌다. 막 이곳에 도착했을 때처럼 숨 돌릴 틈도 안 주고 공격해 오는 것도 진땀이 났지만, 저렇게 한 명의 인물을 중심으로 그에게 모든 걸 맡긴다는 듯 물러서서 노려보고 있는 눈들도 마주하기 거북하다. 아무것도 하지 않고 그냥 있을 뿐이지만 격렬하게 맞붙어 싸울 때보다 긴장감이 더 팽팽했다.

그나마 좀 위안이 되는 것은 문승현이라는 스콜피온의 총괄부장이라는 녀석이 왠지 복잡하지 않게 실타래를 풀 기회를 줄 것 같다는 직관!

"글쎄… 나랑 맞짱 한판 뜰까?"

그 순간 문승현이 눈을 빛내며 말했다.

"에?"

제후의 직관이 맞아떨어진 것인가?

지금 시간이 없다고 나중을 부탁한 민제후에게 매력적인 허스키 보이스가 하는 제안. 하지만 어쩐지 그 소년과 안 어울리는 말투에 제후는 혹시나 다른 뜻이 있는가 싶어 한동안 침묵을 지키다가 머리를 긁적이며 물었다.

"저기… 그게 무슨 뜻이지?"

"아, 좀 전엔 엄살이라고 말했지만, 솔직히 난 못 일어날 줄 알았지. 한 대도 아니고 진짜를 두 번이나 맞았으니까 말이야. 그래서 좀 신기해서. 여지껏 그런 놈 별로 못 봤거든. 의외야."

허허. 생긴 거랑 다르게 노는 인간, 여기 또 하나 발견이오~

"얼마나 강한지 직접 보고 싶어졌어. 그리고 소모전없이 깔끔하게 해결될 수도 있고. …내가 이기면 스콜피온에 맞서던 잔챙이 하나 밟아주는 거고, 네가 이기면 널 막을 수 있는 존재가 여기엔 없지."

잔챙이?! 쿨럭. 숭어도, 붕어도, 하다못해 동태도 아닌 잔챙이라니…….

"나 시간 없는데. 진짜야."

"맘대로. 여기 있는 모두와 날 상대를 하느냐, 아니면 나와 너의 일대 일 승부냐… 선택해."

진중한 얼굴에 보일 듯 말 듯 미소를 떠올리며 말하는 상대를 보자니 방법이 없었다.

'진짜로 꼬여 버렸잖아! 그것도 아주 배배~ 으아~'

"좋아, 그럼 되도록 빨리 시작하자!"

제후가 물러설 곳이 없자 한 번에 끝내 버리겠다는 각오로 최대한의 긴장을 유지하자 문승현도 손짓으로 도발한다.

"원하던 바. 와라!"

"칫! 최단시간으로 끝내주지!"

제후가 스콜피온들이 가로막고 있는 목적지를 향해 달려들며 소리 쳤다. 최대한 소모 시간을 줄이며 여차하면 길을 뚫고 단번에 유세진 이 있을 거라고 생각되는 언덕 위의 집으로 뛸 생각이었다.

그리고 마침내, 평소 장난기 가득한 인상의 금갈색 머리칼의 소년과 스콜피온의 중간 리더가 무서운 속도로 충돌했다!

파파파팍!

민제후와 문승현.

그러나 그 둘의 충돌에 일체의 잡음도 없었다. 그 둘에 의해 생기는 걸음을 옮기는 어지러운 발자국 소리나 허공을 치는 날카로운 바람 소 리만이 파공음처럼 울려 퍼질 뿐이다. 그 밖의 소리라면 지켜보는 이 들에게서 터져 나오는 감탄 소리가 전부라고 하는 것이 옳았다. 게다 가 보는 이로 하여금 입이 벌어질 만큼 빠른 스피드와 마치 무협 영화 스턴트맨들이 짜고 싸우는 것처럼 아귀가 딱딱 들어맞는 몸짓들!

그 소년들의 치열한 표정마저 없었다면 정말 보여주기 위한 쇼라고 생각될 정도다.

"에이, 씨팔! 저거 짜고 치는 고스톱 아냐?"

빨강 머리 앤써니 군의 말도 안 된다는 얼굴로 중얼거린 이 대사. 그 대사 한마디에 그 두 소년을 바라보는 스콜피온 조장들의 마음이 진국 으로 담겨 있었다.

그리고 한동안 민제후와 문승현, 그 누구에게도 기울어짐이 없이 미

친 듯이 어지러운 주고받기만이 계속될 것 같다고 생각되려 할 그때,

'허점 발견!!'

제후의 눈이 드디어 문승현의 허리에서 빈틈을 발견하고 그 속으로 깊이 파고들었다. 구경하는 이들에겐 보이지도 않았던 정말 찰나간의 틈! 민제후가 끝났다는 생각에 눈을 빛냈다. 그런데 그 순간! 순식간에 자세를 돌려 제후를 똑바로 마주 보며 반격을 가하는 문승현!

'빠… 빠르다!'

하지만 반격을 알아차렸다 해도 이미 상대에게 너무 가깝게 접근한 지라 도저히 피할 수가 없었다. 충격을 예상한 제후가 주먹이 다가오는 것에 최대한 맞춰 몸을 빼며 방어했으나, 그래도 역시 막을 수 없었던 속을 게워놓을 것 같은 파동.

퍼억!

"컥!"

가죽 북을 세게 후려친 것 같은 울림이 퍼지자 제후가 울컥 토혈을 하며 무너졌다. 그나마 이것이 충격을 줄인다고 줄인 것인데 결국 그 한 대를 얻어맞고 바닥을 구르고 말다니. 조급함 때문에 상대의 속임수도 읽지 못하고 그대로 걸려 들어갔으니 당연한 결과하고 생각하지만.

"그래도 맞는 건 진짜 싫다구!"

빠악!

"큭!!"

제후가 투정 같은 소리를 지르며 다리를 휘돌아 문승현의 얼굴을 힘껏 날려차며 일어섰다. 지역 총괄부장이라는 그 소년은 제후가 자신의 주먹을 정면으로 받고도 이렇게 빨리 반격할 수 있을 줄 몰랐는지 제

대로 된 비명도 없이 쓰러졌다.

아이들은 백중지세를 유지하던 그 둘이 순식간에 거의 동시에 바닥으로 곤두박질친 걸 믿을 수 없는지 입을 딱 벌리고 굳어버렸다. 아니, 어쩌면 눈이 쫓아가기에도 힘겨울 정도로 무섭게 부딪쳐 갔던 두 존재가 경악스러워서였는지도 모르겠다.

먼지투성이가 된 제후가 일어서서 얻어맞은 곳을 손끝으로 누르며 찡그리면서 나머지 말을 이었다.

"아프단 말이야, 임마."

그렇게 폭풍 같은 한바탕이 휩쓸고 지나가자 잠시의 소강 상태가 내려앉았다.

고요함.

끝난 건가?

문승현이 천천히 일어나 앉아 터진 입술에서 배어 나오는 피를 손등으로 닦으며 피식 웃음을 터뜨리는 것이 보였다. 물론 제후는 그것을 보고 매 맞고도 웃는 녀석은 오랜만에 다시 보겠다며 요즘 세상엔 왜 이리 갖가지 종류의 변씨 양반들이 많을까 고찰해 봐야 한다는 둥, 모처럼 만에 추억의 릴레이 망상에 빠져들게 되었지만.

"…돌겠군. 왜 난 저 잔챙이가 자꾸 마음에 들려고 하는 거지?"

제후는 계속해서 키득거리는 문승현을 보고 점잖아 보이는 놈이 쓸데없이 헛바람 들어 이런 폭력 서클에나 드니 맛이 간 거라며 없는 시간 쪼개서 고개까지 흔들어주는 수고를 해주었다.

"이런이런… 정말 의외의 전개인데? 비숍이 잡힌 것 같군요."

바로 그 시각, 민제후의 상황과 오버랩되면 더없이 어울릴 것 같은 설명이 유세진의 입에 의해서 읊어지고 있었다. 하지만 세진이 있는 곳은 제후가 있는 곳에서 한참 멀리 떨어진 곳의 작은 방 안. 그리고 유세진은 지금 혼자서 체스를 두고 있을 뿐이다.

"음, 그렇다면 의외의 장소에서 나타나는 기사도 괜찮겠죠? 실제에서는 기사도가 좀 부족할지도 모르겠지만."

세진이 이대로 두다간 생각 외로 체스판 위의 자기 편이 수세에 몰릴 것 같자 또 다른 쪽의 있던 말[馬] 머리가 조각되어 있는 말을 잡아 자리를 옮겼다.

도대체 진짜로 혼자 체스를 두고 있는 것이 우연히 밖의 상황과 맞아떨어지고 있는 것인지, 아니면 밖에서 벌어지는 상황을 알고 체스판도 그렇게 배열해 나가는 것인지 알 수 없을 정도다.

탁—

"나이트(Knight) 기습 공격."

의외의 곳에 있던 나이트가 상대의 침착한 진영을 무너뜨리고 있었다. 한동안 이완된다 싶었던 긴장감도 그것으로 인해 갑자기 빨라진다.

체스판의 상황이 더욱 정신없이 돌아가기 시작했다.

"피햇!!"

"우앗! 뭐, 뭐야?"

쉬익—

문승현의 갑작스런 밀침에 당황했던 제후는 순간 자신의 옆구리를 스쳐 지나간 나이프 소리에 머리털이 곤두서는 걸 느꼈다. '서걱' 하는 소리와 함께 두부 잘라지듯 베어진 교복 상의. 그것을 보니 만약 처음 있던 자리를 고수하고자 하는 자신의 똥고집 의지가 실현되었다면 또다시 산신령신에게 면담 신청서를 냈으리란 걸 쉽게 알 수 있었다. 운이 좋았다 해도 몇 달의 병원 신세를 면할 수 없었으리라.

식은땀이 주르륵 흘렀다.

'주, 죽을 뻔했다.'

"이게 무슨 짓이야! 너, 미쳤어?"

그것을 문승현도 알았던지 갑자기 제후의 뒤에서 나이프를 들이대며 나타난 생소한 인물에게 언성을 높였다.

"너야말로 지금 뭐 하는 거냐, 문승현! 네가 호출된 이유를 잊은 건 아니겠지? 그리고 넌 내 밑에 있는 거야! 잊지 마! 내가 짱이다! 네가 아니란 말이야!"

"그만 하지. 조금 혼내주는 것까진 상관 안 하겠지만 그건 너무 심하군. 자칫 잘못하단 죽을 수도 있었어!"

"이봐, 날 더 이상 우습게 보지 마라. 그래, 네가 '그'에게 스카웃돼서 들어온 거 다 아니까 말이야. 너 잘난 거 알어. 너 아~주 잘났어. 퉤! 그래서…… 에헤… 헤헤… 뭐가 어떻단 거지? 저 자식도, 너도, 다 죽여 버리면 되는 건데! 크하하하하하!! 다 죽여 버릴 거야!!"

제후는 어이없는 인물이 나타나 말하다가 갑자기 광기 서린 눈으로 자신을 바라보는 것을 느끼고 황당함에 몸을 굳혔다. 갑작스럽게 죽이겠다고 달려든 것도 심장이 벌렁거릴 일인데 이번엔 미친 듯이 웃다가 힘없이 바닥으로 풀썩 쓰러진다. 잔뜩 긴장하고 있다가 상대가 어이없이 무너지니 허탈하다고 할까? 정신이 하나도 없었다.

"뭔가… 이상해."

제후는 생각에 빠져 있다가 문승현의 떨리는 목소리에 고개를 들어 그 소년이 얼굴까지 흙빛이 되어 한쪽 무릎을 꿇고 겨우 앉아 있는 것을 발견했다. 금방이라도 쓰러질 듯……

　제후가 이상하다는 생각이 들어 주변을 둘러보았다. 다른 아이들도 역시 이상했다. 스콜피온 아이들이 하나같이 기운이 없는지 도미노처럼 하나둘씩 바닥으로 풀썩풀썩 쓰러지고 있었다. 무슨 일이 일어나고 있는 것이 틀림없었다.

　'어, 어떻게 된 거지? 단체로 식중독이라도 걸린 거야 뭐야?

　그런데 그때 민제후의 감각으로 전해져 오는 강력한 정령의 기운.

　이 느낌은……

　『깔깔깔~ 저 곰 같은 인간은 분노의 기운에 물들었어. 얼마나 마음이 약하면.』

　『심심해, 심심해, 심심해~! 누군가 나랑 놀아주지 않으면 이번엔 밖으로 나가 더 많은 인간들 마음을 물들일 테야! 아아앙!』

　『그럼 이번엔 빨강색이나 검은색 말고 슬픔의 파랑이랑 자괴감의 노랑으로 더 해봐. 까르르~』

　정신없이 주변을 핑핑 날아다니며 쉴 새 없이 재잘대는 저것들은……

　'헉! 반짝이 파리들이다!'

　그럼 지금 벌어지고 있는 이 비정상적인 상황들은 저 반짝이 날파리들에 의해 아이들의 마음이 극단적으로 흐트러졌기 때문인가?

　그런데 왜 그 정령들이 사람들에게 직접적인 영향을 주고 있는지 알수가 없다. 저것들은 분명 예전에 제후가 보았던 동희와 함께 존재하는 정령들. 전에는 시끄럽고 장난기가 좀 많아도 사람을 해할 정도는 아니었는데.

저들이 저렇게 변했다는 것은 역시 신동희한테 무슨 일이 생겼다는……?

"동희야!!"

그런데 그때였다.

파아앙!

제후가 유세진이 찾아오라고 했던 건물을 향해 달려가다가 제후의 몸을 거부하듯 몰아치는 칼바람을 맞은 건. 민제후의 짧은 비명 소리가 작은 나무숲 사이로 스며들어 사라졌다.

한편, 주택 안의 작은 방 안에서는 말이 얼마 남지 않은 체스판 위로 세진의 손이 내려와 여왕의 조각상을 들어 올리고 있었다.

생각보다 게임이 잘 안 풀리는 모양이다. 의외의 변수가 많았던 듯. 그래서 그런 걸까? 유세진이 게임의 마지막을 준비한다.

"흠, 이번에 정말 치명타를 입힐 줄 알았는데… 훗! 그렇다면 더 이상 시간 끌지 말고 끝을 향해 달려보도록 하죠."

깊은 빛깔을 뿜어내는 체스판 위로 여왕의 말이 세진의 손에 들려 천천히 내려오고 있었다. 유세진은 이것이 하이라이트라는 듯 환한 웃음, 조금 일그러진 환한 웃음을 가득 담고 즐거운 목소리로 외쳤다.

"드디어 '퀸(Queen)'입니다."

"동희?"

제후는 여기저기 잔상처를 남긴 바람이 지나가자 고개를 들고 눈을 휘둥그레 떴다. 바닥을 데굴데굴 굴러서 단정했던 교복이 흙먼지투성이가 되어 엉망이 되었지만 그 눈만은 아직 맑았다. 그러니 잘못 볼 리가 없는데.

"…없어져."

"윽!!"

갑작스럽게 밀려드는 기의 파장!

신동희가 내뿜는 이질적인 기운에 제후는 하마터면 정신을 놓을 뻔했다. 그러나 다른 소년들은 이미 모두 의식을 잃은 모양이다. 지금 일어나고 있지만 현실에서 믿을 수 없는 거대한 일이 벌어지고 있었다.

'동희에게 무슨 일이 생긴 거지? 무슨 일이 일어나고 있는 거지?'

제후가 울렁거리는 속을 간신히 진정시키며 혼란스러워하고 있자 그의 귀로 작은 목소리가 들려왔다. 이럴 땐 정말 이 뛰어난 청력에 감사를 드린다.

"동희는 무당 아니야."

'어?'

"동희는… 동희는… 무당이 아니야. 동희는 괴상하지 않아. 동희는 안 무서워. 동희가 안 웃으면…… 엄마가 돌아올 거야."

무표정한 꼬마 소녀가 텅 빈 눈동자를 하고 언덕 위에 서 있으며 마치 녹음된 내용을 되풀이해서 읽는 인형처럼 평이한 어조로 중얼거렸다. 그리고 그나마 끊어질 듯 가느다란 목소리로 내뱉는 작은 속삭임.

"동희만 없어지면 엄마가 웃어줄 거야."

제후는 그 순간 신동희가 미소 지었다고 느꼈다.

그러나 그때 신동희의 머리 속은 이미 어떤 의식이나 자각도 이루어지고 있지 않는 상태였다. 모든 것이 아이의 의지와는 상관없이 진행되고 있는 시간. 그리고 지금 아이가 중얼거리는 말도 기억 속에 있는 것이 아닌 무의식 속에 내재된 부분이 표출된 것에 불과했다.

"웃지 마! 웃지 말란 말이야! 꺼져 버려! 죽어! 내 앞에서 없어져, 이 귀신! 넌 내 아이가 아니야! 재수없는 아이… 죽음의 아이……."

신동희의 무의식 속에 깊이 각인된 말이 이 순간 수면 위로 떠오르고 있었다. 너무 어릴 때 일이라 지금은 기억하지 못하지만 그 소녀가 기억하지 못하는 순간에도 마음에 상처를 입히는 어머니의 모습.

"저 아이만 없으면 모두 좋았을 텐데!"
"여보! 당신 왜 이래! 정신 차려!"
"그래, 맞아. 저 아이만 없으면 날 잡아가려는 귀신들도 사라질 거야. 그래, 그럴 거야. 호호호호~ 내가 왜 진작 그걸 생각 못했지? 저 아이만 없으면… 죽어!!"
"으아앙~!!"
"동희야! 다, 당신 미쳤어!"
"라라~ 이제 저 아이가 죽으면 더 이상 웃을 수도 없을 거야. 그럼 모두가 좋아… 모두가 좋아요… 호호호호~"

7살의 어린 소녀 신동희는 무의식에 각인되어 있는 돌아가신 어머니의 발작으로 인해 표정을 잃어버린 아이였다.
"동희만 없어지면… 모두가 좋아."
인형처럼 무표정한 얼굴 위에 자리 잡은 호수 같은 큰 눈이 마치 수도꼭지라도 된 것처럼 쉴 새 없이 물줄기를 뚝뚝 흘러내 보낸다. 기쁘거나 슬프거나, 또는 아프거나 괴로운, 그런 표정들이 전혀 없기에 그 포커페이스 소녀에게서 아무 감정도 못 느낄 것 같았지만… 절대 그렇지 않았다. 젖어 있는 꼬마 소녀의 가면 같은 얼굴로 인해서 제후는 가슴에서 찢기는 듯한 기분을 느낀다.

사람의 감정이란 꼭 표정으로만 나타나고 전해지는 것만은 아닌 듯하다.

'내가 할 수 있는 일은?

제후는 신동희에게서 쏟아지는 에너지와 바람이 점점 더 날카롭고 거세지자 바닥에 바짝 엎드려서 정신없이 눈을 굴렸다. 이젠 발표회가 문제가 아니었다. 여기에서 이 현상을 빨리 막지 못하면 동희가 잘못될 것 같았다. 근거가 있는 것은 아니었지만 느낌이었다. 그것도 아주 확실한 느낌!

하지만 곧 절망적으로 중얼거릴 수밖에 없었다.

"…없어."

머리로는 알고 있었지만 말이 되어 입으로 그 사실이 튀어나오니 더욱 받아들이기 힘들어 제후는 한마디 한마디 힘주어 외쳤다.

"없군, 없어! 빌어먹을!! 산신령신 영감님, 거짓말쟁이! 이 세상에선 초능력 따윈 쓸 수 없다메요! 그런데 이런 게 초능력이 아니면 뭐가 초능력이란 말이야! 그런데 난 아무 초능력도 없는데 어떻게 하라고! 이런 망할!!"

민제후가 무력함에 의한 화풀이를 하늘을 향해 주먹을 휘두르며 욕하면서 터뜨리고 있었다. 그리고 그 순간에 꼬마 동희의 작은 입에서 흘러나오는 마지막 말.

"…동희는 이제 없어져."

그 순간에도 신동희 주변은 폭풍 같은 칼바람으로 주변을 조금씩 초토화시키고 있었다.

"「체크」."

유세진의 입가가 위로 치켜 올려지며 세진 쪽의 퀸이 반대 편의 킹을 잡기 위해 주위를 환기시켰다. 거의 다 이긴 게임. 의외의 변수로 자꾸 게임이 이상한 방향으로 흐르려고 했지만 결과는 만족스럽게 다가오고 있었다. 이제 다음번에는 완벽하게 체크 메이트로 이길 수 있었다.

유세진이 상대편 말을 하나 옮기고선 다시 또 자신의 말을 옮기며 천천히, 그리고 재미있다는 음성으로 확실하게 발음했다.

"「체크 메이트」!"

"동희야? 동희야, 정신 차려!'

제후는 간신히 신동희가 있는 언덕에 거의 다다르자 텅 빈 눈동자로 멍하니 서 있는 아이를 향해서 외쳤다. 가까이 다가서니 이젠 그 작은 꼬맹이의 입에선 뜻을 알 수 없는 소리만 중얼중얼 흘러나올 뿐이다. 제후는 자신도 점점 아찔해져 정신을 겨우 추스르며 꼬마 동희를 향해서 큰 소리로 또박또박 소리쳤다.

"동희야, 오빠 말 좀 들어봐! 그래, 우리 동희 절대 안 괴상해. 절대 안 무서워. 봐봐. 오빠는 하나도 안 무서워하잖아? 응? 자, 들어봐, 동희야!'

여기서 이 꼬맹일 구하지 못하면 난 동민이 자식한테 맞아 죽을지도 몰라!

제후가 목소리에 최대한 기운을 실어 보냈기 때문인지 조금 반응이 오는 듯싶었다. 그 증거로 조금 잦아든 듯한 바람. 그 틈에 제후가 신동희에게 바짝 다가가 그 소녀의 어깨를 잡고 눈을 보며 소리쳤다.

　"신동희! 정신 차리래두!"

　큰 자극이 가면 어느 정도의 반응이 나타났다. 하지만 그뿐 다시 금방 원래대로 인형처럼 굳어버리는 작은 소녀. 제후가 그런 동희의 어깨를 잡고 간절히 애원조로, 아니, 아이들 달래는 말투로 말을 이어갔다.

　"그래그래, 착하지, 우리 꼬맹이. 자, 우리 동민이 오빠를 생각해 보자. 기억나지? 동민이 오빠, 신동민. 우리 동희 제일 귀여워하는 오빠 기억나지?"

　"동민이 오… 빠?"

　신동민이라는 말에 반응을 나타내는 꼬마다.

　'신동민, 넌 복받은 자식이야, 마!'

　"그래, 동민이 오빠! 동민이 오빠가 동희 이러는 거 보면 정말 많이 슬퍼할 거야. 알지? 착한 어린이는 사랑하는 사람을 슬프게 하는 거 아니야. 그리고 여기 바로 나, 제후 오빠도 동희가 그러면 정말 아파. 여기 가슴 한복판이 찌르르 하고 아프단다. 그러니까 동희야, 이제 그만 그 속에서 나와. 응? 오빠는 동희가 이 세상에 태어나서 너무너무 기쁘단 말이야."

　제후는 눈시울이 붉어지려고 하는 것을 간신히 참았다. 이렇게 작은 꼬마가 자신은 없어지는 것이 모두에게 좋다고 생각하다니… 상황은 다르지만 어쩐지 예전 자신의 처지와 자꾸 비교가 되었다. 게다가 지금은 아까보다 더 확실히 느낀다. 이 현상들을, 이 아이를 막지 못하면

이 작은 아이의 정신 세계가 무너지고 만다는걸. 그렇다면 신동희는 이번에야말로 진짜 의식도 없이 숨만 쉬는 인형이 되어 평생을 보내야 할 것이다.

처음 만났을 때의 장면이 제후의 머리 속을 스쳐 간다.

"끄어어어어어억ㅡ! 뭐, 뭐야!"

"동희."

"뭐야가 아니라 동희야, 신동희."

"그런데 넌 왜 이런 곳에 있냐?"

"길 잃은 어떤 사람들을 찾아다니고 있어. 지금 어디서 울고 있진 않은지 모르겠네. 빨리 찾아줘야 할 텐데."

"누군데?"

"응, 고등학생 오빠 둘이랑 언니 하나."

"야! 그건 네가 미아란 소리잖아!"

"고정관념하고는, 발상의 전환을 시도해 봐."

그리고 그 무표정한 얼굴로 한 애 같지 않은 말과 행동들.

"야! 좀 심하다. 그리고 그걸 나보고 하라고?"

"하지만 효과는 직빵이야."

"요즘 만화책에는 그런 것도 나오냐?"

"동희는 만화 속에 세상이 있다고 생각해."

"캬아아ㅡ! 치한이야! 로리콤, 남색 변태야~"

서로 친하게 지내고 싶을 때 쓰는 '까아~ 몰라몰라'도, 특별한 볼일이 있다고 할 때 쓰는 '꽃 따러 간다'라는 말도 모두 꼬마 동희가 가르쳐 준 것이었는데…

"그런데 이 아이가 사라진다고? 아니, 그렇게는 절대 안 돼! 내가 지킬 거야! 난 아직 이 꼬맹이 웃는 얼굴도 제대로 못 봤어!!"

그러나 그때 다시금 품 안의 인형에게서 들려오는 작은 반복음.

"…동희는 없어져야 해."

그 말과 함께 다시 동희의 몸에서 엄청난 에너지가 쏟아져 나왔다. 처음에 느꼈던 그런 느낌이 아니라 이번에야말로 진짜 폭발하듯 터지는 순수 에너지였다. 바람이라고 해야 할지, 아니면 기(氣)라고 해야 할지, 또는 자연과의 교감력이라고 해야 할지.

제후는 '퍼엉'하는 공기가 찢어지는 소리를 듣고 정신이 흐릿해지는 것을 느꼈다.

「체크 메이트」!"

결국 유세진이 잡고 있던 퀸의 말이 아무도 없는 상대편의 킹을 잡았다.

"제후 군, 이번 게임은 제 승리인 것 같군요. 후후후후."

게임은 끝났다.

적어도 세진이 가지고 놀던 그 체스판 위에서의 게임은 끝난 걸로 보였다. 그런데 아직 해결되지 않은 무언가가 남아 있는 듯한 느낌은 무얼까?

세진은 의자에서 일어서 창밖으로 시선을 던졌다.

"내가 질 줄 알아!"

제후가 자신의 의식이 무너지기 직전에 동희에게 밀쳐진 거리를 달려가 꼬마 동희의 몸을 힘껏 부둥켜안았다.

이럴 순 없다. 무엇 때문인지도 모른 채 이대로 이 사랑스런 아이를 잃을 순 없다. 이미 이 아이는 나의 여동생.

그 순간 제후의 머리 속으로 여동생이라는 단어와 함께 찰나간의 순간적인 영상이 스쳤으나, 그것이 너무나 갑작스러웠고 지금 상황이 너무 급박한지라 잘 기억이 나지 않았다. 게다가 다시 떠올리려 해도 잘 되지 않았다. 뭔가 굉장히 중요한 일일 것이라고 느껴졌으나 제후는 눈앞에 당장 지켜야 할 존재가 있었기에 미련없이 그 느낌을 떨쳐 버릴 수 있었다.

'정신 차려, 동희야!'

그리고 그때 무형의 힘이 터져 나오는 신동희의 몸을 껴안은 민제후의 몸에도 순간적으로 자극에 대한 반응처럼 힘이 흘러나오기 시작했다. 제후의 품 안에서 발산되는 그 에너지에 반응하여 제후의 몸에서도 또 다른 오로라의 파장을 뿌리며 강렬한 황금빛 기가 쏟아졌다.

'방금 뭔가 금빛의……?!'

뭔가 이상하다는 것을 느낀 세진이 고개를 번쩍 들자 그 순간 갑자기 엄청난 압력의 바람이 밀쳐 들어오며 창을 박살 냈다.

"응? 우아아앗!"

촤촤촹!

민제후의 잠재력 격발로 대기층이 진동하며 충격파가 밀려든다. 한쪽 팔을 들어 얼굴을 가렸지만 밀물처럼 밀려드는 기운에 바닥으로 나

동그라진 세진이었다. 신동희의 기운을 압도하는 그것은 7살 소녀의 상처 입은 작은 마음을 감싸 안으며 더 멀리, 푸른 생명으로 뒤덮여 있는 대지 위로 살아 있는 생명의 아름다운 마음을 퍼뜨리고 있었다. 그것은 물리력이라기보다 강한 마음의 발현. 하지만 신동희의 패도적인 물리력마저 넓게 포용할 수 있는 힘이었다.

"으……."

한차례 본질을 뒤흔들었던 대기의 진동이 휩쓸고 지나가자 세진이 천천히 고개를 들었다.

'이, 이건…….'

눈을 들자 그런 일이 있었는데도 언제 그런 일이 있었느냐는 듯 다시 평화로워진, 아니, 변화된 주변 풍경이 보여졌다. 신기하기만 하다. 들리지 않던 산새 소리까지 울리는 평화스런 풍경.

처음에도 이곳이 평화롭다고 생각했으나 이런 느낌은 아니었다. 마치 유세진처럼 이런 소리들은 일체 배제된 너무나 깨끗하고 고요한 공간이었을 뿐인데……. 하나 지금은 작게나마 멀리서, 가까이에서, 작은 풀벌레 소리와 온갖 사랑스런 산새 소리, 꿀벌의 붕붕대는 귀여움, 숲의 풀과 나뭇잎들이 바람에 스치는 바스락거림이 선명하게 다가왔다. 생명력이 주변에 가득 차 그 공간이 살아 숨 쉬는 걸 피부로 느끼게 한다. 시끄럽지만 솔직히 싫지 않은 민제후처럼.

원래 이랬어야 했던 것일까?

의아한 세진이 고개를 내리자 이번엔 엉망이 된 고급 체스판이 눈에 들어왔다. 그리고 테이블에서 떨어진 말들. 우연인지 세진 쪽의 킹이 바닥에 떨어져 깨어져 있다. 반면에 상대편 킹은 바닥에 의연한 자세로 똑바로 서 있다.

"하……."

우연일지라도 너무 아이러니하다. 세진이 머리에 한 손을 올리고 웃음을 터뜨렸다.

"푸후후… 후후후후…… 푸하하하하하!!"

가볍게 시작된 웃음이 이제 배를 잡고 계속되고 있었다. 세진의 메마른 웃음소리가 끝도 없이 울려 퍼졌다.

"아하하하하하~!!"

"뭐가 어떻게 된 거지? 이제 다 끝난 건가?"

제후는 눈이 깜박 떠지자 어리둥절한 표정으로 사방을 두리번거렸다. 무슨 일이 있었는지 잘 기억나지 않는다. 그냥 느낌에 어느 순간 신동희가 위태로워 보여 무작정 부둥켜안고 눈을 질끈 감았었는데…….

그런데 눈을 떠서 주변을 둘러보니 마치 아무 일도 없었다는 듯 평화로운 정경이 펼쳐져 있다. 바닥에서 돌풍에 휩쓸린 자국과 부러진 나뭇가지들이 군데군데 보이지 않았다면 조금 전 벌어졌던 그 초현실적인 사건들이 전부 백일몽이었다고 생각될 정도였다.

"아, 동희는… 하아~ 다행이다."

신동희라는 이름의 작은 소녀가 제후의 품에서 잠들어 있었다.

발그레한 볼.

평안을 되찾은 여전히 귀여운 모습. 그냥 잠들었을 뿐이다.

'그런데 몸에 이상은 없을까?'

"아뇨. 단지 이제부턴 무표정하지 않고 웃을 수도 있을 테니 앞으로 더욱 사랑스런 꼬마 숙녀가 되겠죠. 그건 정말 반가운 '몸의 이상'이지 않습니까?"

'이 목소린?!'

제후가 뒤에서 들려온 익숙한 음성에 무섭게 획 뒤돌아보았다. 고개를 돌리니 얄밉게도 이 모든 획책을 세운 장본인이 생글생글 웃으며 손을 흔들고 있는 것이 보인다.

"이… 이익! 너… 유… 세.진!!"

제후가 달려들어 그 소년의 멱살을 움켜쥐었다. 제후의 목소리가 부들부들 떨려 말을 더듬고 있었다. 분노의 감정이 금갈색 머리칼 소년의 눈에 가득 흘러넘쳤다.

"아, 잠깐, 잠깐만. 우리 먼저 이야기를 좀 해야겠죠? 그러려면 우선이 손부터 놓고 시작했음 하는데요."

세진은 갑작스럽게 멱살을 잡혔는데도 금세 평정을 되찾고 태연한 어조로 달래듯 말을 이었다.

"무엇보다 이 아이는 자신에게 어떤 일이 있었는지 기억하지 못할 겁니다. 그리고 그 이상한 능력도 거의 사라졌을 테구요. 아, 물론 완벽히 사라진 건 아닙니다만, 이젠 정말 평범한 소녀가 되어 행복할 수 있겠죠. 정말 잘되지 않았습니까?"

"…좋아. 설명해 봐."

세진의 피하지 않는 당당한 눈동자에 제후가 점차 기분을 억눌러 가라앉혔다. 뭔가 할 말이 있다고 한다면 그 말부터 들은 후 판단하는 것도 나쁘지 않으리라.

"글쎄요, 뭐부터 해야 할지… 아, 우선 이것부터 말씀드리죠. 신동희 양이 이런 일을 겪게 된 건 제후 군의 탓도 있다는 걸 말입니다."

이렇게 황당할 수가.

멱살을 잡고 있던 자신의 손을 차가운 손가락으로 떼어내며 말하는 유세진의 빙글거림에 제후는 어이가 없어 기가 막혔다. 자신 때문에 동희가 이런 일을 겪게 된 것이라니.

"뭐? 내가 왜?"

제후가 말도 안 된다는 얼굴로 반발하고 나서자 세진의 조목조목 따지고 설명하는 이야기가 물 흐르듯이 이어지기 시작했다.

"민제후 군을 만나고 나서 신동희 양의 그 초자연적 에너지가 비정상적일 정도로 강해지기기 시작했거든요. 그리고 제가 신동희 양을 처음 만났을 때 조만간 어떤 일이 일어날 것이란 걸 알았습니다. 이 아이의 자연 친화력은 놀랄 정도였죠. 게다가 선천적으로 물려받은 영능력은 그 능력을 더욱 높여주었습니다. 그런데 문제는 그 기운을 가만 놔둘 정도로 신들은 멍청하지 않다는 것이었죠. 아, 제가 전에 말한 적이 없던가요? 전 아주 조금, 남들보다 아주 조금 더 볼 수 있습니다."

세진이 그 소년 특유의 천진난만한 미소를 생긋 지었다.

"동희 양에게 신이 내릴 뻔했습니다."

에? 신이 내려? 그럼… 동희가 진짜로 무당이 될 뻔했단 말이야?!

"동희 양은 물동이와 같습니다. 지금까지는 그 물동이에 한 방울 한 방울씩 떨어져 가득 차 올랐는데도 흘러내리지 않는 물과도 같았지만 곧 한계에 다다르게 될 일이었죠. 그런데 가뜩이나 그런 상황에서 갑자기 민제후라는 물이 가득 찬 호수를 만났단 말입니다."

"그, 그래서?"

"그 뒤는 어떻게 된 것인지 이해하시겠죠? 물이 쫘악―"

놀라서 왕방울만큼 커진 민제후의 두 눈이 재미있다는 듯 유세진이 피식피식거리며 물이 쏟아지는 제스처를 취했다.

"후후, 이렇게 한꺼번에 쏟아진 것이죠. 만약 제후 군과 만나지 않았다면 동희 양에게 신이 내리는 시기가 약 20대쯤이 되었을 겁니다. 너무 어린 나이에 신을 받으면 부담이 크답니다. 그런데 여기에서 제 탓만 하시려고요? 전 도움을 주고 싶었을 뿐인데요. 제후 군으로 인해 벌어진 일, 제후 군이 해결할 수 있도록 길을 인도한 것이죠. 사전 양해 없이 좀 과격했을지 모르지만… 그러니 더 이상 그렇게 살벌한 눈으로 쳐다보지 말아주시길."

이 일을 어떻게 받아들여야 할지…….

제후가 한층 더 복잡하게 얽힌 머리 속 실타래에 머리를 붙잡고 괴로워하자 다시 여러 가지 유세진의 보충 설명이 들려왔다.

"무속 의식 중 신내림을 받는다는 내림굿은 그때 그 의식으로 인해 신을 받는다는 뜻이 아닙니다. 그것은 의식으로써 음… 하늘에 고한다고 해야 할까요? 이미 신이 내려온 상태인 것이죠. 그리고 이미 신이 내린 사람이 그것을 거부하게 되면 무병(巫病)이란 것이 생기게 된다더군요. 그런데 동희 양의 경우는 신이 내린 것이 아니라 그전 단계 같습니다. 신이 내리기 바로 전 단계, 바로 일신에 품고 있는 영능력이 최고로 올라가 발산되며 대기하는…….'

"하지만 넌 날 죽이려 했어!"

"오~ 아니죠. 제가 시킨 것이 아닙니다. 전 단지 친분이 조금 있는 분께 부탁해서 제후 군을 너무 일찍 도착하지 않게 붙잡고 있어달라 요청했을 뿐인걸요. 동희 양이 깨어나기 전에 잘못 손대면 더 위험해질 수도 있었으니까요. 저도 제후 군이 도착할 때까지 동희 양을 지키기 힘들었습니다."

단 한 마디도 안 지며 오히려 두 눈 똑바로 쳐다보며 당당하게 말한다. 틀린 말은 없었지만 제후는 그 생글거리는 얼굴을 한 대 쥐어박고 싶어 위가 뒤틀릴 지경이었다.

저 자식 때문에 내가 얼마나 생고생을 해야 했는데!!

"이게, 누굴 바지저고리로 아나! 순수하게 시간 끌려고 스콜피온 패거리를 떼거리로 보내냐?"

"아, 그건……."

"그건?"

"아하하하, 그 정도 재미도 없으면 제 노고가 너무 불쌍하잖아요? 저에게 지불한 수고비였다고 생각해 주십시오."

쿨럭… 저 능구렁이 아흔아홉 마리 쪄서 데쳐 먹을 인간 같으니라구!

"물론 그 시기가 공교롭게도 클래스B의 전공 연구 발표회 날인 건 저도 매우 유감스럽게 생각합니다만……."

"아! 맞다, 발표회!"

이런 말싸움이 슬슬 지겨워진 세진이 일부러 말끝을 길게 늘이자 단순한 제후가 역시나 쉽게 걸려들고 말았다.

"으악! 어떡해!! 벌써 엄청 늦어버렸잖아! 야, 유세진, 동희를 부탁한다! 이번 수고비 너무 비쌌어, 자식아! 그러니까 책임지고 신동희 무사히 제자리로 갖다 놔! 알았어!!"

"아, 네네~"

세진은 민제후가 멀리 사유지 출입구를 향해 달려가자 정신없는 상황에서 탈출한 것을 기뻐하며 안도의 한숨을 내쉬었다. 이런 분위기는 세진이 결코 익숙해지지 않을 듯싶었다.

그런데 한참 멀리 정신없이 뛰어가던 제후가 방향을 돌려 다시 세진에게로 달려온다.

"아참, 그런데 너는 어떻게 저런 무대포 녀석을 지킬 수 있었지?"

어쩐 일로 열심히 뛰어가다 다시 되돌아왔나 싶어 물끄러미 바라보던 세진은 손가락으로 끔찍했다는 듯 신동희를 가리키며 묻는 제후의 질문에 피식 웃음을 터뜨렸다.

"모든 사람에게는 힘이 있습니다. 강한 마음만큼 단단한 것은 없으니까요. 전 그 마음으로 동희 양을 지키고 있었죠."

"그럼 넌 아주 강하구나. 어이, 나 진짜 먼저 간다!"

급한 마음에 제자리뛰기를 하며 물었던 질문인지라 제후가 잘 이해가 안 됐음에도 대강 고개를 끄덕이며 다시 돌아서서 달렸다.

"아뇨. 전 아주 약합니다."

제후가 돌아서서 서둘러 발걸음을 놀리자 세진이 혼잣말처럼 중얼거렸다.

"무언가 남들이 못 보는 것을 볼 줄 안다는 것이 좋은 것은 아닙니다. 아무 힘도 없이, 단지 마음만 가지고 보고만 있어야 하는 기분… 당신은 모릅니다."

푸른빛 검은 머리의 소년이 현재 자신에게 뒷모습만을 보이는 소년의 금갈색 머리칼을 뚫어지게 바라보며 예언처럼, 기도처럼, 바램처럼 인사를 했다.

"당신이 언젠가 자신에게서 해방되기를. 스스로를 해방시킬 수 있는 힘을 얻게 되길. 그리고."

이제 거의 빛을 남기지 않고 서산으로 지는 태양.

"오늘 발표회가 훗날 당신이 가장 힘들 때 지표가 되는 희망이 되기를……"

돌아서는 민제후를 향해서 유세진이 가볍게 목례를 했다.

그런데, 그때!

"제후 군, 조심……!"

"어?!"

"으아아아악!! 죽어라, 괴물!"

제후는 세진의 다급한 목소리에 깜짝 놀라 뒤돌아보았다가 이미 자신의 얼굴로 내려쳐지는 깨진 맥주병을 발견하고 눈을 크게 떴다.

아찔한 소리와 함께 민제후의 눈앞이 순간적으로 블랙 아웃되어 버린다. 그리고 공기 중에 뿌려지는 피 냄새와 바닥에 후두둑 떨어지는 붉은 색조… 그리고 또 그 장면들과 동시에 울려왔던 소리.

*　　　*　　　*

파창!

'헉!!'

와아아아—

"어어?"

'깜박 졸았나? 아, 공연이 끝났나 보군. 그럼 방금 전의 그 소리는 앞 참가자의 라스트?'

제경이 일어서서 피아노와 연주자가 보이는 쪽으로 다가가 무대를 바라보았다. 방금 막 연주를 마친 앞 순번의 발표자가 관객들에게 인사를 하며 친한 이들에게 꽃다발을 받고 있는 것이 보였다.

박수 소리가 울리는 관중석.

무대 조명에 의해서 관중석은 어둠에 덮여 자세히 보이진 않으나 강당을 울리는 박수 소리와 웅성거림, 사람들의 미세한 숨소리들로 얼마나 많은 인파가 저 어둠 속에 숨어 있는지 제경의 대략적인 짐작을 도와준다. 하지만 지금 그 짐작의 수가 많으면 많을수록 제경은 속이 탈 뿐이다.

앞으로 민제후와 자신을 빼고는 남은 발표자가 두어 명에 불과했다. 그런데 아직까지 돌아오지 않는 헤실거리는 얼굴이 밉상인 얄미운 녀석! 저 어둠 속에서 지켜보는 수백 명의 앞에서 납작하게 눌러주고 싶었는데!

걱정 따위가 아니었다. 만난 지 얼마 되지도 않은 그런 녀석을 자신이 걱정해야 할 이유가 없었다. 아무리 수상한 메모를 받고 한껏 불안한 모습을 보이며 뛰쳐나가긴 했지만… 설마 하니 무슨 일이야 있겠는가?

제경은 다시 원래 앉아 있었던 자리로 돌아와서 의자에 앉아 얼굴을 두 손에 묻고 허리를 숙였다. 부산스럽게 움직이는 스텝들의 움직임과 소음에도 불구하고 째깍이는 시계 초침만 천둥 소리만치 크게 울리는 듯하다.

'절대 걱정 따위가 아니야!'

제경이 피가 날 정도로 입술을 깨물었다. 이상하게도 잠에서 깨어난 그 순간부터 심장 고동 소리가 불안할 정도로 미친 듯이 뛰고 있었다. 마치 무슨 일이라도 일어난 것처럼.

"빨리 돌아와. 빨리 오란 말이야."

강제경의 얼굴을 감싸고 있는 두 손바닥 사이에서 희미한 소리가 주문을 외우듯 간간이 흘러나왔다.

"무사히 돌아와야 해. 멍청하게 잘못됐기만 해봐라. 그럼… 절.대. 가만두지 않겠어!!"

그때, 한동안 정말 제후를 걱정하듯 기운없는 목소리로 중얼거리던 제경이 갑자기 벌떡 일어서서 용기 백배하여 소리쳤다.

더 이상 힘없이 처진 모습이 아니다. 오히려 이젠 주먹을 불끈 쥐고 비아냥대는 배배 꼬인 말투가 제경의 현재 기분을 대변하는 듯하다. 그러자 주변에 남아 있던 진행 요원들과 스텝들, 몇 안 남은 발표회 참가자들이 원맨쇼를 벌이는 그를 멍해져서 어이없이 바라보았지만 그런 것에 전혀 아랑곳하지 않는 강제경.

"쳇! 네가 이러니까 나한테 형 소릴 못 듣는 거야! 동생이니 어쩌니 해도 어째 도움되는 게 하나도 없어요. 내가 지금 얼마나 심각한 고민에 빠져 있는데. 젠장! 남은 지금 이번 한 번만 눈 질끈 감고 윗전들 비위 좀 맞춰서 입에 풀칠을 할 것인가, 아니면 굶어 죽더라도 자존심과 나의 피아노를 지킬 것인가로 머리가 터질 지경인데! 그런데 제대로 된 형이 도움은 안 줄망정 시간 약속도 하나 제대로 안 지키고 동생을 걱정시키냐? 망할 놈의 자식아!"

제경은 숨도 안 쉬고 속사포처럼 빠르게 그 많은 말들을 한꺼번에 뱉고 나서야 헥헥 숨을 몰아쉬었다. 이제야 분이 좀 풀리는 것 같았다. 그러나… 가슴속에 남아 있는 어떤 감정만은 불안이라는 촉매제로 더욱 커져 가는 것을 막을 수 없었다. 제경이 출입구를 노려보면서 손바닥에 피가 배일 정도로 주먹을 힘껏 쥐었다.

민제후만 나타난다면 어떤 방향이 됐든 결정할 수 있을 것 같은데…

황당하지만 당당한 그 인간과 얼굴을 마주한다면, 호승심으로라도 저 무대를 바라보고 용기를 얻을 것만 같은데…

자신에게 현실을 강요하는 빌어먹을 학교 관계자들에게 겁먹지 않을 것도 같은데…

　그런데…….

　'이 망할 놈의…… 형님아!!'

　아직 미래를 선택하지 못한 제경은 간절한 눈이 되어 출입구에서 시선을 뗄 줄 몰랐다. 시간은 지금 이 순간에도 계속 흐르고 있었다.

제5장 마법의 발현

"이제 몇 명 안 남았군요."

"아, 네. 그런 것 같네요. 처음 캐롤린 장의 초청을 받았을 때는 그 초청의 이유가 겨우 한국의 학생 발표회 때문이라는 것에 놀라고 당황하긴 했습니다만… 하하하, 성전특고의 수준을 보니 그녀가 욕심을 내는 것도 이해가 갑니다. 아이들 레벨이 비교적 높아요."

대강당 콘서트홀이 한눈에 내려다보이는 VIP석, 특별 심사 위원들이 자리한 그곳에 잠시의 쉬는 시간을 틈으로 조곤조곤한 말소리가 여러 가지 외국어로 분주하게 오가고 있었다. 물론 이번 성전특고의 발표회가 공식 콩쿠르 대회가 아니라 일개 학원의 발표회를 표방하고 있으므로 순위는 매기지 않았다. 다만 심사 위원들의 소감 등이 전해질 뿐 비공식적으론 심사 위원들 사이에서 학생들의 실력에 대한 견해를 주고받기에 확연하진 않더라도 어느 정도의 우열이 정해지고 있었다.

특히 이번 특별 심사 위원들은 국내 인사뿐만이 아니라 이름만 들어도 눈이 휘둥그레지는 세계적인 음악가들이 단체로 내한하여 이곳에 앉아 있었다. 그것이 단지 한국이라는 동방의 작은 반도국, 일개 고등학교 발표회를 위해서였다는 것이 정말 놀라운 일이 아닐 수 없었다.

"감사합니다, 그런 과한 칭찬을 해주시다니."

그런데 그때 외국에서 온 세계 각국의 국적을 가진 특별 심사 위원들은 능숙한 영어로 대화에 끼어드는 여성의 목소리를 들을 수 있었다.

"호호호, 한국은 어떠셨어요? 관광은 좀 하셨나요?"

"아, 캐롤린! 그렇지 않아도 지금 자네 이야기를 하던 참이었는데. 우리들이야 캐롤린 덕분으로 편안히 쉬고 있지. 가끔 기자들 인터뷰 요청으로 번거롭긴 하지만… 하하하, 즐겁게 지내고 있어요. 게다가 캐롤린이 아니었으면 이렇게 한자리에 다들 모이기 어렵지."

쉬는 시간을 이용해서 장혜영이 심사 위원들에게 인사를 하며 다가오자 모두들 환영한다. 대화에 살짝 끼어들며 인사를 건넨 그녀는 피아노의 퍼스트 레이디라는 별칭에 어울리게 오늘도 역시 세련되고 아름다운 모습이다.

그리고 뜻하지 않게 모처럼 만의 휴가를 맞았다며 흡족해하는 그들의 모습에 장혜영은 오히려 자신의 부탁을 들어줘서 감사하다며 답례의 인사를 한 후, 비교적 젊은 피아니스트를 향해 환한 미소를 돌리며 다가왔다.

"알프레드, 오랜만이네? 잘 있었어? 전에 어디 기사에서 읽으니 이번 호주 공연도 성황리에 끝난 모양이던데… 정말 많이 컸어. 더 이상 코찔찔이도 아니고 말이야. 오호호호호~"

"아… 하… 하… 네… 저기… 고맙습니다. 하지만 당신에 비하면 아직 멀었죠, 캐롤. 그런데…….”

혜영이 원로 교수들 앞에선 예의 바르게 행동하다 주변에 지켜보는 사람이 없다 싶자 갑자기 누군가의 앞에서 그 묘한 웃음소리와 말투를 드러냈다. 그리고 그것에 당황하는 검은 머리와 녹색 눈이 인상적인 한 청년. 숫기없고 내성적으로 보이는 그 청년은 장혜영의 그런 모습에 간신히 얼굴 근육을 조절하여 어색한 미소를 돌렸다. 그렇지만 은근히 미심쩍다는 질문으로 대답하는 걸 잊지 않는다.

“이번엔 도대체 무슨 속셈이죠?”

“응? 무슨 소리지?”

생긋 웃으며 아무것도 모르겠다는 장혜영 여사의 얼굴.

“그렇게 숨길 필요 없잖아요. 다른 사람들한테는 몰라도 저와 마카로브 교수님한테는 캐롤의 악명과 본성을 숨길 수 없어요. 이번 일, 뭔가 있죠? 도대체 무슨 일을 꾸미고 있는 겁니까?”

외국의 젊은 피아니스트 청년이 제법 날카롭게 장혜영을 쳐다보았다.

알프레드 파웰(Alfred Powell).

장혜영과 마찬가지로 리버터 마카로브 교수에게 사사받았고, 19세에 섬세한 기량과 젊은 세대 특유의 참신한 곡 해석으로 극찬을 받으며 세계 무대에 데뷔한, 촉망받는 피아니스트. 그리고 그 이후 현재까지 근 7년 동안 최고 탑 클래스의 연주자로서 명실공히 인정받은 젊은 이이다.

하지만 개인적인 성격은 내성적인 편으로, 특히 장혜영에게 잡혀 살던 후배였는데…

"훗! 그동안 진짜 많이 컸네? 그 정도의 통밥도 굴릴 줄 알고."

혜영 여사가 그런 외국 청년을 한동안 물끄러미 바라보다가 다시 생긋 웃었다. 그리고 다음 순간 그녀의 새빨간 입술에서 튀어나오는 하나의 단어.

"보물찾기."

"네?"

"말 그대로야. 선생님과 너한테는 보물찾기, 그리고 보물들에게는 미래에 대한 선택의 장. 좀 잔인할지도 모르겠지만… 이제 어떤 방향으로든 선택이 필요할 시점이지."

장혜영 여사가 웅성이는 사람들로 감싸인 무대에 시선을 던지며 말을 맺었다.

대강당 천장의 「천공의 돔」에서 쏟아지는 별빛에 의해 무대 위에 외롭게 서 있는 그랜드 피아노가 아름답게 빛나며 장혜영의 눈동자 속에 오래도록 머물렀다.

"찾았어?"

그 무대 뒤에선 지금 몇 명의 아이들이 진짜 보물찾기라도 하듯 다급한 숨을 몰아쉬며 헐떡이고 있었다.

"아니, 없어. 그쪽에도 없어?"

"응. 그럼 이 건물 안에 없는 것은 확실한데… 젠장, 미치겠네! 그럼 이놈의 자식, 지금 도대체 어디에 있는 거야!"

큰 키의 스마트한 모습이 인상적인 한 남학생이 반대쪽 출구에서 뛰어 들어온 여학생의 대답에 고개를 흔들다가 분통을 터뜨렸다. 바로 신동민과 한예지. 그 둘이 오늘도 여지없이 또다시 사라진 어떤 인물을 찾아 헤매고 있었다.

처음엔 그들도 제후가 잠시 화장실을 갔다거나 어딘가에서 퍼져 자고 있을 거라고 대수롭지 않게 생각했지만 지금은 다르다. 아무리 샅샅이 찾아 헤매도 이 넓은 예술관 안에는 없었다. 그렇다면 다른 건물로 건너갔을까? 하지만 민제후가 그럴 이유가 없는데.

"제경아, 너 정말 제후 못 봤니?"

"아, 아니, 못 봤는데. 그때 나가서 잠깐 얘기만 한 후 헤어졌기 때문에……."

"너… 괜찮아?"

"어? 어… 응."

예지는 혹시나 해서 한쪽에 멍한 얼굴로 서 있는 강제경을 향해 다시 물었지만 돌아오는 대답은 처음 물었을 때와 같다. 창백한 제경의 안색이 마음에 걸렸으나 예지는 발표회 때문에 긴장한 탓이라고 생각하고는 쉽게 고개를 돌렸다.

그런데 막 그때, 발표회 진행 위원이 그들이 있는 쪽으로 다가오는 것이 보였다.

"민제후 학생은 아직도 출석하지 않았나요? 이러면 정말 곤란합니다."

"잠깐만요. 조금만 더 기다려 주세요. 제발 부탁드립니다."

역시나 민제후의 발표자 참석에 대한 일로 재촉하러 온 진행 위원이었다. 아이들의 간절한 부탁이 이어졌으나 그 진행 위원도 안됐지만 유감스럽다는 표정을 짓는다. 이번 행사가 음악 전공 학생들에게 얼마나 중요한 일인 줄 알기에 최대한 도와주고 싶었지만 이제 진행 위원회에서도 더 이상 방법이 없었다. 발표자 학생이 도착할 때까지 심사 위원들과 관객들보고 기다리라고 할 수는 없는 노릇이다.

"죄송합니다. 한 명의 학생 때문에 발표회를 지연시킬 수는 없습니다."

단호하게 뜻을 전달한 진행 위원은 허탈해하는 아이들에게 유감을 표명한 후, 이번엔 한쪽에서 넋 나간 듯 멍하니 무대 위를 바라보는 강제경을 향해 말한다.

"그리고 강제경 학생의 발표곡은 어찌시겠습니까? 정하셨나요? 이번 클래스B 전공 연구 발표회가 장르 제한 없이 자유 주제이므로 무대 세팅을 위해 서포트 악기가 필요한지 체크해야 합니다. 발표곡을 알려 주셔야 하는데요."

"저, 난… 나는……."

제경은 더 이상 선택을 늦출 수 없다는 걸 알았다. 여기에서 한 가지를 택해야 했다.

"난 너 같은 건 눈 감고도 이길 수 있어."

"자네가 설마 우릴 실망시키긴 않겠지?"

"정말 중요한 순간에 가서는 훌륭하게 자신의 길을 찾을 거라고 우린 믿어."

여러 가지 목소리들이 강제경 주위에서 시끄럽게 울려대며 괴롭히고 있었다. 이렇게 헤매이는 자신을 비웃는 민제후의 목소리와 웃음소리… 성전특고 교장과 운영이사들의 은근한 혼탁음… 그리고 이렇게 약한 제경을 믿는다는 아사미와 〈시티 오브 조이〉 식구들의 마음도…….

"네 마음에서, 네 삶에서 가장 소중한 것이 무엇인지 잘 찾아."

그러나 그중에서 가장 제경의 결정을 붙잡고 놔주지 않는 말은 소중한 마음을 찾으라는 메시지.

하지만 나는……

'아직 잘 모르겠어요, 아사미. 난 아직 열일곱인데… 세상에 친인척 하나 없는 천애 고아일 뿐인데… 이제는 내 집과 같은 이 학교를 떠나면 나는 앞으로 어떻게 살아가죠?'

제경은 마지막에 가서 훌륭한 선택을 할 것이라는 그 말을 기억해 내고 눈을 감고 모두에게 용서를 구했다. 자신을 강하다고 말해 준 모든 이들에게.

꿈만 먹고 살 수 없다. 그리고 난 강하지 않다.

"…쇼팽의 야상곡(Nocturne) Op.9 No.2으로 하겠습니다."

제경이 진행 위원을 향해 공허한 눈동자로 시선을 옮기며 중얼거린다.

강제경의 눈이 세상에 대한 두려움과 나약함에 스스로의 의지를 꺾어버린 비참함으로 물들며 고개를 떨구었다. 긴 머리칼 때문에, 그리고 고개를 숙였기 때문에 다른 사람들에겐 잘 보이지 않았으나 바닥과 눈싸움을 하듯 단 한 번의 깜박임도 없이 부릅뜬 제경의 두 눈으로 홍수가 난 듯 물이 가득 차 올랐다. 이를 악물고 석상처럼 우뚝 서서 굳어버렸으나 소년의 어깨가 가늘게 떨린다.

자신의 나약함이 죽고 싶을 만큼 싫다.

스스로가 혐오스럽다.

이제 이 순간부터 '제이'는 사라지고 '강제경'만 남아 현실과 타협에 점차 길들여져 갈 자신이 너무나… 너무나……

"네, 알겠습니다. 그럼 별도의 세팅은 필요없겠군요. 강제경 학생은 바로 몇 분 뒤 들어갈 테니 준비해 주십시오. 음, 강제경 학생이 오늘 발표회의 마지막입니다. 좋은 결과 있으시길 바랍니다. 그리고 민제후 학생은 실격 처리하겠습니다."

"누굴 실격시킨다구요?"

그때였다. 지친 기색이 역력하지만 여기 있는 모두가 잘 알고 있는 누군가의 맑은 목소리가 울린 건! 그 목소리에 입술을 깨물며 자괴감의 눈물을 참던 제경도 고개를 번쩍 들었다.

'민제후?'

"제후야!!"

"늦어서~ 죄송합니다."

사람들이 하나둘씩 모두 포기하고 있을 그 시점에 나타나다니.

어이없다는, 황당하다는, 또는 화가 난다는 복잡한 표정의 아이들. 예지는 이유없이 눈물이 왈칵 쏟아지는 모양이었다. 그렇게 지금 딱히 한 가지로 정의 내릴 수 없는 수많은 감정들의 과녁이 되는 소년은,

"차가 좀 밀려서요."

먼지를 뒤집어쓰고 머리도 땀으로 젖어 훙건한, 엉망이 된 얼굴로 배시시 웃는 민제후였다.

"괜찮겠습니까? 피곤해 보이는데. 학생이 발표회를 포기하지 않는다면 이번에 바로 무대에 올라야 합니다."

"난 괜찮은데… 상관없어요. 냐하하~"

제후가 진행 위원회에서 급하게 찾아준 교복으로 갈아입고 씩씩하게 대답했다. 그렇지만 솔직히 안색은 별로 좋은 편이 아니다. 하지만 급하게나마 새옷으로 갈아입고 세수도 해서 그런지 그럭저럭 괜찮아 보이기도.

어쨌든 민제후의 밝은 모습에 안심한 진행 위원은 무전기로 상황을 본부에 알리고 주의 사항을 가르쳐 준 후 곧장 어디론가 바쁘게 사라졌다. 사람들의 웅성이는 소리가 조금씩 가라앉고 있었다. 그것은 곧 제후가 무대에 설 때가 목전으로 다가왔다는 신호탄.

"후우~"

제후가 심호흡을 하며 눈을 감았다.

오늘 오전과 오후. 같은 오늘 하루인데도 마음이 달라진 걸 느낀다.

"어? 예지야."

제후는 새 교복의 어색함에 어깨를 들썩이며 옷매무새를 다시 잡다가 아직까지 자신을 쳐다보지도 않는 긴 머리 소녀를 불렀다. 하지만 여전히 새침하게 고개도 돌리지 않는 한예지.

'날 보고 맨 먼저 울음부터 터뜨린 애가 이제는 아주 투명 인간 취급하네? 참나, 여자들이란… 정말 이해할 수 없는 종족이라니까.'

제후가 쓴웃음을 짓다가 그때 마침 떠오른 예지를 위해서 연주하겠다는 약속에 장난기로 눈을 빛냈다.

'으히히~'

"예지야, 잘 봐야 해. 내 '반짝반짝 작은별'."

"뭐, 뭣? 너, 정말 그걸로……? 에이~ 설마. 장난이지?"

"하아~ 장난이라니? 내가 할 수 있는 게 뭐 있어야지. 난 이제 망신중에 개망신을 당해서 성전특고에서 얼굴을 들고 다닐 수가 없을 거야.

나중에 내가 홀연히 사라지거든 한예지를 위해서 '반짝반짝 작은 별'을 치고 장렬히 전사했다고 아이들에게 전해줘."

어깨를 축 늘어뜨리며 풀이 죽은 듯한 모습과 한숨을 연출하니 한예지의 얼굴이 점점 새하얗게 질렸다. 하얀 얼굴이 더 하얘지니 마치 새하얀 눈으로 조각한 얼음 조각 같다.

"야! 너, 미쳤어?!"

"캬하하하!!"

난 왜 저 녀석 놀리는 게 이렇게 재밌을까? 킥킥킥!

'응?

제후는 따끔따끔한 시선을 느끼고 고개를 돌렸다가 저 멀리 우두커니 서서 자신을 쏘아보는 강제경을 볼 수 있었다.

두 소년의 시선이 공중에서 무언의 수많은 대화를 나누고 복잡하게 얽혀들었다. 때마침 방송에서는 제후의 이름을 호명하고, 관중석에서는 예의적인 박수 소리가 터져 나온다. 하지만 먼저 시선을 돌린 쪽은 민제후가 아니라 강제경이었다.

제후가 제경의 그런 모습이 이상하다는 듯 잠시 한쪽 눈썹을 치켜올렸지만 곧 제경에게 환한 미소를 지어 보였다. 무대를 향해 한 걸음 한 걸음 내딛는 발길. 가벼운 구두 소리가 공간을 울린다.

"아참, 강제경."

그런데 그때 제후가 무대까지 한 걸음만을 남겨둔 채 우뚝 멈춰 서서 입을 열었다. 하나 민제후의 시선은 어둠 속에 스포트라이트로 빛나는 최고급 스타인웨이 피아노에 못 박혀 있다.

자신을 부르는 소리에 제경이 의아한 얼굴로 제후의 뒤통수만을 끊임없이 응시하자 그때서야 들려오는 밝은 음성.

"내 삶은 '마법'이다."

그리고 어리둥절해진 제경을 남겨둔 채 그대로 무대로 걸어나갔다.

무대 위로 그가 모습을 나타내자 다시 관중석에서 의례적인 박수 소리가 짧게 터져 나왔다. 피아노 앞에 앉으니 제후는 잠시 멍한 기분이 되었다.

그동안 정말 많은 일들이 있었다. 전생에도 파란만장한 삶을 살았다고 자부했건만 민제후가 되고 나서 겪었던 이 짧은 시간들이 훨씬 더 가슴에 남았다.

얼마 안 됐지만 숨이 막힐 정도로 정신없이 달려온 학교 생활, 엽기적인 가족, 무작정 떠맡은 회사와 하마터면 자신의 짧은 생각으로 많은 이들에게 고통과 상처를 안겨줄 뻔한 단군 프로젝트. 그리고 그 모든 것들을 함께 고민하고 이겨내 준 친구들…….

제후가 지금까지 스쳐 지나왔던 시간들을 하나씩 회상하며 눈을 빛냈다.

저 어둠 속에 있는 것은 수없이 많은 사람들이다.

수백 명의 숨소리가 들린다.

바로 나의 관객들이겠지…….

"잘 봐라, 제이."

제후가 조명을 진줏빛으로 부서뜨려 날리는 피아노의 하얀 건반을 바라보며 입가에 그동안의 행복했던 시간들을 담는다.

"네 눈엔 이 모든 것들이 보이지 않니? 이 모든 마법들이?"

피아노에 앉아 고개를 들어 천장을 바라보았다.

「천공의 돔」.

하늘이 저기에 있다.

아름다운 별과 우주, 그리고 우리들의 꿈이 저기에 있어.

아직 우리에게 백지 상태로 남아 있는 저 새하얀 미래를…….

'넌 어떻게 생각하지?'

제후의 손이 피아노 위로 적절한 타이밍에 내려앉으며 가볍게 움직인다. 하지만 민제후의 손가락 움직임은 아직 심플하다 못해 단조로운 패턴일 뿐이다. 맑고 청량한 음색의 깔끔한 곡. 그것은 분명 모짜르트의 '작은 별'.

대강당 안이 제후의 연주곡으로 인해 웅성거리기 시작했다.

"도대체 쟤가 지금 뭘 하는 거야?"

예지가 손톱을 물어뜯으며 울상이 되어 중얼거렸다.

답답했다. 시간이 흐르면 흐를수록 관중석과 심사 위원석에서 웅성거림이 커져만 간다. 민제후의 바로 전 발표자까지 어렵고 난이도가 높은 곡들을 선보였기에 비교가 되어 훨씬 더 어처구니없이 느껴지고 있었다. 그런데도 바보 민제후는 꿋꿋하게 '작은 별'을 연주하고 있으니.

'작은 별은 아무리 바꿔서 연주해도 작은 별일 뿐이라구!'

"바보! 쳇! …웅?"

그런데 그때, 무대 바로 뒤에서 서성대고 있던 예지에게 바닥에 점점이 떨어져 있는 검붉은 점들이 눈에 띄었다. 처음엔 페인트가 떨어진 것이 아닐까 하며 지나쳤었지만… 곧 민제후가 엉망이 되어 나타나기 전까진 깨끗한 바닥이었다는 걸 기억해 냈다.

"이게 뭐지?"

예지가 고개를 갸우뚱거리며 바닥에 쭈그리고 앉아 그 검붉은 점을 손가락으로 찍어보았다. 그런데 찐득하게 손에 묻는 것은 비릿한 붉은 액체…

"…피?"

하지만 지금 이렇게 다쳤을 만한 사람이 여기 있을 리가……

'앗!'

설마 제후가?!

"저… 멍.청.이! 해삼, 멍게, 말미잘! 이 바보, 천지야!!"

예지는 섬광처럼 어떤 생각이 뇌리를 스치자 이를 갈며 무대 위로 뛰쳐 올라가려 했다. 그러자 그 광경에 놀란 신동민과 강제경, 그 두 소년들이 달려와 예지를 잡아 단단히 붙들었다.

"예지야! 너, 왜 이래!!"

"놔! 신동민!! 내가 직접 저 바보 녀석을 무대 위에서 끌어내릴 거야! 어디 가서 또 무슨 사고를 치고 왔는진 몰라도… 놔! 놓으란 말야!"

"이러지 마!"

"저 바보가 다쳤어! 다쳤다구!!"

"뭐?"

예지가 정신이 나간 듯 맹목적으로 달려들고 있었다. 이미 도도한 얼음공주 따위의 별명은 집어 던진, 보통 여자 아이일 뿐이다.

"이봐, 한예지! 그게 지금 무슨 소리야! 엉!!"

그런데 그 말에 가장 충격을 받은 것은 예지 다음으로 강제경인 듯싶다. 제경이 한예지의 어깨를 붙들고 정신없이 흔들며 무섭게 다그쳤다. 항상 마이 페이스를 유지하며 주변과는 상관없다는 듯 행동하던 인간이 얼굴빛까지 바뀌며 평정을 잃고 있는 모습은 무서울 정도다.

"이렇게 피가 많이 나는데… 바닥에 핏자국이 남을 정도로 피가 많이 나는데… 발표회 따위는 상관없잖아. 망신 좀 당하면 어때? 그러니까 이거 놔앗!!"

제후가 사라졌다고 했을 때도 느낌이 이상하다며 극도로 불안해하더니 별안간 그 소년이 심하게 다쳤을지도 모른다고 생각되자 예지는 거의 제정신을 잃고 있었다. 아파도 안 아픈 척, 슬퍼도 기쁜 척, 외로우면 더욱 장난기가 심해지는 인간이 민제후라는 걸 이제야 떠올리고 자책하는 모습. 흥분으로 붉어진 예지의 얼굴, 그 소녀의 마음이 깊이 아파 보인다.

짝!

그때 들려온 싸늘한 격탁음.

"가만히 있어, 한예지!"

"도, 동민아……."

예지가 화끈거리는 한쪽 볼을 손으로 감싸며 신동민을 바라보았다. 덕분에 차가운 현실로 돌아온 예지. 그러나 신동민이 자신에게 손찌검을 했다는 것에 믿을 수 없다는 얼굴이다.

"뺨 때려서… 미안하다. 괜찮니?"

동민이 예지가 정신을 차린 듯싶자 정말 미안하다는 얼굴로 사과를 한다. 하지만 그 뒤를 잇는 말은 냉정하기조차 하다.

"제후한테, 저 녀석한테 우리가 이래서저래라 할 수 없는 거야. 그럴 권리 없어, 한예지. 우린… 저놈이 힘들어서 쓰러지거나 아파하면, 그때 다가가면 돼. 우리에게 남은 일은 그뿐이야. 알았어?"

한예지의 눈동자가 신동민의 냉정한 말에 눈물을 그렁그렁하게 담았다. 한쪽 뺨이 약간 붉어져 더 애처로워 보이는 청순한 얼굴. 그 아름다운 소녀가 신동민의 그 말에 눈물을 참으며 힘들게 한숨을 내쉬었다.

"하아~ 알았어. 그런데 잠깐 손 좀 줘봐, 신동민."

"손? 손은 왜… 우아아악!!"

동민은 갑자기 손을 달라는 예지의 말에 무의식적으로 손을 내밀었다가 붙잡혀 그녀의 이빨에 꽉 물려 버렸다. 의기소침해서 남자들에게 보호 본능을 일으키는 청초한 얼굴을 하고서 친구의 손을 물어뜯다니… 동민은 아픈 것보다 그 황당함에 말문이 막혔다.

예지가 얼굴에서 불안함을 지우듯 손으로 얼굴을 문지르면서 씨익 웃었다.

"받은 대로 되돌려 줘야지. 이 손이지? 내 뺨에 손댄 게. 그리고 미안해할 거면 왜 때리니? 흥!"

"휴우~ 니들은 어째 점점 더 닮아가냐……."

"지금 뭐라?"

"아, 아냐!"

"흐음……."

예지는 신동민이 중얼거리는 말을 새침하게 못들은 척하고 무대가 보이는 곳으로 가까이 다가갔다.

아직까지 대강당에는 '작은 별' 만이 공기를 울리고 있었다. 분명 동요인 '작은 별' 보다는 훨씬 맑고 아름다운 변주곡. 하지만 아무리 그렇다 해도 너무나 단조로운 곡조라 뭔가가 많이 부족했다. 그것도 아주 많이.

예지가 두 손을 꼭 움켜쥐고 간절하게 기도하기 시작했다.

그리고 다른 한쪽에서는 강제경의 이해할 수 없다는, 극도로 혼란스러워하는 눈이 무대 위를 어지럽게 헤매고 있었다.

"민제후… 너 대체 무슨 속셈으로……."

신을 믿진 않지만 제경도 자신의 마음이 흔들리는 것을 느끼고 기도했다. 자신이 한 선택이 과연 옳은 것일까?

단조로운 작은 별의 연주.

사람들의 웅성거림이 작은 별에 관심없다는 것을 보여준다. 하지만 그건 이 세상의 모든 기적과 마법은 이토록 작은 것에서부터 시작된다는 걸 모르기 때문이다.

'읏!'

어느 순간, 제후가 왼쪽 팔에서 느껴지는 욱씬거리는 통증에 얼굴을 살짝 찡그렸다. 옷을 갈아입으면서 분명히 꼭 묶었다고 생각했는데, 문제는 아직 상처에서 빼지 못한 유리 조각이 남은 듯싶었다. 작은 파편이 상처 속으로 계속해서 깊이 파고들어 손가락을 움직이는 작은 진동에도 팔에서 피가 조금씩 배어 나와 옷자락을 물들인다.

하지만 제후는 곧 작은 별의 노래가 끝나기 시작하자 그 날카로운 통증을 잊고, 무대를 잊고, 관객을 잊고, 자신까지 잊고, 모든 걸 잊은 채 피아노 연주에 몰입해 갔다.

'난 앞으로 어떤 일이 닥친다 해도 포기하지 않을 거야. 다시는 삶을 포기하지 않는다.'

기적…….

모든 것이 기적이었어. 지금까지 내게 일어났던 그 모든 사건들……

그리고 내가 만났던 사람들…

살아 있지 않았다면 절대 경험할 수 없었던 소중한 것들……

모든 생명체가 갖고 있는 권리이자 특권.

살아가는 것!

살아간다는 것!

삶을 내 의지와 꿈을 실현시키고자 최선을 다해 열심히 사는 것!

한때 그 가치를 하찮게 여기고, 아니, 소중한지조차 의식하지 않고 되는대로 살아왔던 삶을 더 이상 되풀이하고 싶지 않아.

죽음은 무섭지 않아.

다만 나중에 생을 마치고 내게 허락된 시간이 모두 끝났을 때…

그리고 눈을 감을 때…

아쉬움을 남기는 것이 무섭다.

'자, 봐, 강제경! 아니, 제이!!'

번쩍 뜬 민제후의 눈이 생동감으로 반짝였다.

'이것이 내 의지다! 삶에 대한, 생명에 대한!'

곧 이어 소곡집에서나 등장할 것 같은 짧고 단조로웠던 작은 별이 끝나는가 싶더니 피아노 선율이 수십 수백 갈래로 반짝이며 분열되고 갈라져 별무리가 되었다. 가벼운 터치였지만 생명 탄생의 환희로 가득 차기 시작한 대강당의 콘서트홀.

'작은 별에서 시작하여 별무리를 이루어 은하수가 되고, 그 은하수가 흐르고 흘러 다시 우주로 반짝이며 흩어지게 될 거야. 우리들이 태어나고 자라서 많은 사람들을 만나고, 사랑하고, 그리고 날 이해하는 따뜻한 사람도 만나 결혼도 하고, 자식도 낳아 기르고, 마침내는 천천히 인생을 배우며 늙어가는 것처럼.'

"우리의 미래를 표현해……."

민제후의 피아노 연주가 처음에는 아련한 그림동화처럼 익숙한 멜로디의 '작은 별'에서 시작하여 현재에 이르러서는 별을 모티브한 새로운 자작곡으로 펼쳐지고 있었다.

그런데 그때 어디에선가 나타난 반짝이 날파리들이 공기 중에 녹아 있는 음악에 담긴 마음, 즉 제후의 에너지를 먹고 순간순간 시각적으로 보여지고 있었다. 까르르 웃으며 날아다니는 자연의 령(靈)들이 그 피아노 소리에 맞춰 대강당의 최고 예술 구조물인 유리벽과 「천공의 돔」과 함께 현실에 판타지를 옮겨놓는다.

별들의 충돌!

수천 수십만 개의 조각난 별들이 쏟아져 내린다.

유성우(流星雨)…….

우주에서, 천공에서 돔을 그리듯 천천히 빛의 회선을 그리며 반짝이는 파편들이 가슴 한가득 감동으로 담긴다.

별 조각…

빛의 파편…

별의 강물, 미리내의 형상에서 삶을 표현한다.

열정적이면서도 가슴을 안정시키고

아름다운 광경 속에
살아 있다는 것에 대한 축복을 느끼는 자리.
그리고 사랑…….

　사람들은 마치 「천공의 돔」에서 관중석으로 쏟아지는 것 같은 미세한 별가루 효과에 탄성을 질렀다. 진행 위원회에서는 어떻게 된 일인지 진상 파악을 위해 허둥댔지만.
　그리고 곧 피아노에서 환상을 뽑아내는 민제후의 섬세한 손놀림이 갑자기 격정적이고 정열적으로 급변해 갔다. 그와 함께 관중들도 긴장하며 숨을 죽인다. 제후가 처음 곡을 시작할 때와는 완전히 다르게 그 넓은 대강당에 자리한 모든 청중을 사로잡아 버린 음악(音樂)! 클래식적이지만 파격적이고 완전하게 새로운 그 음악이 연주자의 화려한 기교와 즉흥 연주를 타고 그 공간 구석구석으로 울려 퍼지고 있었다.
　'강한 의지는 곧 용기. 용기는… 아름다움… 그리고 꿈!'

　외로워해도 괜찮아.
　무서워해도 괜찮아.
　약하고 겁쟁이여도 상관없어.
　그런 자신을 창피해할 필요 없어. 누구나 그런걸.
　단지 노력할 뿐.
　우리가 노력해야 하는 건 열심히 살아가겠다는 의지… 용기… 그리고 그것은 곧 아름다움이 되어 우리를 빛나게 할 거야.

　'우리에게 주어진 가능성과 미래를 향해!!'

리미 뉴 라이프

민제후의 손가락이 만들어내는 환상은 마침내 종결을 위한 클라이맥스로 치닫고 있었다.

"어… 엄청나다."

제경이 손에 땀을 쥐고 무대를 지켜보다가 자신도 모르게 중얼거렸다.

"제경아?"

"엄청나다, 민제후! 게다가……."

옆에서 예지와 동민이가 지켜보고 있다는 것도 잊은 채 제경이 피아노 전공자로서의 놀람과 음악적으로 새로운 세계를 접했다는 기쁨으로 감탄사를 터뜨렸다.

"이건 카덴차(Cadenza)?!"

지금 무대 위의 민제후는 몇 주 전까지 피아노를 전혀 몰랐다고는 믿을 수 없을 정도로 최고 기량을 선보이며 사람들을 완벽하게 매료시키고 있었다. 게다가 긴장감을 높여가는 이 화려하고 자유로운 연주는 마치 협주곡에서의 카덴차를 듣는 것만 같았다.

'아니, 카덴차가 아닌가? 저 곡은 '작은 별'을 차용해 썼긴 하지만 모티브로써 별의 이미지를 빌려 썼다고도 볼 수 있으니. 저건 완벽하게 민제후의 창작곡이야! 하지만 왠지 카덴차 같다고 느껴지는 건…….'

게다가 제경은 세상을 잊고 자신마저 잊고 청중에게 전하는 제후의 '마법'에 충격을 받고 있었다. 그가 받았단 충격이란, 그 금갈색 머리칼의 소년이 단 2주 만에 이루어낸 경악할 만한 수준의 실력도 그러했

지만 무엇보다도 자신의 생각과 마음을 소리로 표현해 내는 민제후의
의지에 있었다.

제경은 예전에 제후에게 〈시티 오브 조이〉에서 자신에게 다가오지
말라고 피아노로 경고했던 일이 생각났다. 그런데 지금 그때의 복수라
도 하는 것인가. 제후가 제경에게 그때 그대로 되돌려 주고 있었다. 그
리고 이것이 진짜 복수라면 세상에서 가장 환상적이고 아름다운 복수
가 틀림없다.

저 황당무계한 소년이 피아노로 말한다. 외로워하는 것도, 무서워하
는 것도 당연하다고… 누구나 그런 것이라고… 단지 다른 점이라면 얼
마나 노력하는 것인가라고… 모든 것이 제경의 고민에 해답을 주는 듯
들려왔다.

—무서운 것이 없는 게 용기는 아니야. 무섭지만 이겨내겠다고 결심
하는 것이 용기야.
—삶을 두려워할 필요 없어. 삶은 그 자체가 '마법'이니까.

"제경아, 괜찮니?"
"엇? 뭐라고?"
제경은 갑자기 어깨를 치는 감각에 깜짝 놀라 정신을 차리자 자신의
바로 앞에 두 눈을 깜박이며 서 있는 예지가 보였다.
"아아, 카덴차가 뭐냐고 물었지?"
제경이 새로운 눈으로 다시 무대를 바라보며, 귀로는 클라이맥스로
치닫고 있는 피아노 음색을 하나도 놓치지 않겠다는 듯 가득 담으며,
조용히 설명을 이어갔다.

"카덴차는 협주곡에서 독주자가 즉흥적으로 연주하는 부분으로 '화려한 즉흥 연주'라고 줄여 말할 수 있어. 아, 협주곡 알지? Concerto. 그중 솔로 콘체르토라고 독주 협주곡으로 독주 악기와 관현악으로 구성되어 있는데, 피아노 협주곡과 바이올린 협주곡이 있지. 그런데 이 협주곡에서 '카덴차'란 곡의 형식에 구애됨 없이 자유롭게 독주 악기가 연주하는 기교적이고 장식적인 악구, 즉 독주자의 기교를 과시하는 부분이야. 옛날엔 그 부분의 악보를 비워놓고 연주자가 진짜 즉흥으로 카덴차를 만들어내며 자신의 기량을 최고로 발휘했었다고 하지. 그렇지만 고전주의 시대 이후에 들어서는 카덴차도 작곡하는 경우가 많아졌고 작곡된 카덴차는 매우 어려워서 악기와 연주자의 솜씨를 극상으로 끌어올리게 만들었지. 그래서 대체적으로 카덴차라면 당연히 정열적이고 환상적이며 아주 뛰어나게 아름다워. 아니… 정확하게는……."

제경은 가슴속에서 자신의 피아노 연주가 민제후의 피아노 연주에 자극받아 깨어나는 걸 느끼며 흥분으로 축축해진 손바닥을 꽉 틀어쥐었다. 때마침 제후의 연주가 클라이맥스에 이르렀다.

"눈부시지! 바로 지금처럼!"

그런데 그때 제경은 사람들이 발견하지 못한 어떤 것을 발견하고 믿을 수 없다는 얼굴로 눈을 부릅뜨게 되었다.

"어엇?! 저건……!"

어딘가 심하게 다쳤을 거라던 제후의 상처… 공교롭게도 그것이 팔인 듯하다. 그런데 상처가 터진 것인가? 관중석에서는 안 보일 테지만 무대 뒤에서 지켜보던 아이들은 똑똑히 볼 수 있었다. 제후의 왼쪽 팔이 피로 흥건히 젖어 이젠 바닥으로까지 핏방울이 떨어지고 있다는 것을.

피아노 건반 위를 날아다니는 두 손이 최고의 기교를 선보이며 종결을 향해가는 클라이맥스에 이르러선 움직일 때마다 두꺼운 교복 상의 위로도 제법 눈에 띌 정도의 피가 뭉클뭉클 올라오고 있었다.

자세히 바라보니 제후의 이마에 식은땀이 맺혀 있는 것이 보였다.

창백한 얼굴…….

저 정도 출혈이라면 손가락 하나하나 움직이는 미세한 진동에도 엄청난 통증에 비명이라도 지르고 싶을 터인데, 약간의 식은땀을 제외하고는 제후의 얼굴 어디에서도 그가 어딘가 불편하다는 것을 느낄 수 없다. 이를 악물고 마지막까지 긴장을 늦추지 않는 그 소년의 모습에 아이들은 망연자실해질 수밖에 없었다.

"무엇 때문이지?"

그 모습에 제경도 이해할 수 없다는 얼굴이 되어 중얼거린다.

"무엇 때문에 넌 그렇게……."

하지만 그런 최악의 컨디션에서 연주하는데도 불구하고 그 소년의 피아노는 밝고, 아름다우며, 모험적이고, 희망으로 가득하다.

그리고 드디어 연주곡의 라스트가 다가왔다.

그 드넓은 강당에 반짝이는 별이 쏟아져 내리는 착각마저 든다. 반짝반짝 빛나는 느낌의 연속적인 건반의 터치. 그건 더 이상 작은 별이 아니었다. 별이 하늘이 되고 우주가 되어 온 무대을 휩쓸고, 강당를 휩쓸고, 마음을 휩쓸었다.

완전히 다른 곡이 된 '작은 별'.

환상이 되어 돌아왔다. 그리고 돌아온 '작은 별'은 더 이상 작지 않았다.

마침내 별빛이 잦아들고 곡은 잔잔하게, 마지막 한 음(音)까지 여운을 남기며 끝을 맺는다.

"와아아아아아아아~!!"

비명과도 같은 함성. 민제후가 선보인 환상 세계에 매료되었던 관객들이 박수와 환호로 공연장 안을 가득 채웠다.

"꺄아아!!"

"부라보~!!"

사람들의 환호가 콘서트홀을 뒤집어놓듯 울리고, 모두가 파격적인 새로운 감각의 곡과 연주에 찬사를 보내고 있었다. 지금까지 피아노 전공자들 누구보다도 많이 받는 박수와 함성. 어느 누구도 이 모든 것이 단 2주 만에 발현된 '마법'임을, 기적임을 알지 못할 것이다.

제경은 피아노에서 일어나 관중을 향해 인사를 하는 인물을 바라보며 그가 자신에게 단언하던 한마디를 기억해 냈다.

"기적을 일으키는 게 내 전공이거든."

정말 기적이 일어났다.

"황당한 녀석……."

제경의 혼잣말에 옆에서 신동민의 또 다른 중얼거림이 들려왔다.

"역시 저놈은 괴물이었어."

'끝났다!'

제후는 귀를 멍멍하게 만드는 함성 소리에 자신의 역할이 드디어 끝났음을 깨달았다. 속되게 말하자면 절대 포기하고 싶지 않다는 오기로 버틴 것이기에 몸과 마음이 이미 엉망이었다. 제후는 어떻게 인사를 하고 무대 뒤로 돌아왔는지 기억도 안 났다. 그러나 흐릿한 시선 안에 익숙한 얼굴들이 보이는 것을 보면 자기 두 발로 어떻게 어떻게 걸어 온 듯싶은데…….

"제후야!"

고운 목소리가 들렸다 싶은 순간 제후의 무릎이 꺾이면서 누군가에 게 안기듯 쓰러졌다.

'누군데 이렇게 작지? 기대기가 영 힘들군. 체격도 너무 작아서 별 도움이 안 되고. 그런데… 이상하다. 왜 이리 편안한 기분이 드는 걸 까? 왜 이리… 안정이 되는 걸까?'

"비켜, 비켜! 저리 좀 비켜주십시오."

그렇게 간신히 제후를 심하게 압박하던 여러 가지 스트레스가 풀리 고 안정을 찾아가는 시점에서 진행 위원들이 요란하게 들이닥쳤다. 그 러나 덕분에 빠른 응급조치를 받아 벌어지고 악화된 상처에서 유리 조 각을 모두 깨끗이 제거하고 겨우 지혈을 할 수 있었다. 나중에 병원에 가서 제대로 상태를 봐야 할 것이라고 했지만 그것만으로도 상당히 만 족한 제후였다. 마치 자신의 팔이 아닌 것처럼 둔한 통증만 간간이 느 껴지는, 마비된 듯 감각이 거의 사라진 팔보다는 훨씬 나았다.

"아무 말도 안 해?"

제후는 맑은 정신이 돌아오자 진행 위원들이 깔끔하게 정리한 붕대 를 바라보다가 자신의 옆에 우두커니 서 있는 한예지를 깨닫고 입을 열었다.

그런데 그때 갑자기 퍽— 소리가 나게 제후의 뒤통수를 날리는 예 지!

제후는 순간 그 기술적인 한 대에 눈이 튀어나올 뻔했다가 억울함에 소리쳤다.

환자를 패는 청순 가련한 소녀라니! 언젠가 이 대한민국의 모든 남성들에게 저 백여시─친근한 표현이다─의 정체를 까발리고 말 테다!

"우씨! 왜 또 때려, 이 마녀야!!"

"멋졌어."

작은 소리.

"에?"

"멋졌다구! 눈물이 날 만큼 너무너무 멋졌다구!"

"우와아앗!!"

느닷없이 달려들어 제후의 목을 꼭 껴안는 한예지. 제후의 얼굴이 홍당무처럼 새빨갛게 물들어 어쩔 줄 몰라 하고 있는 걸 그녀는 아는지 모르는지 투정처럼 말한다.

"너무 분해. 매번 사람 속을 있는 대로 뒤집어놓는 주제에. 이번엔 정말 애태운 만큼 복수해 주겠다고 다짐했었는데… 이런 식으로 사람을 감동시키다니. 비겁해!"

이럴 땐 어떻게 해야 하나?

심장이 또다시 제멋대로 뛰기 시작한다. 편안하다고 느끼는 순간 이렇게 긴장시키다니… 대단한 재주가 아닐 수 없다. 여자들은 정말 대단한 것 같다.

'게다가 아직은 난 이 낯선 감정들의 정체가 뭔지 확신할 수 없어.'

제후는 자신의 목을 껴안고 물기가 배인 목소리로 투정 부리는 소녀의 모습에서 처음엔 당황하다가 천천히 잔잔한 미소를 지으며 여러 가지 복잡한 생각을 했다.

'그런데 지금 이것만은 확실해. 네가 내 곁에 있다는 것에 안정이 돼. 아무리 왈가닥에 거칠고 난폭한 공주님이라도 말이지.'

제후가 아무 말 없이 잠시 망설이다 자신의 팔을 들어 올리며 그동안 회피해 왔던 문제들을 머리 속으로 정리했다.

'하지만 당분간은… 조금 더 이대로가 좋은걸. 편안하고 따뜻한 우정으로.'

그리고 제후는 자상하게 들어 올린 팔로 예지의 어깨를 두들겨 주었다.

친구로서.

"이제… 내 차례군."

제경이 약간 떨어진 거리에서 진행 위원들에게 지혈을 받고 있는 황당무계한 어떤 인간을 바라보며 조용히 읊조렸다.

조용한 음성.

하지만 더 이상 흔들림없는 제경의 눈동자.

제경의 눈이 어떤 결심을 한 것인지 불안하게 흔들리던 기색은 씻은 듯이 사라졌다. 그렇다고 다시 예전의 강제경으로 돌아간 것도 아니었다. 제경의 눈동자 속에 항상 자리하고 있던 텅 빈 공허함이 어느새 지워지고, 대신 자기 자신에 대한 확신과 도전 의식이 자리 잡고 있었다.

어떤 사람이 정말로 달라졌다면 외양의 변화가 그 원인의 전부는 아니다. 성형 수술이나 비싼 옷, 고급 화장품 따위로 꾸며지는 아름다움은 겉모습일 뿐, 그것이 바뀌었다고 자신감없고 주눅 들어 있는 사람이 그 한번에 멋있어지지는 않는 것이다. 외양의 변화로 진정 아름답게 변한 사람이 있다면 그것은 그 외모의 변화가 그 사람의 마음가짐을 바꿨기 때문이리라. 반면에 옷이나 머리 모양 등 외양적인 모든 것이 그대로라도 갑자기 어떤 사람이 달라져 보인다고 느낀다면 그 사람의 마음에 큰 변화가 생겼다고 추측해 볼 수 있다. 그리고 지금 강제경의 모습이 그러했다.

제경이 사람들에게 둘러싸여 있는 제후를 바라본 채 중얼거리며 눈을 빛냈다.

"내게 소중한 마음……."

가장 중요한… 아무리 세월이 흘러도 퇴색되지 않는 마음이라면…….

해답을 찾았음인가? 제경의 입가에 미소가 맺혔다.

"와아~ 이런이런. 우리 아들네미 집중력이 장난 아니라는 것 정도는 사전에 알고 있었지만 설마 이 정도까지 보여줄진 몰랐는데?!"

제경이 세상에 대해서 말하는 민제후를 바라보며 자신도 하나의 결심을 내리는 그 순간, 그때를 맞춰 고음의 소프라노 목소리가 그 소년의 상념의 틈을 비집고 들어왔다.

"아줌마?!"

강제경이 박수 소리와 엽기적인 어떤 여인의 말투를 알아듣고 고개를 획 돌렸다.

장혜영!

세계적인 피아니스트이자 성전특고의 재단이사이기도 한 아름다운 여인. 그녀가 언제인지도 모르게 갑자기 나타나 깊은 생각에 빠져 있던 천재라고 불리는 한 소년의 앞으로 나섰다. 핏빛처럼 붉게 칠한 그녀의 입술이 사이한 회선을 그리며 미소 짓는다.

"훌륭했어. 민제후의 연주, 정말 순수하고 빛이 나. 하지만 그것만

으론 깊이가 좀 부족하다고 말할 수 있겠지. 넌 그게 무엇인지… 알고 있지?'

"아줌마, 이 학교에 얼마나 남아 있을 거야?"

제경은 장혜영 여사의 말을 일부러 못 들을 척 뒤돌아서며 말머리를 은근히 돌렸다.

지금은 민제후의 피아노 연주 허점에 관한 이야기 따위는 듣고 싶지 않다. 확실히 너무 이상적이었다. 아름답고 환상적인 이미지가 강했다. '별'이라는 모티브를 가지고 창작 작곡한 그 곡은 즉흥적이고 보여주기 위한 기교들이 너무 많았다.

그러나 사람들에게 이 정도로 큰 기쁨과 환희를 느끼게 하는 건 쉬운 일이 아닐 것이다. 아무리 훌륭한 명화(名畵)라 해도 보는 사람이 아무 느낌도 받지 못한다면 그 그림은 그 사람에게 아무 가치가 없다. 반대로 어린아이가 도화지 위에 크레파스로 그린 조잡한 꽃동산 그림이라도 누군가에게 순수한 동심을 느끼게 하고 그것이 감동이 되어 텅 빈 가슴을 가득 채우게 된다면 그 그림은 그 사람에게 있어선 세계 최고의 명화의 가치를 지니게 될 것이다. 이렇듯 그림이든 문학이든 음악이든 모든 예술은 주관적인 평가만이 있을 뿐이라는 것이 제경의 생각이었다.

이 세상에 완벽한 예술은 없다.

'그런 면에서 민제후의 피아노는 꼭 전문적으로 논할 필요가 없어. 이미 저렇게 수많은 사람들에게 명화의 가치를 인정받고 있으니까. 게다가 그것은 아무도 흉내 내지도 못하는, 단 2주 만에 이루어낸 기적이다.'

제경은 아직도 제후에게 격려의 함성을 보내는 객석 쪽으로 시선을 돌리며 마음을 단단히 굳혔다.

'이제 난 나의 피아노만 생각하면 돼!'

달라진 강제경의 태도 때문인지 장혜영도 잠시 의아해하다가 다시 생긋 웃으며 화제를 돌리고자 하는 소년의 의도를 성실히 따라주었다.

"음, 학교? 학교에 왜 남아? 발표회 끝나면 집에 가야지. 넌 남아 있으려고?"

"그거 말고!! 아줌마는 학교 일에 신경 안 쓰냐구!"

장혜영이 세련된 백치미를 연출하자 제경이 울컥하는 기분에 신경 질적으로 말을 내뱉었다. 처음엔 왜 민제후와 장혜영이 전혀 다르다고 생각했을까? 이렇게 판박이인 것을.

그러나 곧 장혜영 여사는 한 손으론 입을 가리며 웃고 또 다른 한 손으론 말도 안 된다는 듯이 손을 휘저으며 얄밉게 웃음을 터뜨렸다.

"나? 내가? 농담 마라, 얘. 내가 그랬잖아, 난 무늬만 이사라고. 호호호호~ 난 학교 일에 절대 관여 안 해. 귀찮잖아."

"…그래도 혹시나 했는데. 쳇!"

제경이 그 대답에 잠시 침묵을 지키다 두 손을 깍지 껴서 머리 뒤로 돌리며 과장된 억양의 목소리를 높였다.

"아아~ 그럼 결국 쫓겨나는 건가?"

그리고 제경은 장혜영과 아직까지 제정신 못 차리는지 헤롱대는 민 제후, 그리고 신동민, 한예지를 비롯하여 부산스럽게 움직이는 진행 위원들과 몇몇 다른 발표회 참가자들의 모습들을 획 둘러보았다.

전에는 저 사람들 하나하나를 눈여겨본 적이 없었는데. 잠시라도 저 한 명 한 명들의 생각이나 마음, 그들의 인생이 궁금해진 적이 없었고 염두에 둔 적도 없었다. 뿐만 아니라 나 자신의 마음과 생명까지도.

그냥 아침에 눈을 뜨면 밤에 잠들 때까지 깨어 있고, 배가 고프면 밥을 먹고, 아무 생각 없이 당연하게 공기 속에 잠겨 숨을 쉬며 살아온 삶. 살아지기 때문에 살았던 것이지 특별히 갈망하고 찾고 있는 어떤 목표를 위해 그 삶을 이어가는 것이 아니었음을 깨닫는다.

'그동안 내가 잊고 있던 나의 세계는… 나의 마음은……'

"아줌마."

혜영은 자신을 부르는 목소리에 반응하여 고개를 돌려 그 소리의 근원지를 찾아 시선을 고정시켰다. 그곳에 있는 것은 역시 그녀의 예상 그대로 강제경이라는 이름으로 불리는 소년의 뒷모습. 천천히 돌아서는 그 학생의 얼굴은 웃고 있는 듯싶었지만 정확하게 말하자면 긴 앞머리에 눈이 가려져 있어 제경의 입가에 걸린 표정만으로 웃고 있다는 걸 추측할 뿐이다.

그런데 그때 제경이라는 소년이 그 의도를 알 수 없는 갑작스런 질문을 해왔다.

"아니, 장혜영 씨, 재즈 좋아하세요?"

"…개폼은."

혜영은 갑자기 매우 정중하게 태도를 교정한 제경의 모습에 귀엽다는 듯 피식 웃었다. 안 하던 존댓말을 쓰며 단정하게 자세를 바꿔서 뭘 말하려고 하는 것일까.

하지만 제경도 특별히 그녀의 대답을 듣고자 한 질문이 아니었던 듯 곧바로 뒤돌아서서 무엇인가를 찾아 두리번거린다.

그리고 마침내 그 소년의 눈이 반짝이며 찾아낸 어떤 물건.

제경이 강당 보수 공사 때 인부들이 사용하고 두고 간 연장들과 잡동사니들로 어수선한 공구함 안에서 작은 도구를 발견하고 재빨리 집어 들었다. 그것은 투박한 톱이나 망치가 아닌, 한 뼘 정도 길이밖에 안 되는 작은 은색 나이프. 보수 공사 때 사용했던 연장은 아니었던 것 같은데, 날이 좀 나가 있지만 그래도 아직 그럭저럭 날카로워 보여 잘 못하면 손이라도 벨 것 같은 칼이었다. 급하게 여기저기 정리하는 과정에서 모인 잡동사니 중의 하나인 모양인데…….

문제는 제경이 그런 도구로 뭘 어쩌려는 것인지……?

쫴쫙!

"……!"

"제경아!"

"꺄아!!"

순간적으로 벌어진 일이었다!

어느 누가 말릴 틈도 없이 벌어진 일이었다.

제경은 주변에서 사람들이 자신에게 뭐라 소리 지르고 있다는 걸 알았다. 짧은 비명과 함께.

강제경의 손에는 조금 전 그가 흥미롭게 바라보며 집어 든 작은 은색 나이프가 들려 있었고, 무대 뒤의 하얀색 대기실 바닥으로 파라락 소리와 함께 검은 실타래가 후두둑 떨어져 내린다.

너무 쉬웠다.

너무나 쉽고 간단한 동작. 한 손으로 모아 쥔 뒷머리채가 손목에 준 힘 한 번으로 이리도 쉽사리 끊어졌다는 것이 허탈할 정도다. 하지만 주변은 그 한 소년이 아무 예고 없이 저지른 그 사건으로 인해 소리없는 경악이 일어나 잔잔한 수면 위의 파장처럼 일파만파 멀리 퍼져만 갔다.

제경은 세상에서 자신을 가리고 있던, 숨겨주던 머리털이 사라지자 믿을 수 없을 만큼 시원해지는 걸 느꼈다. 그리고 그와 더불어 자신의 머리 속마저 더없이 맑게 비워지는 것도.

'이렇게 간단한 것을… 그동안 왜 그리 힘들어했을까?'

제경은 사람들이 놀란 틈을 타서 앞머리까지도 순식간에 정리해 버리고 씨익 웃으며 어색하게 얼굴을 쓰다듬었다. 그 손이 쓸고 지나간 얼굴에 여지껏 가려져 있던 강제경의 눈동자가 마침내 드러났다. 밝은 조명에 커튼이나 차양막 없이 고스란히 그 빛을 받는 제경의 눈은 다른 사람들이 어떻게 바라보든 아주 시원하게 웃고 있다. 매우 홀가분하게… 행복한 얼굴.

"아줌마, 전에 내가 아줌마가 쥬디를 닮았다고 한 적 있었죠?"

약간 굳어진 혜영의 얼굴을 힐끔 살피며 제경이 조용히 말을 이어갔다.

"쥬디는……."

어색한 듯 웃는 선한 두 눈이 들쭉날쭉하게 짧아진 앞머리 아래에서 시원하게 빛났다. 그 눈은 예상외로 반항적이지도 날카롭지도 않은 평범한 눈매. 그러나 깊은 샘과 같은 느낌을 주는 눈동자를 하고 소년이 생각지도 않은 발언을 했다.

"우리 엄마예요."

그러면서 자신의 가슴 한가운데를 찌르듯 가리키는 손가락.

"여기에… 항상 여기에 계세요."

어떤 사람을 가슴에 묻었다는 것이 무엇을 의미하는지 모를 사람은 없었다.

"아줌마에게서 쥬디가 보였던 건… 어머니였기 때문이었을 거예요. 어머니 같지 않은 어머니. 쿡쿡쿡, 험한 일을 했지만 언제나 생기발랄

함을 잃지 않고, 새로 염색한 금발 머리가 예쁘다고 말해 주지 않으며 하루 종일 삐쳐 있었죠. 내가 담배 피우는 걸 끔찍하게 싫어하면서 자신은 골초인데다가… 엄마라고 부르는 것보다 '쥬디'라고 부르는 것이 더 예쁘고 낭만적이라나? 헤! 그래서 전 어릴 땐 '쥬디'가 '엄마'라는 뜻인 줄 알고 자랐다니깐요? 그리고 항상 사고부터 치고 나서 나한테 그 수습을 떠맡겼구요. 다정하다가도 갑자기 돌변해서 뒤통수를 치질 않나… 어흐~ 나참, 이거 생각해 보니 새삼스레 열받네? 에휴~ 뭐 어쨌든."

돌아가신 어머니 이야기를 하는데 저렇게 밝게 말할 수 있는 걸까? 뭔가 자신을 속박하는 어떤 것에서 벗어난 듯한데…….

장혜영은 어리둥절해져서 제경의 얼굴을 물끄러미 바라보았고, 제경은 그런 그녀를 바라보며 활짝 웃었다. 눈까지 밝게 웃는 그 아이의 얼굴은 그 어느 때보다도 자유롭고 거침없어 보였다.

"「쥬디」… 지금까지 그 이름이 날 버티게 해주었고 지켜주었어요. 그리고 이제부터 제 이름은 다시 '제이'가 될 거예요."

'강제경'이라는 이름은 성전재단에 스카웃되어 들어오면서 주로 사용된 이름이다. 반면에 '제이'라는 이름은 쥬디와 바닷가 선술집에서 생활할 때 쓰던 이름.

'이제 난 다시금 '제이'로 돌아간다.'

제경, 아니, 제이가 되어 환하게 웃었다. 혜영은 제경의 그 얼굴에서 그 아이가 곧 훨훨 날아올라 이 성전특고를 떠날 거란 걸 예감했다. 섭섭하다. 하지만 또 기뻤다.

그런데 그때를 맞춰 방송에서 마지막 발표자인 강제경의 이름을 호명한다.

"약속대로 이번엔 진짜 내 피아노 연주를 보여줄게요, 아줌마."

그리고 하늘에서 내 연주 꼭 들어야 돼, 쥬디… 아니, 엄마.

내가 가장 사랑했고 가장 그리워했던 사람이지만… 그만큼 내가 가장 미워했던 여성.

성전특고에 입학하기도 전에 성전재단에 스카웃되어 길러져 오고 있던 몇 년 전이 생각났다. 그때 쥬디에 대한 감정을 미움과 증오라고 다짐하면서도 한없이 아련해지고 그리운 것에 혼란을 느끼고 망가져 있을 시기, 그 시기에 우연히 발견했던 〈시티 오브 조이〉가 회상되었다. 미성년자 주제에 엉망이 되어 술 주정을 부리며 깽판을 놨었는데…….

하지만 그때 아사미에게 걸려 완전히 떡이 될 뻔했다가 발견한 고물 피아노.

그 한때, 무기력함에 자포자기하느라 성전의 영재 교육에도 별 흥미를 보이지 않았던 내게 왜 그 고물 피아노가 그리움으로 다가왔는지… 지금도 잘 알 수가 없다. 사토우 아사미라는 일본계 바텐더에게 멱살이 잡혀 거리로 내팽개쳐질 위기에서도 피아노로 못 박혀 움직이지 못했던 내 시선. 그것을 본 어떤 험상궂게 생긴 털보 아저씨가 아직 혈관 속을 뛰노는 익숙치 않은 알코올 성분으로 정신이 그리 맑지 못한 나에게 따뜻하게 한마디를 건넸었다.

"저 피아노 쳐보고 싶니?"

"……."

멍하니 쳐다만 보았다.

내게 왜 이렇게 친절하게 말을 걸어주죠?

"왜 그러니? 말할 줄 모르냐? 아까 난장판으로 만들 때 보니까 목소리도 짱짱한 것이 꽤 괜찮터니만… 쯧쯧, 그새 말하는 걸 까먹었나?"

"마담, 그 자식한테 왜 그래요? 그놈이 뭐, 버려진 강아지라도 되는 줄 알아요? 그만두라구요. 그렇지 않아도 마담이 주워온 집 없는 개, 도둑고양이로 뒤뜰이 정신없는데… 사람까지 들여놓을 자리 없어요."

이국적인 일본계 청년이 성전에서 지급한 유명 브랜드 옷을 입은 내 모습을 위아래로 훑어보면서 냉랭하게 말하는 것이 들렸다. 그러나 그때 들었던 생각은 왜 저 아저씨를 마담이라는 이상한 호칭으로 부를까 하는 것뿐이었다.

"아사미, 그렇게 말하지 마라. 이 아이는 마음을 다친 거야."

"그냥 그렇게 생각하고 싶으신 거겠죠. 이 녀석은 그저 흔한 동네 양아치일 뿐이에요, 마담."

"…정말 만져 봐도 돼요?"

"엉?"

털보 아저씨와 일본계 청년이 티격태격할 때 조용히 물어본 말.

"…정말 피아노 쳐봐도 될까요?"

그렇게 해서 처음으로 만져 본 〈시티 오브 조이〉의 피아노. 성전재단에서 제공한 최상품 피아노보다도 마음을 따뜻하게 하는 그 낡은 그랜드 피아노에서 처음으로 또렷한 정신으로 피아노를 만지는 것이 가능하게 되었다.

그리고 그때 그 피아노에 앉아 즉흥적으로 누군가의 이미지를 그리며 연주한 짧은 곡조. 그 짧았던 즉흥곡은 얼마 뒤 한국 청소년 음악 콩쿠르에서 심사 위원 특별상을 받게 된 창작 연주곡의 초기 이미지가 되었고, 난 그 이후 '천재'라는 타이틀을 얻었다.

그런데 처음엔 주정뱅이 아이가 하도 불쌍하게 바라보길래 달래려고 허락한 것이었는데 놀랍게도 피아니스트 뺨치는 솜씨에 하마터면 오줌 쌀 뻔했다는 마담 말리에. 그 사건을 계기로 난 곧 나를 지켜주고 있는 것은 그 누구도 아닌 피아노라는 것과 그것으로 인해 사랑받을 수 있는 나의 한 면을 깨닫고 자신을 추스르기에 이르렀다. 아사미와 마담 말리에가 많은 도움이 된 것은 말할 것도 없었다. 그리고 처음으로 인생을 걸고 진지하게 피아노에 빠져들고 싶다는 생각을 했었다.

"그때 일이 지금 왜 갑자기 생각나는 건지 잘 모르겠어."

이제 한 발자국만 더 내디디면 성전특고의 피아노 전공자들의 발표회 무대가 펼쳐진다. 제이는 자신보다 앞서 저 위에서 최고로 빛을 발하고 들어온 민제후를 생각하고, 승부를 생각하고, 자기 자신의 마음을 가늠하며 우두커니 서 있었다. 사회자가 이름을 호명했음에도 나타나지 않는 제이의 모습에 당황하여 다시 소리 높여 이름을 부르는 것이 들려왔다.

'내게 가장 소중한 마음이란…….'

그 생각에 빠져들자 다시 떠오른 얼굴은 역시 '쥬디' 다.

한때 '강미옥' 이라는 이름을 가졌던 여자.

금발 염색과 싸구려 화장을 한 선착장 부둣가의 술집 여인.

하지만 언제나 여학생 같은 순수함을 잃지 않았던 여성.

열정적이고 생동감있긴 해도 변덕쟁이여서 책임감은 많이 부족한 어머니였다. 철이 없었다고나 할까?

그녀가 아무 준비도 되어 있지 않은 자신을 버려두고 하늘로 도망쳐버린 그날이 성전재단에서 제이를 데려가고 싶다는 의견을 보내오고 난 후였다는 걸 알고 또 더없이 화가 났다. 그녀는 아무 미련이나 걱정도 없이 떠났을 테니까. 아무 망설임 없이, 생의 집착 없이 편안히 내 곁을 떠났을 테니까.

누구 맘대로…
누구 맘대로 떠나냔 말이야!
이 세상에 덩그러니 남겨놓고 자기 혼자만 편해지면 다란 말인가.
항상 했던 말이지만 정말 자기 멋대로였다, 항상!

…하지만 아무리 그래도 그 척박한 곳에서 제이에게 꿈을 심어주고 그의 마음에 자유를 가르쳐 준 이가 쥬디라는 건 부정할 수 없었다.
'그래서 내 최고의 곡의 소제로 '내 마음의 자유'라고 이름 붙였지. 그리고 진짜 제목은……'
제이가 비밀처럼 자신의 자작곡의 제목을 생각하며 빙그레 미소 지었다.
"하지만 난 지금 그 어느 때보다 자유로워."
이제 오늘로써 이 학교와도 인연이 끝이니 더 이상 현실이라는 괴물에 질질 끌려 다닐 필요가 없었다. 제이는 지금 어떻게 이 자리에 서 있는지, 쥬디의 아들이 얼마나 자랑스럽게 자랐는지 보여주고 싶었다. 그리고 또 하나.
예전엔 한 번도 표현하지 못했지만 사실은 쥬디를 얼마큼 사랑했는지…
'보여주고 싶어.'
넥타이도 재킷도 벗어 던지고 신발조차 벗어버렸다.

단정히 묶었던 머리끈도 풀러 버린 머리. 아니다. 이젠 묶을 만한 머리털도 남아 있지 않다. 스스로의 손으로 짧게 끊어버린 긴 머리칼. 제경으로서 자신을 틀에 묶어두던 마음의 족쇄를 벗어버리듯 모든 것을……

흰 셔츠의 소매마저도 팔꿈치까지 걷어 올렸다.

"……"

하지만 불발이 되었던 2주 전 발표회에서 장혜영에게서 받은 줄리본.

그것에 시선이 멈췄던 제이는 한동안 물끄러미 바라보다 그것만은 집어 들어 자신의 팔에 감아 묶었다. 그리고 어깨를 펴고 숨을 크게 몰아쉬며 당당하게 무대로 걸어나갔다.

'쥬디, 나 정말 잘 컸지 않아?'

무대로 제이가 걸어나가자 관중석에서 박수가 터져 나온다. 그런데 갑자기 술렁거리는 사람들. 의례적인 박수마저도 그 웅성거림에 뚝 끊어지며 술렁댄다. 그 광경에서 느껴지는 모습은 날개를 붕붕거리는 꿀벌들이 모여든 벌통 같다.

제이는 그 사람들이 무엇 때문에 저리 시끄럽게 붕붕대는지 알 수 있었다. 분명히 자신이 무대로 나오기 전에 잘라낸 머리털과 맨발 탓일 테다. 하지만 상관없었다. 제이는 지금 그들에게 잘 보이기 위해서이 무대에 서는 것이 아니었다!

예전에 단 한 번, 아니, 두 번 연주해 봤던 최고의 스타인웨이 피아노가 다시 정식으로 제이를 기다리고 있었다. 한 번은 중간에 취소가된 지난번 발표회의 베토벤, 나머지 한 번은 유리벽이 깨져 폐허가 되었던 대강당에서 연주했던 자신이 만든 자작곡 '내 마음의 자유'.

그런데 그 두 번 중 첫 번째는 초반을 조금 치는 듯하다가 멈췄으니 이 피아노와 진짜 인연이 깊은 곡은 제이의 '내 마음의 자유' 라는 자작곡인 듯하다. 이 소년은 지금 '강제경' 이 아니라 '제이 강' 이 되어 자신이 만든 그 곡으로 그 피아노와 다시 한 번 더 만나게 된 것이다.

"임마, 잘해보자."

소년이 깊은 빛깔을 뿜어내고 있는 명품 피아노를 살짝 손으로 쓸며 중얼거렸다.

"내 곡의 주제도 '삶(Life)' 이다, 민제후. 사람마다 모두 갖고 있지만 다른 것이지. 너의 삶이 마법이라면 나의 삶은……."

제이는 눈동자 속에 끝없이 펼쳐져 있는 파란 창공을 가득 담고 웃었다.

"자유다."

그 순간 제이의 양손이 보석처럼 빛나는 새하얀 피아노 건반 위로 내려앉았다.

'누군가의 강요에 의해 피아노를 치는 게 아니야. 돈과 명성을 위해서 음악을 하는 게 아니야. 거창하게 이름 붙일 건 없어. 내가 피아노를 치는 이유는 간단하다. 치고 싶으니까… 그냥 좋아하니까……. 하지만 천재라는 화려한 포장지가 필요한 인간들을 위해서 꼭두각시 인형이 될 생각은 추호도 없어!'

게다가 좋아하기 때문에 치는 피아노를 정말로 치고 싶은 곡을 칠 수 없게 된다면 그 의미가 없어진다.

제이는 건반 위에서 천천히, 육감적으로 움직이던 손가락이 한껏 가벼워질 수 있도록 마음을 다했다. 민제후의 피아노를 듣기 전에는 제후와의 대결과 연주 발표회, 앞으로의 진로 등이 가장 큰 관심사였고

목적지였다. 하지만 지금은 아니다. 그것들 중 어느 것도 현재 '제이'
에게 시선을 끌어낼 수 없었다. 그것들은 '강제경'의 관심사일 뿐 '제
이'의 것은 아니었으니까.

제이의 관심사는 오직 자신의 가슴속에서 타오르기만 할 뿐 제대로
터져 나오지 못하는 음악 세계. 자신이 사랑하는 피아노와 음악, 표현,
열정, 자유…….

소년이 마침내 자신의 날개를 활짝 펼쳤다.

즐겁게…

자유롭게…

나를 표현한다!

제6장 새하얀 미래를 향해

"이건 재즈?"

제이의 곡이 재즈로 바뀌었다?

다른 사람들은 몰라도 「초전박살」 아이들은 얼마 전에 같은 자리에서 감탄하며 감상했던 곡이라 금세 그것을 알아들었다. 하지만 점차 초반을 지나 전개부로 들어가는 제이의 곡은 더 이상 예전에 아이들이 들었던 그 곡이 아니었다. 같은 곡인데 다른 곡이었다. 철학적인 이야기 같지만 그것은 사실이었다.

예전에 들었던 곡은 철저한 클래식. 반면에 현재 제이가 연주하는 곡은 클래식이긴 하나 재즈의 색깔이 상당히 짙은 독특한 장르로 변신한 새로운 음악.

모범적이고 투명한 아름다움을 지닌 클래식이었던 천재 소년의 곡이 매혹적으로 변신하여 마치 항구 부둣가에서 선원들을 유혹하는 총

천연색의 붉디붉은 야화(夜花)들처럼 또 다른 색의 옷을 입고 펼쳐진다.

카라멜처럼 달콤한 끈적임과 박하사탕 같은 상쾌함이 어우러진 파격적인 음색!

그리고 그때였다.

"호오~ 저것도 제법인데?"

"어엇?!"

아이들은 제경의 매력적인 연주에 넋을 빼앗기고 있다가 갑자기 옆에서 툭 튀어나오는 장혜영 여사의 음성에 깜짝 놀랐다. 깜짝 놀라는 아이들을 보고 장혜영 여사의 입매가 생긋 붉게 웃는다.

"재즈란 애드리브 음악이야. 즉, 어떻게 쳐도 좋다는 뜻이지. 그래서 같은 곡이라도 칠 때마다 전혀 달라지는 것이 바로 재즈의 묘미란다."

"재즈의 묘미?"

아무리 재즈 스타일로 바뀌었다고는 하나 너무나 달라진 제이의 연주곡에 아이들은 의아했다. 그런 상황 속에서 나타난 장혜영은 그들에게 명쾌한 해답을 제시했다. 그 때문에 답답하고 궁금한 점이 많을수록 장혜영 여사의 다음 말을 하나도 놓치지 않겠다는 듯 아이들은 눈을 빛냈다. 그리고 그것에 보답하듯 장혜영의 설명도 쉽고 간단하게 계속 이어져 가고 있었다.

"그래, 재즈 뮤지션들은 사람 냄새가 나는 소리를 내려고 애쓰고, 자기만의 독특한 소리를 내려고 애쓰며, 또 그렇게 받아들여지도록 애를 쓰지. 그들은 멜로디를 Improvise, 즉 즉흥 연주하면서 리듬을 따라가는 거야. 즉흥 연주는 자연 발생적인 음악적 창의를 의미한다. 여기에서 제후의 그것과는 다르다고 할 수 있지. 지금 제경의 음악은 마치 우리가 말을 하는 것과도 같아. 우리는 말하고자 하는 내용을 말하는 바로 그 순간에 생각해 내고, 그러면서도 생각을 산만하게 하지 않으려고 애를 쓰잖아? 재즈 뮤지션들도 이와 똑같이 하는 거야. 바로 음악을 가지고서."

그때 장혜영의 눈동자가 무대 위를 주시하며 이채롭게 반짝였다. 그 시선이 꽂힌 무대 위에 존재하는 것은 빛의 실루엣을 이루는 한 명의 천재 소년과 한 대의 명품 피아노. 찬란한 조명을 받고 점차 무서운 속도로 관객을 흡입해 가는 그 광경, 그 소리에 장혜영의 얼굴도 점차 진지하게 변해가며 길어진 설명을 마침내 조용히 속삭이듯 끝을 맺었다.

"재즈 뮤지션들은 음악이라는 언어를 통해서 서로 대화를 나누고자 하는 거지."

그런 의미에서 강제경에게 재즈와 클래식이 함께 공존하는 이런 퓨전 음악이 가장 잘 어울릴지도.

'하지만 지금 제경의 무대 위에는 저 아이와 함께 대화를 이끌어갈 상대가 없다. 대화 상대가 없는 외로운 언어(言語)가 대체 어디까지 공감을 부를 수 있을까? 이대론 곧 벽에 부딪칠 터인데……'

"정말 옳은 선택을 한 거니, 제경아?"

나직이 읊조리는 혜영의 말소리가 완벽히 의심을 떨치지 못하고 그녀의 미간을 찌푸리게 만들었다.

그렇게 여러 친구들과 주변 사람들의 감탄과 걱정, 놀람, 자유와 빛 속에서 제이의 피아노는 의연히 자신의 이야기를 하나둘 풀어놓기 시작하고 있었다.

"이봐, 학생들. 우리가 뭘 좀 물어보려 하는데 말이야……."

한편 그때 어떤 장소에서는 처음 보는 어떤 일행이 악기를 정리하는 학생들에게 다가가 말을 걸고 있었다.

그곳은 발표회장에서 가까운 곳에 위치한 어느 음악 동아리 서클룸. 예술 전공 연구 발표회를 겨냥하여 자신들의 동호회를 알리고자 밴드 공연을 마친 아이들이 회원들끼리 즐겁게 컵라면을 끓여 먹다가 자신들을 부르는 소리에 뒤돌아보고 깜짝 놀랐다.

"푸하하~ 누구야? 누가… 히익! 딸꾹!!"

학생들이 자신들의 눈을 의심하며 입을 딱 벌리고 돌처럼 굳어버렸다. 그 바람에 입에 들어갔던 컵라면 면발이 다시 나오는지도 모르고.

아이들 눈을 놀래킨 것은 하나같이 거대한 덩치들.

입구를 막아선 그들의 다리 한쪽과 팔뚝 하나가 웬만한 여자 허리만큼 두꺼워 보인다. 게다가 우락부락해 보이는 인상이 험한 일을 하는 노동자 같기도 하고, 또는 아닌 것 같기도 하고…….

물론 모두 다 그런 사람들만 눈에 띄는 것은 아니었다. 평범한 체격, 보통의 키, 그리 나쁘지 않은 인상을 가진 어른들도 보였다. 하지만 입구를 막아서며 맨 처음 들이닥쳤던 그 아저씨들에 대한 인상이 너무 강해 아이들의 무서움은 좀처럼 줄어들지 않았다. 더군다나 비교적 평범하다고 생각되는 어른들은 각기 다른 눈과 머리색을 가진 외국인들이다.

지금 예술관 대강당 안에서 제이라는 소년이 피아노만으로 독특한 느낌의 색깔을 전하고 있는 이때 갑자기 등장한 이 색다른 인물들은 누군지, 이들이 어떤 변수로 작용하게 될지 궁금해진다.

밴드부 활동을 하는 아이들은 존재만으로도 무언의 압력을 행사하는 그 덩치 큰 외국인 아저씨들에게 잔뜩 쫄아서 말을 더듬으며 물었다.

"꿀꺽…저, 무슨 일… 이시죠?"

"아까 밴드 공연했던 학생들이지?"

"네? 아, 네!"

서클에서 활동하는 학생들은 일명 '부탁' 이라는 걸 해오는 인물들의 모습을 보고 바짝 얼어붙었다. 학생들 앞에 서 있는 인물들은 〈시티 오브 조이〉의 우락부락한 장정들과 밴드, 그리고 어떤 이국적인 매력이 강한 일본계 청년이었다.

바로 '사토우 아사미'.

하나 사람 좋아 보이는 인상의 그가 앞으로 나서며 상냥하게 물었어도 어쩐지 은근히 압도되는 분위기에 아이들은 여전히 움츠러들었다. 아사미가 아이들이 겁을 집어먹은 것을 눈치 채고 다정한 미소를 지으며 정중하게 요청한다.

"놀라게 했다면 미안하다, 얘들아. 다만 내가, 아니, 우리가 부탁이 하나 있는데 말이야……."

의아한 표정을 떠올리는 학생들을 바라보며 아사미 군이 방긋 웃으며 입을 열었다.

"뭐, 몇 가지만 잠시 빌려줄지 않을래?"

성전특고 예술관 대강당.

아름다운 건축 구조와 예술적인 이미지를 가득 담고 있는 그 공간에 지금 클래스B 전공 연구 발표회가 열리고 있었다. 예정대로라면 이미 몇 주 전에 끝났어야 할 교내 행사였지만 예상치 못한 천재지변으로 인해 오늘까지 미루어진 행사. 하지만 미루어진 행사에 맞추어 우연히 성전특고 재단이사인 세계적인 피아니스트 장혜영 씨의 귀국으로 인하여 한층 더 수준 높은 발표회로 거듭나게 되었으니… 오히려 성전특고의 입장에서는 춤이라도 추고 싶을 만큼 전화위복이 된 사건이었다.

그리고 바로 지금 성전특고에서 자랑스럽게 길러내고 있는 음악 영재들이 세계적인 마스터들 앞에서 그 실력과 수준, 가능성 등을 평가받고 있었다. 혹시라도 이 학생들이 그들에게 박수를 받게 된다면 성전특고는 단번에 세계에서도 손꼽히는 음악 명문 학교로 발돋움할 수 있는 것이었다.

학교 관계자들로서는 가슴이 두근거리는 일이 아닐 수 없었다. 게다가 마침 그들의 기대를 충족해 줄 수 있을 만한 인재가 조금 전에 마지막 순번으로 무대 위에 나타났으니… 꿈은 더욱 커지고 부풀어져 현실로 다가온 느낌이었다. 아니, 정말 현실이 되기 일보 직전에 있었다. 바로 국제 주니어 피아노 콩쿠르에서도 1위를 했던 '천재'라고 불리는 소년이 있기에. 남은 것은 천재의 모습을 세계 각국에서 모여든 마스터들에게 확인시켜 주는 일만 남은 것이다.

그런데 갑자기 어지럽게 풀어헤친 교복 차림과 맨발, 짧아진 머리칼로 나타난 그 천재의 모습!

그 모습에 학교 관계자들은 경악했지만, 곧 이어 그 소년이 피아노에 앞에 조용히 앉는 것을 보고 간신히 화를 가라앉히며 무대를 노려보았다.

저것으로 반항심을 내보인 것인가? 어떻게 외국에서 손님을 모신 자리에 저렇게 버릇없이 나올 수가 있단 말인가? 어쨌든 지금 당장 어쩔 수 없는 특고 운영 이사들이기에 나중에 따끔하게 경고를 주겠다고 이를 갈며 벼를 뿐이다.

하지만 그들은 충분히 잘 알아듣게 설명한 만큼 저 어린놈이 잘 처신할 거라고 믿었다. 강제경이라는 학생이 자신들의 뜻을 받아들일 거라고 추호도 의심하지 않았다. 만약 반항한다 싶으면 길바닥에 나앉게 될 테니까. 신상 기록에 보면 강제경은 철저하게 연고자가 없는 천애 고아였다. 게다가 아직 세상을 혼자 살아가기엔 어린 나이인 열일곱. 그런 아이가 이 이상의 반항 따위를 할 만한 배짱이 어디 있을까? 게다가 그들의 뜻을 따르는 것이 학교를 위해서도 좋고 그 아이의 미래를 위해서도 좋은 일이니……

잠시 복잡하게 얽혀들었지만 여기까지 생각이 미친 성전특고의 교장과 운영 이사들은 그제야 특별석에 느긋이 앉아 천천히 손을 건반 위로 내려뜨리는 '천재'를 바라보며 흐뭇한 미소를 지었다.

'반항 따위가 아니야. 단지 내 마음의 자유를……'

자신이 쥬디와 함께하던 시간에 간혹 가졌던 즐거운 시간, 그 시간에 함께했던 것은 재즈였다. 마음을 편안하게 해주는 그 장르는… 당시에는 지긋지긋해서 짜증나도록 싫었지만, 세월이 흘러 성전재단의 후원을 받는 특고생이 되어서는 다시금 아련하게 다가왔다. 점차 손발이 묶이고 새장에 갇혀 주어지는 물과 모이만으로 만족하는 삶에서 언제부터인가, 어느 순간부터인가 재즈는 자유의 아련한 동경으로 다가와 점차 자신과 거의 동격을 이루어 일체감을 느끼게 했다.

이 발표회는 나 자신을 찾기 위한 무대.

그렇다면 허점이 있더라도 나는 나 자신에게 충실하기 위해 재즈를 선택해야 했다. 물론 피아노 한 대만을 이용한 클래식과 재즈의 퓨전 음악은 조금 아쉬움을 남기게 할지도 모른다. 하지만 만약 그렇더라도 나는 자신의 선택을 후회하지 않는다.

제이는 그런 상념 속에서 자신의 손가락 하나하나에 마음을 담고, 의지를 담고, 영혼을 담아 곡을 연주하기 시작했다.

그런데,

'어?'

제이는 건반 위에서 손가락들이 춤을 추다가 어딘가에서 자신의 피아노에 화답하듯 들려오는 익숙한 느낌의 악기 소리에 멈칫하며 고개를 들어 소리가 난 방향으로 시선을 던졌다. 낯설지 않은 느낌이다 싶었더니 들려오는 익숙한 이 악기 소리는…

'색소폰?!'

또 이토록 색소폰을 능숙하게, 익숙하게 다루는 사람은 제이 주변에 단 한 사람.

"혹시 아사미!"

역시 사토우 아사미밖에 없었다.

그리고 그밖의 드럼과 베이스, 순박하고 소탈한 〈시티 오브 조이〉의 식구들.

"아……."

어쩔 줄 모르겠다는 느낌으로 제이의 입에서 짧은 단말마가 터져 나왔다. 그러나 그 순간에도 서로 멈추지 않고 번갈아 가며 소리를 맞춰가는 피아노와 하나하나 개성이 강한 악기들. 언제 나타났는지 눈치채지도 못했었는데, 정말 재빠른 건 〈시티 오브 조이〉의 식구들답게 재주도 좋았다.

"어이, 제이. 우린 한 팀이잖아! 그런데 의리없게 이렇게 좋은 공연

장에서 혼자서만 연주하려고 했었다니! 용서할 수 없어~!'

"모두들……."

제이가 감격해하며 말을 잇지 못했다. 다만 천천히… 미소와 마음을 담아 피아노로 대신 화답하고, 자신의 느낌과 기분을 음악(音樂)이라는 장치를 이용해 순간순간을 표현해 내기 시작했다. 자신을 지켜봐 주는 이 모든 사람들에게 고마움을 담아…….

재즈는 즉흥 연주!

애드리브 음악!

사람이 대화를 할 때 미리 준비한 말만을 하는 것은 아니다.

그래! 강제경, 그리고 제이는 지금 자신의 마음을 음악이라는 언어로 말하고 있는 거다. 자신이 클래식이라는 틀로 가둬두었던 곡을 해방시키며…

틀을 깨고…

즉흥적으로 자신의 색을 입혀…

음(音)과 자신이 하나가 되어 공연장을 가득 채운다.

'제경이의, 아니, '제이'의 생각과 느낌을 온 마음으로 느낄 수가 있어. 지금 제이에겐 음(音) 자체가 하나의 새로운 언어, 말인 거야. 사람들의 어깨를 들썩이게 하는 위트와 즐거움, 그리고 그 속에 담긴 슬픔과 해학. 저 어린 나이에 마치 세상을 다 겪은 노인과 같이 풍부한 깊음을 가지고 있다니.'

"…굉장하다. 제이, 넌 역시 굉장해. 아하하!"

4명의 퀴텟(Quartet)!

연주자의 수에 따라 솔로(Solo), 듀오(Duo), 트리오(Trio)로 구분되는 연주 형식에 따르면 지금 제이의 무대는 피아노와 색소폰을 중심으로 하는 쿼텟이었다.

무대 위가 잘 보이는 곳에서 자리를 잡고 있던 제후는 그 넓은 대강당을 압도하는 '강제경', 또는 '제이 강'이라고 불리는 천재 소년의 카리스마와 재능에 감탄하고 있었다. 제후의 피아노가 이상적인 빛과 환상을 보여줬다고 한다면, 제이의 피아노는 솔직하게 자신의 모습을 찾아가는 참된 인생, 단순히 '아름답다'라고만 표현할 수 없는, 사실적인 삶과 진솔한 깊은 슬픔에서 감동을 주고 있었다.

"대단해! 민제후와 비견될 정도로… 아니, 어쩌면 더 넘어설지도 몰라! 와아~"

제후에게 멀지 않은 곳에서 누군가가 말하는 소리가 들려왔다. 그런데 민제후는 그 소리를 듣고 천천히 환한 미소를 떠올린다. 누가 들어도 라이벌이 자신보다 훨씬 뛰어난 연주를 들려주고 있다는데, 찌푸리거나 화를 내지 않고 오히려 기뻐하고 즐거워하는 모습이라니…….

하지만 그 순간에도 제이의 피아노는 이해할 수 없는 제후의 그 얼굴을 감싸며 계속해서 색소폰과 대화를 나누듯 흘러간다.

제이(Jay)…….

하늘이 내린 재능.

신의 축복 속에 악마적인 느낌을 살려냈다.

재즈의 독특함 속에 살아 있는 위험스런 붉은 유혹과 기교.

신(神)에게 반항하는 듯한 음률이 청중 사이 구석구석 뚫고 들어가 인간의 감춰진 욕망과 은밀한 어둠을 달콤하게 자극한다.

이미 모두 알고 있다시피 그것은 제이가 직접 작곡했다는 곡이 틀림없었다. 그리고 이미 한 번 민제후 일행들은 폐허가 된 대강당에서 노을 속에서 펼쳐진 그 곡을 들은 적이 있었다.

그런데 어떻게 이렇게 다를 수가… 그때는…….

민제후의 곡의 주제 '삶' 과는 완벽하게 대조적인, 그렇기 때문에 확연히 비교되는 가운데 더욱 당당하고 뚜렷하게 펼쳐지는 천재의 재능!

신이 내린 축복의 재능이 아이러니하게도 악마적인 힘을 여과없이 발산한다. 더군다나 재즈라는 독특한 장르의 느낌은 거부할 수 없는 매혹(魅惑), 그리고 찌르는 듯 아픈 고통과 제이의 지난 삶들이 주었던 시리도록 차가운 외로움, 비굴함, 더럽고 불공평한 세상에 대한 치욕에 대해서도 말하고 있다.

가볍게 받쳐 주는 베이스와 드럼의 배경 위로 재즈의 색을 화려하게 입은 클래식 피아노가 색소폰과 커뮤니케이션하며 관객들을 그러한 유혹의 늪으로 빠뜨리고 있었다.

무아지경에 빠져 인간 세상과 단절된 제이는 이미 그 자리에 없었다. 음(音), 자유, 그 자체가 제이였고, 제이가 곧 음악이었다. 고통이 있기에 환희를 더 절실히 느낄 수 있다!

"제이… 넌 진짜로 강하구나. 넌 정말 강한 아이야."

제후가 아직 감각이 완전히 돌아오지 않은 팔을 추스르며 무대로 더욱 가까이 다가가 자신의 음악 세계에 푹 빠져 있는 천재의 형상을 눈에 가득 담고서 중얼거렸다. 자랑스러움이 그 눈에 가득했다.

'그래, 그래야지! 처음부터 그랬어야지! 짜식, 역시 넌 '제이'일 때가 제일 멋있어! 아하하하하!!'

민제후가 피아노와 하나가 되어 세상에 자기의 음악 세계를 펼치는 제이를 바라보며 배를 잡고 웃음을 터뜨렸다. 이리저리 돌고 돌아왔지만 결국엔 모두가 제자리를 찾은 듯한 뿌듯함이 밀려왔다. 너무 기뻐 눈물이 날 정도로 웃음이 그치질 않았다. 다른 아이들이 아무리 미쳤냐는 얼굴로 쳐다보고 있다 해도.

가슴이 탁 트이는 이 해방감을 뭘로 표현해야 할까?

그리고 마침 그 때를 맞춰 대강당을 한가득 포옹하는 제이의 음률이 아사미의 색소폰과의 어울림을 더욱 절정으로 이끌고…….

마침내 열정적인 라스트와 함께 제이의 손가락이 폭발하듯 피아노에서 탈출했다!

강렬한 마지막 음표의 끝과 함께 땀에 젖은 머리칼 사이로 제이가 눈을 번쩍 떴다.

…정적이 자리 잡았다.

바늘 떨어지는 소리도 천둥 소리마냥 크게 울릴 것 같은 고요.

멍하니 넋 나간 침묵. 그런데 곧…….

파아아아~!

파도 소리인가, 박수 소리인가?

하나둘로 시작됐던 박수가 어느 순간 갑자기 파도처럼 일어나 갈채가 되어 쏟아졌다. 청중들이 해일같이 일어나 한국에서 태어난 천재 피아니스트를 향해 온 마음을 담아 사랑과 찬사를 던지고 있었다. 감동받은 청중들의 진지한 사랑이 담긴 찬사!

예술관에 가득 차 있던 사람들이 모두 다 같이 박수를 보내고 있었다. 기립 박수. 그들이 무대 위로 던지는 꽃. 마치 꽃이 비가 되어 내린 듯 피아노 앞의 무대는 꽃들로 뒤덮였다.

감동이 객석을 휩쓴 것이다.

인기도 측정 같은 소녀들의 째진 비명 소리는 없다 해도 해일처럼 파도를 일으키며 하나둘 관중들이 일어서서 환호와 박수를 보낸다. 연주 자체보다 그 연주가 전해진 감동에 사람들이 눈시울을 붉혔다.

홀릴 것 같은 매혹적인 초반 연주에 이어 고통과 기쁨, 슬픔과 환희의 교차를 전해준 인간의 삶. 그것에 감동한 청중들이었다.

"아……!"

그제야 제이도 제정신으로 돌아왔다.

"내가… 해냈어? 아하… 하… 정말로 해냈어?"

내 생애 가장 최고의 무대였다.

한 점 후회없이 자신을 담아낸 자신만의 피아노. 나 자신을 부끄럽게 여기지 않고 풀어낸 영혼의 연주. 그것이 비록 정통 클래식이 아니더라도 상관없어. 틀과 교양에 묶여 본질을 잃을 필요는 없는 거야.

제이는 뭔가가 떨어지는 느낌에 뺨을 쓸어보니 눈물이 흐르고 있었다.

"하… 하하하… 하… 흑…….."

'왜 눈물이 나는 거지? 하지만 도무지 눈물을 멈출 수가 없다. 너무나 기쁜데도 너무나 서러워. 부끄럽게 생각했던 나를 한 점 남김없이 이 무대가 이렇게 많은 사람들에게 환호를 받고 있다니…….'

"허헝엉~"

"제이! 짜식, 너 굉장했어! 정말 멋졌어!!"

"부라보, 제이!"

"Excellent!!"

"와아아아아아아아아~!!"

제이가 쏟아지는 갈채 속의 무대 한가운데 서서 울음을 터뜨리고 있자 〈시티 오브 조이〉 식구들이 뛰어와 그 작은 천재 소년을 덮치듯 끌어안고 같이 울고 웃었다.

　훗날 세계 최고의 퓨전 뮤직 아티스트가 된 마스터 제이 강은 그날의 무대를 이렇게 표현한다.

　태어나서 가장 서럽게, 그렇지만 가장 후련하게 울었던 하루였고, 자신의 생애에서 그보다 더 감동적인 순간은 없었노라고. 그리고 그날 자신이 무엇을 위해, 무엇을 하기 위해 이 세상에 태어났는지 깨닫게 된 가장 멋진 날이었다고 말한다. 또한 그 무대가 자신의 가장 진실한 마음의 벗이자 평생의 라이벌과의 피아노로서는 마지막 대결 무대였다고 말이다.

　하지만 제경이 이런 말을 하게 되는 건 아직은 좀 더 훗날, 아주 먼 훗날의 일이었다.

　성전특고의 예술관이 떠나갈 듯한 함성이 울린다.

　갈채와 박수, 감동과 찬사가 수백 명을 수용하는 거대한 콘서트홀을 넘치며 그것들이 그 공간 전체에서 내려다보면 미미하기 그지없어 보이는 하나의 작은 인영에게 한꺼번에 향하고 있었다. 모두 하나같이 기립 박수를 보내는 관객석. 세계적인 피아니스트가 내한하여 공연한 무대도 아닌데 이런 상황이 벌어진 건 정말 의외이고 놀랍기 그지없었다.

　그러나 어쨌든 이것만은 확실한 것 같다. 오늘 클래스B의 전공 연구 발표회의 최고 우승자는 강제경, 아니, 제이라는걸!

"아~ 이런이런! 예상은 했지만…… 정말 엄청난 참패인걸."

제후가 〈시티 오브 조이〉 밴드 사람들과 얼싸안은 채 울고 웃는 제이를 멀리서 바라보며 머리를 긁적였다.

저 수많은 청중들을 단번에 사로잡아 반하게 만든 하늘이 내린 재능과 실력에 고개가 절로 숙여진다. 하지만 민제후는 역시 민제후. 한예지와 신동민, 진행 위원들과 장혜영 여사까지 있는 자리에서 자신의 패배가 확실한 가운데 내뱉은 말은 호쾌한 웃음과 함께 다음과 같았다.

"그런데 제이, 울다가 웃으면 어디어디에 털난댄다. 냐하하하~"

그리고 다들 그 말에 '주룩' 하고 미끄러질 뻔한 것은 당연한 수순이었다.

"배은망덕한 것!"

"크흠!"

성전특고의 교장과 운영 이사들이 떫은 표정을 지으며 자리에서 일어나 대강당 밖으로 나갔다. 헛기침과 찌푸려진 눈살로 제경을 바라보는 것이 결코 호의적이지 않다. 재능은 인정하지 않을 수 없지만 윗사람에게 고분고분하지 않는 제경이 마음에 안 든다는 뜻인가 보다.

특고의 관계자들은 성전특고가 클래식 음악의 최고 레벨의 교육학원으로서 세계적인 명성을 얻을 수 있는 기회가 날아가 버린 것에 대해 불쾌감을 감추려들지도 않고 다들 서둘러 자리를 떴다.

그리고 또 다른 한편, VIP 특별 심사 위원석.

그곳엔 특별 초청된 명사들 중 최고로 주목을 받는 인물들이 그곳에 있었다. 리비터 마카로브 교수, 그리고 알프레드 파웰이라는 두 인물.

그중 희끗한 갈색 머리에 무거워 보이는 안경을 쓴 노교수가 환성의 도가니가 된 공연장을 미소 띤 얼굴로 바라보고 있으려니 검은 머리의 녹색 눈이 인상적인 청년이 피식 웃으며 그 노교수를 향해 입을 열었다.

"교수님, 저 다시 공부하겠어요."

"뭐? 알프레드?"

리비터 마카로브 교수는 뜻하지 않게 발견하게 된 다이아몬드 원석을 어떻게 해야 할까 고민하던 중에 옆에서 들려온 제자의 목소리에 고개를 돌렸다.

음악계에 혜성처럼 떠올라 지금까지 그 인기가 식을 줄 모르는 최고 기량의 피아니스트가 지금 다시 공부하겠다고 말한다. 다른 어떤 것도 아닌 학생 발표회를 보고서 말이다. 그것도 한국이라는 동양의 작은 반도국, 일본의 4분의 1밖에 안 되는 작은 나라의 학생 발표회를 보고서 한 결심이라니.

마카로브 교수는 자신의 최고 수제자 중의 하나인 그 청년을 그것이 무슨 의미냐고 묻듯 지그시 바라보았다. 그 시선에 검은 머리의 청년이 에메랄드처럼 반짝이는 눈에 잔잔한 미소를 띠며 말했다.

"전 오늘 저 아이들을 보고서야 제 시야가 좁았다는 걸 통감합니다. 물론 아직 객관적인 평가를 내린다면 제 실력이 저 아이들보다 못한 것은 아닙니다. 아니, 오히려 몇 배 뛰어나겠죠. 하지만 저 아이들은 피아노에 마음을 담을 줄 압니다."

관중들의 환호 속에 울음을 터뜨리고 사람들에 둘러싸여 울고 웃는 제이를 바라보며 알프레드 파월이 따뜻한 눈으로 계속해서 말을 이어 갔다.

"인간의 기쁨과 슬픔, 아픔과 외로움, 생에 대한 집착과 세상을 향해 뻗어 나가고자 하는 푸른 의지. 그리고 자기 자신을 사랑하는 마음… 훗! 이길 수 없어요. 진정한 감동은 손가락 기교가 줄 수 있는 것이 아니라는 걸 저 아이들이 깨닫게 해주는군요. 전 그동안 약간의 칭찬으로 좀, 아니, 아주 많이 자만하고 있었던가 봐요. 캐롤린 선배도 그걸 저에게 가르쳐 주고 싶었을까요?"

'알프레드 파웰'.

그 이름이라면 젊은 세대들에게 특히 어필하고 있는, 유럽을 중심으로 활동하는 톱 클래스의 피아니스트! 장혜영 여사가 자신의 이름을 걸고 초청한 VIP 인사 중 하나. 그녀가 초청한 특별 심사 위원 중 가장 나이가 적은 최연소 위원이었지만 그 이름을 듣는다면 누구나 고개를 끄덕이며 납득할 만한 혜성 같은 연주가다.

마카로브 교수는 지금도 정상에 가까운 자리에 있건만 그렇게 쉽지 않은 결정을 내린 애제자를 보고 한층 더 성장한 것 같은 그 모습에 대견함이 가득했다. 하지만 겉으로는 별 티를 내지 않고 너털웃음을 터뜨렸다.

"허허허, 아니지. 그 아이는 널 약 올리고 싶었을까? 아마도 그럴 거다. 그리고 만약 그런 생각이 조금이라도 있었다면… 넌 덤이야."

"에? 교수님, 너무 잔인하신데요? 이래 봬도 유럽에서 명성을 떨치는 피아니스트라구요. 그런데 단지 '덤'이라니. 으윽!"

너스레를 떠는 알프레드를 바라보는 마카로브 교수는 그 청년의 모습에서 녹색 눈에 검은 머리의 작은 꼬마가 보이는 것 같아 눈가에 미소가 묻어났다. 지금은 당당한 청년이 되었지만 왠지 모르게 매번 캐롤린에게 당하곤 엉망이 돼서 징징대며 기숙사로 돌아오던 어린 소년이 눈에 선하다.

하지만 전 세계의 사람들은 이 노교수에게 사랑하는 제자가 잠시 더 머물게 됨으로써 그들이 사랑하는 최고의 피아니스트 한 명을 한동안 볼 수 없게 될 터였다.

"괜찮으냐?"

"후후, 자꾸 왜 그러세요? 저 퇴보하는 것이 아닙니다. 정말로 저 자신을 위해서예요. 지금보다 더 멀리 뛰기 위해서 한순간 움츠리는 개구리 같다고 할까요? 그리고… 한참이나 어린 직속 후배에게 질 수는 없잖습니까?"

마카로브 교수는 무슨 소리냐고 눈썹을 치켜 올린다. 그 모습에 알프레드 파웰은 빙글빙글 웃으며 어깨를 으쓱할 뿐이었다.

"와아아아아아아─"

쉽게 그치지 않는 함성.

"굉장하다, 그렇지?"

예지가 제후와 동민에게 다가와 빨갛게 상기된 얼굴로 소리쳤다. 하지만 주변이 워낙 떠들썩하여 그렇게 목소리를 높여도 별로 그리 크게 들리지 않는다.

"자, 봐. 내 말대로 오늘 진짜 최고의 날이 됐잖아."

"뭐라고?"

예지는 무대 위에서 하염없이 울고 있는 제이에게 못 박힌 듯 시선을 돌리지 않던 제후가 고개를 들자 그 말을 잘 알아듣지 못하고 반문했다. 조금 전까진 배를 잡고 웃어 젖히면서 황당한 말로 주변인들을 다 넘어지게 하더니 이번엔 갑자기 웬 진지해진 모습?

"저것이 진짜 마법이 아닐까? 현실에서도 인간은 얼마든지 마법을 부릴 수 있어. 내가 그랬잖아. 삶은 마법의 연속이라고."

하지만 제후는 눈을 동그랗게 뜨는 한예지의 모습은 아랑곳하지 않고 뒤돌아서서 앉을 수 있는 자리로 몸을 옮기며 화사하게 웃는다. 예지는 급변하는 민제후의 모습에 어리둥절하고 황당하여 어찌할지 모르고 있으니 그 때를 같이하여 그들이 있는 곳으로 오늘의 최고 스타가 다가오는 것이 보였다.

스포트라이트를 받던 무대에서 내려와 아이들이 있는 무대 뒤편으로 걸어오는 제이의 모습. 풀어헤쳐진 차림과 얼굴의 눈물 자국과는 대조적이게 당당하고 확신에 차 있다. 더 이상 그 소년의 눈에는 불안이나 공허함이 자리 잡고 있지 않았다.

무대 뒤로 들어와서도 사람들의 축하와 격려를 받으며 제이가 민제후가 있는 쪽으로 다가와 제후의 바로 앞에서 발을 우뚝 멈췄다. 서로를 뚫어지게 바라보던 제이와 민제후 사이의 긴장감. 하지만 그 불안한 공기는 제후가 악동 같은 얼굴로 씨익 웃으며 손을 흔들면서 어이없이 깨졌다.

그리고 제이도 민제후의 그 얼굴을 보고 '역시 민제후 군' 이라고 중얼대며 피식 웃음을 터뜨렸다.

"나 지금에서야 알았어. 〈시티 오브 조이〉에 가서 캐논을 치고 난 후면 난 바다와 안개를 바라보며 이렇게 생각했지. 정말 아름답다. 저리도 자유로울 수 있다니… 경외감마저 느껴지는 자연의 힘… 그런데 그것에 비해 인간은 더럽고 추악하다고."

제후뿐만이 아니라 「초전박살」의 멤버들이 둘러싸고 있는 가운데 제이가 그 어느 때보다도 밝고 자유롭게 트인 목소리로 말하기 시작했다.

"하지만 내 생각이 틀렸던 것 같아. 가장 아름다운 것은 바다도, 안개도, 자연도 아니야. 바로 인간이야. 인간은 그 작은 몸으로 끝을 측정할 수 없는 꿈과 마음, 의지를 품고 자신을 펼쳐 낼 수 있었어. 물론 개중엔 편협하고 세속에 찌든 추악한 모습의 인간도 있지만."

함성과 박수 소리가 드디어 잦아들기 시작했기 때문일까? 제이의 확신에 찬 밝은 목소리가 더욱 강하고 힘차게 들려온다.

"난 이제 알아. 꿈을 꿀 수 있는 건 '인간' 뿐이란걸. 인간이기에 꿈을 꿀 수 있다는 걸 말이야. 그래서 아름답고 무엇이든 이룰 수 있다는 것도."

이제는 그늘을 찾아볼 수 없는 투명한 제이의 영혼. 이젠 정말 누구도 이 아이의 앞을 막을 수 없다는 것을 느낀다. 길을 막으면 날아올라 넘어설 테니까.

"뭐야, 이거? 조금 비슷하게 보일까 잔머릴 좀 굴렸더니 단번에 업그레이드 버전으로 밀고 들어오다니… 쳇!"

제후가 두 손을 펼치며 투덜대는 말투로 고개를 흔들었지만 누가 보아도 그건 제이를 축하하는 장난기에 불과하다는 걸 알 수 있다. 모두 서로를 따뜻하게 처다보았다. 이제야 하나로 묶인 듯한 느낌. 함께 있을 땐 무엇도 두렵지 않았다고 어떤 영화 카피에서도 말했었지.

하지만 곧 한숨과 함께 환하게 웃는 제이였다. 짧아진 앞머리가 그 소년의 순수한 눈을 가리지 못하고 아이들에게 제이의 감정을 보여준다.

제이의 두 눈엔 이미 파란 창공이 가득하다.

"나 내일… 특고를 떠난다."

"제경아!!"

경악을 하는 아이들. 제이의 입이 열리고 터져 나온 폭탄 선언에 모두가 깜짝 놀라며 다들 급하게 만류하려고 그 소년에게 다가섰다. 그런데 그 순간 민제후의 목소리가 서둘지 않고 적절하게 끼어들었다.

"어? 알고는 있니? 승부는 내가 졌어."

"아니, 무승부지."

에? 무슨 말이야?

무승부라는 말에 제후가 어리둥절해하자 제이가 돌아서며 입꼬리를 올렸다.

"넌 내가 십 년 간 올라온 길을 단 14일 만에 해냈으니까. 그러니 아무리 압도적으로 내가 이겼다고 해도 무승부일 수밖에. 아니지. 네 레슨 기간을 고려한다면 철저한 내 패배라고 할 수 있겠지. 쿡쿡쿡… 어쨌든 너, 정말 재수없었어. 어떻게 인간이 그럴 수가 있냐? 나참."

쿨럭… 그래, 그럼 너까지 날 '괴물'이라고 부르렴. 그나저나 얼핏 들으면 좋은 말 같은데 결국 끝은 '재수없다'로 끝나다니… 저.녀.석!

"아, 그렇다고 해도 그것 때문에 내가 졌다고 인정하고 특고를 나가겠다는 게 아니야. 난 분명히 무승부라고 말했어! 잘난 척하지 말라고. 성전특고를 나가겠다는 건 나 자신을 위해서야."

바닥에 벗어 던졌던 학생화를 신고 교복 상의를 팔에 끼우면서 가볍게 말하는 제이의 모습은 이젠 결코 불안해 보이지도, 숨 막혀 보이지도 않는다. 평소와 똑같은 옷을 그대로 다시 입었는데도, 아니, 오히려 고개를 든 그 얼굴은 행복과 자유에 환하게 빛나고 있다.

"그리고 쫓겨나기 전에 나가는 것이 보기도 좋고. 마지막에 난 '꿈'을 선택했거든."

무슨 뜻인지 이해할 순 없지만 결론적으로 이 학교를 떠난다는 말이겠지?

　제후가 머리를 긁적이며 눈을 끔뻑이자 한쪽에서 아쉬워하는 한예지의 목소리도 들려왔다. 이제야 좀 친해질 것 같은데 떠난다고 하니 허탈한 모양이었다.

　"그렇다고 특고를 나갈 필요까진 없잖아."

　"어? 한예지, 역시 너도 나한테 관심있었구나? 네가 그런 마음이라면 이번 승부가 무승부라도 우리 진지하게 사귀어볼 수도……."

　"헛소리하지 맛!!"

　황급히 빽 소리를 질러대는 한예지의 모습에 제이가 호쾌하게 웃음을 터뜨린다.

　"하하하하!! 알았어, 알았어. 알았다구. 하지만 나중에라도 저 둔팅이한테 싫증나면 나한테 오라구. 저 바보 둔팅이 녀석보다 훨씬 잘해줄 자신 있으니까. 요즘은 연하의 남자가 얼마나 인기인 줄 알어? 게다가 한 살 차이는 어린애도 아니라구."

　그리고 다시 잔잔하게 웃으며 민제후 쪽으로 시선을 돌렸다.

　"최고가 되라, 어디에서든."

　"냐하하하~ 물론이쥐!"

　"하아~ 난 세계로 나갈 거야. 아직은 어디로 가야 할지, 어디서부터 해야 할지 잘 모르지만 내 가능성을 시험해 보겠어! 무모하더라도 우선 부딪쳐 보겠어! 이제 무섭지 않아. 내겐 아직 어떻게도 변할 수 있는 새하얀 미래가 날 기다리고 있으니까. 많은 사람들을 만나고, 부대끼고, 웃으면서 좀 더 많은 것을 보고 공부할 거야. 그리고 언젠가 나의 음악 세계를 저 넓은 세계 무대로 펼쳐 보일 거야. 지금은 이렇게 작고 작은 가슴이지만, 언젠가… 언젠가 멀지 않은 시일 내에 저 넓은 세계를 이 작은 가슴으로 넉넉히 품을 거야."

대강당 천장의 「천공의 돔」을 통해 보이는 어두워진 밤하늘과 흩뿌려진 자연의 별빛을 올려다보며 제이가 꿈으로 가득한 눈을 빛냈다.

"그리고 그때 세계의 모든 사람들은 이렇게 말하겠지? 클래식 재즈의 퓨전 아티스트 '제이 강'. 그 마스터가 처음 우리에게 나타났을 때는 대한민국이라는 동방의 작은 반도국의 초라한 소년이었다구."

"…축하한다. 네가 제일 먼저 세계 무대로 데뷔를 하는구나."

지금까지 조용히 바라만 보고 있던 신동민이 앞으로 나서 제이에게 악수를 청했다. 아직 누구도 제이를 떠나보내려고 마음먹지 못할 때 제일 먼저 축하를 보내는 신동민은 역시 어른이다.

"Thanks! 다음에 만날 땐 선배하고도 친해지고 싶네요."

"훗! 이미 친한걸. Good-bye and good luck."

모두에게 가볍게 눈인사를 한 제이는 마지막으로 여태까지 가장 많이 아웅다웅한 제후를 향해서 웃음을 날렸다.

"잘 있어, 민제후."

다시 볼 수 있냐는 물음에 그냥 씨익 쪼개고 휑하니 사라지려는 녀석. 그 무정한 천재의 뒷모습을 향해 제후가 큰 소리로 우렁차게 외치자 제이가 밖으로 나서다가 넘어질 뻔했다.

"어~이! 그럼 넌 이제부터 '우리 초전박살'의 명예 회원이다! 알았냐?"

"뭐, 뭐야?! 누, 누구 맘대로!!"

"야야~ 아쉬워하는 네 맘은 잘 알겠지만 아무리 그래도 한국에 없으면서 어떻게 정회원으로 활동하겠냐? 나도 아쉽다구. 이렇게 되면 회원 수가 줄어서 지원받는 활동비도 줄 텐데. 크흑! 피 같은 운영비가……!"

"그게 아니고, 내가 왜 그 딴 웃기지도 않은 이름의 스터디 서클에 가입되어 있는 건데! 누구 마음대로!"

"천하제일 민제후 맘대로. 쿵!"

너무나 당연한 걸 왜 그러냐는 듯 말하는 제후의 말소리는 모두의 시선을 고요히 집중시켰으나 민제후의 철판신공은 이미 극성에 이르른 듯싶었다.

"쿨럭……."

제이는 끝까지 멋있게 헤어지고 싶었던 작은 소망을 무참히 코믹 버전으로 바꿔 버린 민제후에 대해 다시 생각하다 사레가 들려 콜록댔다.

하지만 그 아이들의 모습과 그동안 몸담았던 성전특고의 예술관을 뒤로하고 나서니 그 순간을 기점으로 하여 모든 것이 아름다운 추억이 되어 자신의 가슴에 차곡차곡 쌓이는 것을 알았다. 이대로 헤어지고 싶다며 마중조차 거절한 소년은 이제 정말 뒤로 아무것도 안 보이자 그제야 쑥스러워서 말하지 못했던 말을 혼자 중얼거렸다.

"모두들 고마웠어. 그리고……."

'…제후 형.'

그런데 그때,

"학생, 잠시 나와 얘기 좀 할까?"

갑자기 뒤에서 굵직한 노인의 목소리가 들려왔다.

학부형인가? 이제 날 부를 사람은 없는데. 길을 잃은 모양이지? 하긴, 이 성전특고가 워낙에 넓은 데다가 오늘은 사람들과 자동차 때문에 더 복잡하니.

'그렇지만 이젠 어른이 부르면서 얘기하자고 하면 겁부터 난다니까. 하하하.'

제이가 낮에 성전특고의 교장과 운영 이사들을 만났던 순간을 기억하며 쓴웃음과 함께 뒤돌아섰다.

"무슨 일이시죠? …아앗!"

제이는 돌아서자마자 어두운 밤하늘 아래 조명에 빛나는 어느 외국노인의 모습에 두 눈이 동그랗게 되어 손가락으로 가리키며 놀람의 감탄사를 질렀다. 특고 제일의 행사가 치러지기에 깜깜해졌어도 환한 불빛으로 대낮처럼 밝고 보안이 철저하므로 강도가 출몰한 것은 아닐 터인데 갑자기 보이는 제이의 반응은 놀라웠다.

"하하하, 그렇게 놀라니까 내가 너무 무안하구먼. 오늘 학생의 피아노 연주 정말 감동적이었어. 아, 난 리비터 마카로브라는 사람이네. 현역에서 은퇴는 했지만 아직도 가끔 비전있는 학생들에겐 피아노를 지도하고 있지. 어떤가? 내게 배워보지 않겠나? 썩 잘 가르친다고 할 수 없을진 모르지만 학생은 내가 한번 지도해 보고 싶군."

말은 그렇게 하고 있지만 제이의 앞에 서 있는 사람은 리비터 마카로브 교수. 세계 최고의 피아노 교수라는 레스너!!

"에에?!"

정말 믿을 수 없을 만큼 엄청난 제안이다!

세계로 나가겠다고, 우선 부딪쳐 보겠다고 생각은 하고 있었지만 원래 그의 계획대로라면 마담과 아사미의 도움을 받아 무작정 나가려고 했던 것이다. 본고장에 도착해서 후원해 줄 음악원이나 기획사를 알아볼 생각뿐이었는데… 그렇기에 이 엄청난 행운을 제이는 믿을 수가 없어서 대답을 못하고 입만 벌리고 있었다. 음악 전문 잡지나 사진으로 나 볼 수 있는 저명 인사가 자신의 앞에 나타나 자신에게 배워보지 않겠냐고 제의한다.

'내가… 내가 꿈을 꾸고 있는 걸까?'

얼이 빠져 있던 제이는 마카로브 교수의 목소리에 정신이 퍼뜩 들었다.

"물론 학생의 그 독특한 음악 세계를 존중할걸세. 단지 내가 할 일은 학생의 실력을 좀 더 세밀하게 세공하여 최고로 빛나게 만들어줄 수 있는… 어엇?! 잠깐!"

"감사합니다! 앞으로 잘 부탁드리겠습니다!"

노교수의 말이 끝나기도 전에 넙죽 절을 하는 제이였다. 전에는 안 그랬던 것 같은데 민제후와 어울리게 되면서 뻔뻔함과 넉살을 배워온 것인지 두 눈을 초롱초롱하게 빛내며 '잘 좀 키워주세요, 저 밥도 조금 먹어요' 표정을 완벽하게 소화하고 있었다.

그 갑작스런 모습에 마카로브 교수가 당황하여 식은땀을 흘리고 있자 그 노교수 뒤로 또 한 명의 목소리가 들려왔다.

"선배님은 안 보이나?"

"어엇?! 당신은 파웰? 그 혜성의 피아니스트 알프레드 파웰?! 우… 우와아~! 정말 대.단.하.다!"

"뭐라고 하는 거야, 이 녀석. 영어로 해! 그리고 난 당분간 네 녀석 옆에서 군기를 좀 잡아줄 대선배님이시다. 제대로 안 하고 꾀부리면 교수님보다 내가 먼저 한국으로 쫓아낼 테니 각오해 두도록! 알았나!"

"예에?"

제이는 알프레드 파웰의 영어를 반 정도밖에 못 알아들었지만 말 잘 듣고 잘하면 잘해주겠다는 뜻이라고 대강 해석 가능해서 큰 소리로 'Yes, sir'을 외쳤다. 어리벙벙하고 믿을 수 없지만 이 행운, 이 기회를 믿고 싶었다.

순간 제이는 민제후의 웃음 배인 목소리가 귓가에 들리는 듯했다.

"삶은 그 자체가 '마법'이야. 멋지지 않아?"

'맞아! 정말 마법이야. 하지만 이제부턴 자유야!'

"정말 열심히 하겠습니다, 리비터 마카로브 교수님! 알프레드 파웰
선배님!!"

만난 지 5분 만에 군기가 바짝 든 제이의 목소리가 성전특고를 벗어
나는 길목에서 울려 퍼졌다.

"이제 우리도 우리의 무대로 돌아가야 할 시간인 듯한데, 잘할 수 있
겠지?"

"물론이지."

제후가 멀리 희미하게 보이는 예술관을 살짝 뒤돌아보며 동민이의
말에 방긋 웃으며 대답했다. 특고의 예술관은 제이가 떠나서 그런지
쓸쓸하게 느껴지기까지 한다. 하지만 그 빈자리는 곧 누군가 다시 메
워줄 거란 걸 잘 안다. 세상은 다 그런 거니까.

"절 위해 보증을 섰다고 하시지만 저도 잘 알아요. 어머니는 강제경이란
천재 소년의 자질을 끌어내고 싶었던 겁니다. 나라는 아이는 안 보이고 그
녀석의 빛나는 재능이 탐이 났겠죠. 아직 갇혀 있는 그 아이의 재능을, 그 아
이 스스로가 만들어놓은 규격의 틀을 '민제후'라는 매개체를 이용해 깨뜨리
고 싶어했을 거라는 거… 인정합니다. 장씨 일가 사람들, 일에 대해서는 분

명한 거 충분히 알거든요. 어머니도 겉으로 보기엔 철없고, 푼수 같고, 덜렁대는 것 같아도 분명한 장씨 일가니까. 그런 것이 처음엔 벨이 꼴려서 안 끼어들려 했지만…… 이번엔 도와드리죠. 아니, 도와주세요."

제후는 잔디를 밟으며 걸어가면서 고개를 들어 밤하늘에 한가득 쏟아져 있는 별보석들을 바라보았다. 보석 상자에서 쏟아져 흩뿌려진 듯한 보석들이 형형색색의 빛깔로 영롱하게 반짝이는 하늘은 정말로 장대하다.

"그 여려 터진 녀석, 태평양 건너로 걸어차 주겠어요."

"너, 괜찮아?"
"어?"
정신이 번쩍 드니 걱정스럽게 바라보는 친구들이 보였다. 항상 이들은 자신을 이렇게 걱정하는 눈으로 쳐다보기에 미안한 마음까지 든다.
이들은 '진짜'가 만난, 원판이 만난 인물들이 아닌 바로 '내'가 만난 이들.
미소 짓는다. 제후는 어느 때보다 환하게, 밝게, 화사하게, 온 마음을 담아 진실하게 웃었다.
'그래, 난 민제후야. 전생의 나와 지금의 내가 전혀 다른 인격, 아니, 만에 하나 전혀 다른 인물이라고 해도 이제는 내가 민제후인 것만은 사실이다. 그러니 이 행복을… 조금만 더 누려도 괜찮겠지.'
"그~으럼! 당근이쥐!! 난 천하제일 민제후라구!! 음헤헤헤헤헤~!"
"에휴~"

뭐야, 그 제스처는?

절레절레 고개를 흔드는 예지, 그리고 한숨과 함께 '이제 네 맘대로 하세요' 라는 듯한 동민의 표정.

"모두 끝났습니까?"

"어? 세진아! 너, 지금까지 어디 갔다 왔었어? 발표회가 다 끝났잖아. 정말 굉장했었는데."

그 순간, 오늘은 만날 일이 없을 거라 생각했던 유세진이 나타났다. 낮과 달라진 점이 있다면 다시금 그 두꺼운 뿔테 안경을 끼고 성실한 모범생 모습이 되어 나타났다는 것이다. 어쨌든 뒤늦게 나타난 덕분에 세진은 한예지의 잔소리를 들어야 했다.

불쌍한 것!

"아, 그랬나요? 축하합니다, 제후 군. 그런데 꽃다발을 미처 준비하지 못했군요."

"꽃다발은 무슨. 콩쿠르도 아니고. 게다가 콩쿠르였다고 해도 제이, 그 녀석이 상을 쓸었을 텐데 뭐."

"그러니까 받으셔야죠."

시선을 돌리니 생글생글 웃는 유세진이 눈에 들어온다.

"쳇! 혼자 다 아는 것처럼 그러지 말라구."

"여기까지 참 길었죠?"

"끝이 아냐. 이제부터 시작인데 뭘. 단군 프로젝트도, 성전그룹도, 그리고 '우리' 도."

제후가 밝게 웃으면서 기지개를 켜며 앞장서서 차가 기다리는 곳으로 걸음을 옮겼다.

"이제부터 시작이란 말이야."

그래. 이제 막 시작했다고 볼 수 있는 학교 생활도 펼쳐져 있으니까.

단군 프로젝트를, 성전그룹을, 대한민국을 세계 중앙 무대로 데뷔시켜야 하니까.

이제야 겨우 그 첫 발자국을 찍었으니까.

'이제 시작이야!'

"참, 제후야. 앞으로도 피아노 계속할 거야?"

씩씩하게 집으로 가기 위해 걸어가던 제후는 옆으로 숨이 차게 뛰어와서 물어보는 예지의 질문에 잠시 깊이 생각하는 듯이 고개를 비스듬히 돌렸다. 그리고 희미하게 돌리는 미소.

"글쎄, 아무래도 피아노와 내 인연은 여기까지 같은데?"

"……?"

"어우우~ 글쎄, 내 연약한 손톱 다 갈라지고 깨진 것 봐. 이쁘게 손톱 손질도 못하고! 어후~ 내가 못살아!!"

퍽!

"내가 한순간 널 진지한 놈으로 본 게 잘못이지."

"으윽! 누가 진지하게 봐달랬냐, 이 마녀야!!"

"누가 마녀란 거야!!"

퍼억!!

"꾸엑!!"

예지가 또다시 부들부들 주먹을 떨며 민제후를 한차례 더 자근자근 밟아준 후에야 그 자리를 떠났다. 그리고 바닥에 쓰러져 있는 시체(?)는 그 소년의 금빛 머리칼을 항상 호시탐탐 노리는 닭둘기의 차지가 되었다.

"하지만 한순간… 조금은 진지하게 피아노를 쳤다고 생각했는데.

그렇지 않니, 세진아?"

"제가 보기엔……."

멀리 기적적으로 회생하여 악보로 종이 비행기를 접어준다고 기적적으로 회생하여 금웅과 시끄럽게 놀고 있는 민제후의 모습이 보인다. 한예지의 의아함과 민제후의 그 모습을 바라보는 유세진의 눈에 유쾌함 비슷한 감정이 담기는 듯싶었다. 그리고 웃음과 함께 흘러나온 정중한 대답.

"그냥 성격인 것 같은데요."

제후가 자신의 습작 노트를 꺼내 종이 비행기를 접어 하늘로 날리고 있었다.

"그런데 그렇게 대단한 제경의 연주 곡명을 아직도 모르고 있었네? 그게 제목이 뭐지? 직접 작곡해서 콩쿨 심사 위원 특별상을 받았다는 거."

"아! 강제경의 곡 말이죠? 네, 제목이 생각났습니다."

세진이 생긋 웃으며 말한다.

"내 마음의 자유. 「쥬디(Judy)」."

"쥬디."

예지가 아직도 감동의 여운이 남은 제이의 연주곡 제목을 조용히 읊조렸다.

사파이어, 에메랄드, 다이아몬드 등 온갖 오색찬란한 별보석이 쏟아진 하늘의 검은 융단이 그들을 아름답게 지켜보고 있었다. 가슴이 한껏 부풀어 올라 시원했다. 악보가 비행기가 되어 금빛 매와 함께 하늘로 날아올랐다.

"와아~ 아름다워~"

"당신이 더 아름답습니다."

유세진의 목소리?

"어?"

생긋 웃으며 고개를 돌려 저 멀리 앞서 가는 푸른빛 검은 머리 소년을 바라보며 예지는 잘못 들었나 하며 고개를 흔들었다. 멀지 않은 곳에 자신들을 집에 데려다 주기 위해서 기다리고 있는 자동차들이 보이자 아이들이 그쪽으로 뛰어갔다. 북적대는 성전특고 입구라서 그런지 자동차 소리와 음악 소리가 복잡하게 얽혀 들려왔다. 그리고 어디선가 들려오는 희미한 라디오 뉴스 방송.

《다음 뉴스입니다. 세계 속의 한국으로 거듭나기 위해 거듭 검토되고 있던 것으로 알려졌던 미래경제개발계획이 「비전21」이라는 이름으로 확정되었습니다. 정부는 국토가 작은 우리 나라가 세계 속의 한국으로 굳건히 자리매김하기 위해선 고부가가치의 상품과 지식만이 경쟁력이라는 뜻을 모으고, 몇 년을 이끌어오던 지루한 협의를 드디어 끝맺었습니다. 이로써 앞으로 한국 정부는 성전그룹을 중심으로 기타 여러 기업체들과 함께 항공우주대국을 위한 그 첫발을 내딛게 되었습니다.

이 소식이 전해지자 한국 경제계뿐만이 아니라 차츰 세계 경제계까지 비공식 취임 한 달 안에 이러한 성과를 이뤄낸 성전그룹의 새로운 총수에게 경영적 찬사를 보내는 한편, 더욱 그 신비의 인물에 대해 궁금해하게 되었습니다.》

이제부터 진짜 본격적인 새로운 삶이 펼쳐지리란 걸 제후는, 아이들은 모두 의심치 않았다. 민제후의 말처럼 이제부터였다. 이제부터 시작이다!

인터넷 유머 인용 **코믹외전 처절**하게 **아름**다운 어느 아침에

"이, 이런, 씨팔 X 같은!! 으아아악!!"

어둠침침한 PC방 한켠. 한 소년이 구겨진 교복 차림으로 고약한 말을 내뱉으며 성질을 부리고 있었다.

빨강 머리… 무엇보다 불에 타는 듯한 새빨간 머리가 매우 인상적인 소년이다. 그다지 큰 체구는 아니지만 몸에 배어 있는 불량기와 건들거림이 강해 보인다고 할까? 속된 말로 깡다구가 있어 보인다고 하면 될 듯한 소년이다.

"야, 칠득아. 왜 그래? 또 졌냐?"

빨강 머리 소년이 분을 못 참고 있는 대로 발광하다 PC방을 나서자 심야 아르바이트를 하는 대학생이 유쾌한 얼굴로 말을 건다. 그러나 그 소년은 얼굴을 확 구기며 반항하듯 소리쳤다.

"아, 형! 칠득이가 뭐야, 칠득이가!!"

"저거, 저거, 정말 웃기는 자식일세. 암마, 그럼 뭐라 부르냐?"

아르바이트 형이 다 알면서도 놀린다는 걸 알지만 그래도 빨강 머리 소년은 이런 일엔 그냥 넘어갈 수가 없었다. 지금은 이른 아침이라 듣는 사람이 별로 없지만, 만약 다른 때 다른 애들 앞에서 저렇게 부른다면 얼마나 개망신이냔 말이다. 또 얼마나 스타일 구겨지겠는가?

"아, 정말! '앤써니'라고 부르라니까!"

"하이고~ 알았다, 알았어. 기집애도 아닌 게 성깔은."

아르바이트 형이 빨강 머리의 강경한 어조에 아니꼽다는 듯이 목소리를 꼬아 말했다. 그러나 결코 기분 나쁘다는 어조가 아니라 한참 어린 막내동생의 재롱을 보는 듯한 웃음이 묻어난다.

알바생은 6개월 전, 심야 아르바이트하는 PC방에 우연히 나타났던 저 빨강 머리 녀석의 첫 모습이 생각났다. 그땐 그냥 그저 그런 동네 양아치 소년인 줄 알았었는데… 하지만 그런 첫인상은 그 소년이 뻔질나게 그 PC방을 드나들며 단골이 되면서 수정해야만 했다. 저 껄렁한 빨강 머리 녀석은 의외로 똑똑한 것이 아닌가. 일주일에 두어 번 그가 알바를 하는 PC방에 와서 날밤을 새는 녀석일진대 반년이 지나도록 그는 그 녀석이 게임에서 깨지는 건 거의 보지 못했던 것이다. 특히 스타에서는 거의 날고 뛴다고 할까?

나중에 알고 보니 그 양아치 소년이 겉보기완 달리 그 유명한 명문 성전특고의 학생이라는 걸 알게 되었다. 그러나 놀라기보다는 그 말에 그제야 납득이 간다는 얼굴로 고개를 끄덕이게 했으니…….

하지만 요즘은 어떻게 된 것인지 그 빨강 머리가 며칠 연속으로 엄청나게 깨지고 있는 것이다. 그것도 다른 데가 아닌 빨강 머리의 전문 분야인 스타에서. 그것도 단 한 명의 인물에게서 말이다. 그래서 앤써니라고 불러달라는 저 빨강 머리 소년은 교복 차림으로 오늘도 아침까지 PC방에서 설욕전을 펼치고 있었던 것인데.

'그런데 오늘도 망했구만. 쯧쯧, 그나저나 누군진 몰라도 저 녀석을 3일 연속 물 먹이는 놈도 대단하군.'

심야 알바 남학생은 속으로 휘파람을 불며 어깨가 축 처져 투덜거리며 문을 열고 나서는 앤써니를 쳐다보았다.

아무리 저래도 오늘 밤 다시 재도전을 하러 달려올 것이라 생각된다. 끈질긴 것 하나만큼은 고래 심줄보다 질긴 놈이다. 그러나 녀석이 마음이 많이 약해진 것은 사실인 듯하다. 집에나 제대로 갈 수 있을까?

PC방 알바생은 이상한 불안감에 휘적휘적 걸어나가는 빨강 머리 소년을 걱정스럽게 바라보았다.

〈1〉

그리고 그 시각, 그곳에서 멀지 않은 어느 곳이었다. 그날 아침 불행한 사건의 발단이 시작되는 장소이기도 한 그 장소. 우리의 빨강 머리 소년 김칠득 군은 자신의 미래를 알았다면 결코 이 길을 걸어가지 않았을 터였다. 하나 범인(凡人)은 미래를 보는 능력을 하늘로부터 내려받지 못한다는 것이 안타까울 뿐이다.

한 여학생이 이른 아침 집을 나서는 것이 보였다.

외모에 대한 표현은… 많이 자제하도록 하자. 이 세상 모든 여성들이 현대 미(美)의 기준에 부합하는 것은 너무나 불가능한 일이 아닌가.

그리고 아름다움은 돌고 도는 것이니. 혹시 또 아는가? 먼 옛날 모계 사회 때의 이상적인 여성상처럼 다가오는 밀레니엄 시대에는 이런 두리뭉실 여학생도 최고의 미인으로 각광받게 될런지.

어쨌든 지금 이 여학생의 모습은 상당히 심상치 않다.

"어머! 오늘도?"

두리뭉실 여학생, 집을 나서 길로 들어서면서 상당히 귀여워 보이는 포즈로 입을 가리며 놀란다. 여기서는 당연히… 포즈만 귀엽다는 소리다. 가증스럽다.

'오늘도 그를 만났다. 이른 아침 학교에 가려고 문을 나서면 그는 어김없이 날 기다리고 있다.'

여학생이 문을 나서다 한 명의 남학생을 발견하고 혼자 속으로 중얼댄다.

'빨강 머리… 후후, 넘 귀엽다. 내 생각으론 밤을 샜는지 빨갛게 충혈된 눈, 구겨진 옷차림. 순진한 모습과 함께 너무나 잘 어울린다. 앗! 그가 날 보았다. 눈이 부신지 감히 날 똑바로 쳐다보지도 못한다. 정말 너무도 순진한 빨강 머리 소년. 아~ 나를 못 잊어 하는 그가 너무나 가엽다. 하지만 여자는 팅기는 맛이 있어야 함을 나는 너무나 잘 안다. 팅기지 않는 여자에겐 남자들은 금방 식어버리기 때문이다. 그래서 나는 우리 둘의 빛나는 미래를 위하여 눈물을 머금고 오늘도 새침하게 돌아선다.'

그녀는 그런 생각을 하며 강렬한 눈빛을 소년 쪽으로 보낸 뒤 매몰차게 뒤돌아서며 눈물지었다.

'오~ 나의 테리우스~! 이것은 진정한 저의 뜻이 아니에요. 하지만 모두 우리 둘이 두 손을 맞잡고 뛰어갈 희망찬 에덴 동산을 위해서예요. 당신이 나로 인해 심한 가슴앓이를 하는 것은 알지만 조금만 더 고생해 주어요. 이러는 저도 가슴이 아프답니다.'

두리뭉실 여학생. 역시 겉보기만큼이나 엄청났다. 쿨럭.

자칭 '앤써니' 군은 막 PC방 문을 열고 아침 안개가 사라락 내려앉은 골목길로 접어들고 있었다. 그는 항상 다니던 길을 통해 큰길로 가려 했다. 학교고 뭐고 우선 집부터 들러야겠다는 생각을 막 하고 있을 그때, 그의 눈이 못 볼 걸 보았다는 신호를 보내며 순간적으로 아찔함을 느끼게 한다.

'엿 같다. 어젠 스타하다 밤을 꼴딱 샜는데… 그래서 눈은 시뻘겋게 충혈되고 대가리는 졸라 쑤신다. 그런데… 오늘도 재수없게 그눈을 만났다! 띠발~'

빨강 머리 소년은 순간적으로 이성이 휘리릭 날아가려는 걸 이를 악물고 간신히 붙들어 맸다.

'저, 저런 뒈논! 갑자기 날 야리면서 돌아선다. 누굴까? 혹시 우리 구역에 새로이 입성한 흑장미파 일원이라도 되는 것일까? 음… 다시 한 번 자세히 살펴보니 그건 아닌 것 같지만, 약간의 후까시만 잡으면 확실히 두목이라고 해도 믿을 만한 떡대다. …조심해야겠다. 스콜피온 지역 조장으로서 살피건대 만약 저눈이 서클을 조직해서 덤비면 웬만한 일원들은 한 방에 날아가리라.'

앤써니는 지난번 얕잡아봤던 민제후라는 비리한 자식에게 황당하게 당했던 걸 기억해 내고 신중함으로 주먹을 꽉 쥐었다.

'우욱, 쫓아가서 뒤통수를 한 대 후리고 싶다. 그러나 좀… 무섭다. 아~ 오늘 하루도 글러먹은 것 같다.'

.

　한편, 두리뭉실한 이름도 알 수 없는 어느 여학생. 그녀가 새침하게 이쁜 척을 하며 버스 정류장으로 향하면서 뒤를 살짝 돌아본다.

　'그가 날 따라온다. 오늘도 역시 같은 버스를 타겠지?'

　여학생은 입가에 새침한 미소를 띤 채 버스를 기다리며 생각에 잠겼다.

　'아! 버스가 벌써 왔다. 부끄러워 내가 먼저 탔다. 마침 빈자리가 두 개가 있구나. 오늘 그는 마침내 내 옆에 앉게 될지도 모른다. …가슴이 두근거린다. 갑자기 고백하면 어쩌지? 손이라도 덥석 잡히면? 까아아아~ 넘넘 부끄러워~!! 그러면 안 되는데… 우린 아직 학생이잖아… 진도가 너무 빠르다고 이야기를 해야 할 텐데… 그가 기분 나빠하지 않을까?

　버스에 오른 여학생은 자리에 앉아 여러 생각을 하다 두 손을 휘저었다. 생각만 해도 심장이 벌렁거렸다. 이런 짓, 저런 짓, 그런 짓까지… 이상한 생각을 릴레이로 하는 여학생. 평소 많이 하고 싶었나 보다.

　'앗! 그런데 어쩌면… 그는 너무나 순진해서 역시 아무 말 못할지도 모른다. 만약 그렇다면… 그렇다면 나는…….'

　여학생은 버스 안의 사람들이 순간 놀랍다는 눈으로 그녀를 보고 있다는 사실을 전혀 눈치 채지 못했다. 그녀의 손에 잡혀 있던 버스 앞좌석 손잡이가 '와직' 소리를 내며 균열이 갔다는 것도.

'그분이 자꾸 뒤를 힐끔거린다. 그렇지 않아도 머리 아파 죽겠는데 자꾸 빡돌게 한다. 가시내만 아니면 기냥… 하긴 여자라고 보기도 좀 그렇다.'

앤써니가 터덜터덜 걸음을 옮기며 점점 더 지끈거리는 골을 누르면서 화를 꾹 참았다. 아깐 가만히 있는 사람도 화가 치밀어 오르게 하는 비웃음 비슷한 것을 그 여학생이 떠올리며 꼬나봤을 땐 진짜 손이 먼저 나갈 뻔했지만 아직까진 정말 훌륭히 잘 참아내고 있었다. 집에 가서 눕고 싶은 생각만이 더 간절해진다.

'앗! 버스가 왔다. 빨리 집에 가야… 크헉! 저놈의 가스나… 저놈이 새치기를 해 먼저 타려고 발광을 한다. 생긴 거답게 아줌마 근성을 훌륭하게 보인다. 그래, 먼저 타라, 타. 정말이지 정떨어진다. 오옷! 버스에 오르니 빈자리가 하나 보였다. 기적이다! 그런데… 그런데……'

빨강 머리 소년의 얼굴이 점차 창백해졌다.

'근데… 그놈의 옆이다. 빌. 어. 먹. 을!!'

소년이 어찌해야 좋을지 심각한 딜레마에 빠져 허우적거리고 있자, 그때 그의 두 눈에 믿지 못할 광경들이 포착되고 말았다. 혼자서 헤벌레하다 괴상망측 시시각각 변하던 두리뭉실 여학생이 무시무시하게 팔을 휘두르는 것이 아닌가? 그녀의 팔에 매달려 있던 세 개나 되는 보온 밥통은 엄청난 굉음을 내며 그의 목숨을 위협하고 있었다. 그 밥통에 맞으면 뼈도 못 추릴 것만 같았다. 게다가 그녀는 곧 이어 소름이 오싹한 표정을 짓더니 그대로… 버스 손잡이를 작살을 냈다.

헉!

'그, 그래, 그래도 역시⋯ 죽기보다 싫지만 피곤해서 어쩔 수 없다.'

갖가지 생각들이 교차했지만 결국 빨강 머리 소년 앤써니는 두 눈을 질끈 감고 자리에 앉고야 말았다.

〈3〉

'그가 머뭇거리며 내 옆에 앉았다. 후훗, 그래. 고백이 좀 늦는다고 탓하지 말자. 이 모두가 그가 너무나 순수하고 날 너무나 사랑하기 때문이다. 사랑하는 사람 앞에서는 말도 제대로 못한다고 하지 않는가. 저 얼어 있는 모습을 보아라. 역시 그는 내 앞에서 말도 제대로 못하고 있다.'

두리뭉실 여학생이 앤써니가 얼어버린 모습을 자기 식으로 해석하며 안타까운 표정을 지었다.

'아~ 저 순수한 모습. 말도 한마디 못하고 이렇게 앉아만 있다니⋯ 내 가슴이 이렇게 뛰는데 그의 가슴은 오죽할까? 서비스해 줘야지.'

그녀가 옆에 앉아 있는 빨강 머리 앤써니에게 가장 자신있는 화사하고 아름다운 미소를 날렸다.

'아~ 피곤하다. 벌써 며칠째인가? 내 주 종목에서 이 정도로 깨지다니 기분 드럽다. 내릴 때까지 눈이라도 좀 붙여야 될 것 같다. 그런데 옆에 앉아 있는 놈 때메 잠이 잘 안 온다.'

앤써니가 팔짱을 끼고 고개를 숙여 잠을 청하려고 노력하다 이상한 기운에 살짝 고개를 돌렸다. 그리고 순식간에 빨강 머리 소년의 안색은 다시금 새파랗게 질려 버렸다.

'크헉! 그눈이 날 야린다. 식은땀이 흐른다.'

빨강 머리 소년은 바로 옆 자리에서 날아오는 무시무시하고 끔찍한 그 작태에 마음속으로 어머니를 불렀다. 그리고 굳게, 정말로 굳게 결심했다!

'내, 내 몸에 손만 대봐라… 바로 아구창을 날리리라~!!'

〈4〉

버스가 아침 거리를 쌩쌩 달리고 있었다. 그 속에서 두리뭉실 여학생은 넓적한 얼굴 한가득 만족스런 웃음을 머금고 생각에 잠겨 있었다.

'후후, 역시 그는 너무나 순진했다. 내가 웃어주자 어쩔 줄 몰라 했다. 넘 귀여웠다. 내 미모에 화들짝 놀라 고개를 다시 획 돌리는 모습이란… 난 알고 있다. 그가 눈을 꼭 감고 오늘 나의 미소를 보았다는, 믿기지 않는 행운에 감동하여 어머니를 불렀다는 것을.'

여학생은 자신의 새까맣고 찰랑거리는 단발머리를 가벼운 손짓으로 어깨 뒤로 넘기며 그에게 시선을 보내었다. 남자들이 가장 좋아하는 포즈가 이런 것이라고 들었던 기억이 난 것이다.

'앗! 그가 내게 다가온다. 하지만… 잠시 머뭇거리더니 이내 돌아갔다. 그가 용기를 좀 더 냈으면 좋겠다. 난 이미 당신 거예요~!'

앤써니는 순간 이유를 알 수 없는 오싹함을 경험하며 극도의 현기증을 느껴야 했다.

　'덥다. 신학기가 시작된 지 한참이 지났으니 이제 점차 더워질 때가
되긴 했다. 하지만 지금 더운 것은 그 때문만은 아니다.'
　앤써니는 조용한 버스 안에서 분란을 일으키지 않으려고 입술을 꼭
깨물며 참고 있었다.
　'그렇다. 이눈이랑 같이 앉아 있으려니 괜히 식은땀이 흐르고 있다.
쿨럭… 저눈이 드뎌 미쳤나 보다. 아톰같이 맨질거리는 재질의 시커먼
단발머리를 쓰잘때기없이 어깨 뒤로 넘기는 시능을 한다. 귀밑 3센티
단발이 과연 넘어갈 거리가 있을까? 크헉! 그런데 그나마 차분하다고
생각했던 그눈의 머리가 무더기로 뭉쳐서 흔들리고 있다. 원래 머리카
락은 한 올 한 올 흔들리는 것이 정상 아닌가? …그렇다! 저눈의 머리
는 떡. 진. 것이었다!!'
　소년이 점차 강도를 더해가는 정신적 충격과 스트레스에 더 이상 참
을 수가 없어 창문을 열어야겠다고 생각했다. 그래서 위험을 무릅쓰고
두리뭉실 여학생 쪽으로 몸을 기울였다. 정말 죽기보다 싫었지만… 창
문이 그녀 옆에 있기에 어쩔 수가 없었다. 몸을 기울이면서 점차 엄청
나게 확대되어 오는 두리뭉실 여학생의 벌렁이는 들창코와 주근깨, 그
리고 맨홀 뚜껑만한 땀구멍이 보기 괴로웠다. 그러나 빨강 머리 소년
은 그의 할머니께서 힘들 때 외워보라고 하시던 주기도문을 외우며 버
텨보려 했다. 하지만…….
　'우욱! 갑자기 속이 메스껍다. 이게 뭔 냄새지? 어디서 똥을 푸나?
우왝~ 그눈의 머리 냄새였다. 씨불~ 시궁창에 머릴 빨았나 보다.'
　결국 앤써니는 창문을 열지 못했다. 속이 있는 대로 뒤집히는 것 같

아 이젠 얼굴이 노랗게 뜨는 것 같았다.

'코가 얼얼하다. 바리깡을 하나 사줘야겠다. 삭발밖에는 저놈이 이 난국을 헤쳐 나갈 방법이 없을 거라 보인다. 난 너무 착한 것 같다. 창문 좀 열어달라고 말하고 싶지만… 두렵다. 집에 가서 똥 냄새가 심한지 이놈 머리 냄새가 심한지 기필코 알아보리라!'

〈5〉

두리뭉실 여학생은 부끄러움에 살풋 고개를 숙이고 있다가 그의 얼굴색과 기색을 알아채고 황급히 분위기를 살폈다.

'그가 멀미를 하는 것 같다. 이런! 이를 어째.'

여학생은 그가 찬바람을 쏘이는 것이 낫겠다 싶어 창문을 열었다. 시원한 바람이 밀려 들어오자 기분이 상쾌해졌다. 그녀가 고개를 돌리자 그녀를 바라보는 빨강 머리 소년의 얼굴이 보였다.

'그가 날 보고 웃어준다. 난 너무 죄 많은 여자인데… 날 너무 사랑한 나머지 이런 고통을 겪고 있는 것이면서 날 보고 웃어주다니… 아아~ 그러나 지금의 난 그에게 도움을 줄 수 있어 행복할 뿐이다.'

아톰머리 두리뭉실 여학생의 장밋빛 환상은 점차 커져만 가고.

'그놈이 창문을 열었다. 씨불놈~ 그래도 지 잘못은 아나 부다. 한번 웃어주었다. 그러나 그것도 잠시.'

여학생의 위치를 통과하여 내리 닿는 바람이 앤써니의 얼굴로 쏟아져 들어왔다. 그 소년의 얼굴이 구겨지다 못해 흙빛으로 변해갔다.

'쓰벌~ 바람을 타고 저논의 악취가 내 코를 강타한다. 우, 우웩~ 질식할 것만 같다. 이것이 정녕 인간의 몸에서 나는 냄새란 말인가? 아, 하긴 저논은 인간이 아니니 가능할지도 모른다. 판타지에서 말하는 오크나 오거쯤 되리라. 그러나… 으~ 정신이 몽롱해진다. 생각을 이어 나갈 수가 없다. 행복했던 나의 과거가 주마등처럼 스쳐 지나간다. 아쉬운 것 하나 없이 살아온 나의 짧고도 굵었던 인생이여~ 아~ 이대로 가는구나~'

빨강 머리 소년이 의식을 놓지 않으려고 안간힘을 쓰며 힘겹게 버티고 있었다.

〈6〉

버스의 자동 안내 방송의 안내원 목소리가 울렸다. 마침내 목적지에 도착한 것이다. 두리뭉실 여학생은 입맛을 다시며 한아름으로 부족한 엉덩이를 힘들게 의자에서 들어 올렸다.

'아~ 아쉽다. 이젠 내려야 한다. 그도 아쉬운지 고개를 숙인 채 자는 척을 하고 있다. 네, 전 당신의 아픈 마음을 알고 있어요. 오늘도 당신은 마음을 전하지 못했다고 비탄에 젖어 있겠죠. 지금 당신의 모습은 눈물을 참고 있는 모습이란 걸 이 소녀는 너무나 잘 알고 있사옵니다. 정말 헤어지기 싫지만… 헤어지기 싫지만… 흐흐흑. 서로 떨어져야 하는 우리의 운명이 너무나 가혹하군요.'

두리뭉실 여학생은 그를 물끄러미 쳐다보다 드라마틱하게 고개를 획 돌려 뛰어나가려고 했다. 그런데 그때, 버스 안에 울리는 나지막한 분사(?) 소리.

'윽! 어쩐지 속이 좀 안 좋더라니… 어머! 그나저나 이를 어째! 그가 알아챘을까? 다행히 소리가 작게 새는 듯하게 났으니 눈치 채지 못했을지도 모른다.'

그녀는 재빨리 빨강 머리 소년의 눈치를 살피고 반응이 없는 것에 안도의 한숨을 내쉬었다. 그러나 여전히 눈물을 참고 있는 그의 모습에 가슴이 아파오는 걸 느낄 수밖에 없었다.

옆에 앉아 있던 여학생이 마침내 육중한 몸을 이끌고 내리려는 것을 보고 앤써니는 가슴속으로 환호성을 질렀다. 참는 보람이 있었던 것이다.

'그눈이 내리려 한다. 휴우~ 이제야 숨통이 좀 트이려나 보다. 그런데 저건… 커컥!! 엄청난 눈초리로 날 다시 야린다. 정면으로 그 눈을 받으려니 진짜 살 떨린다. 그래서 지금 난 고개를 푹 수그리고 자는 척을 한다.'

하지만 그 순간 들려오는 엄청난 분사 소리. 그는 알 수 있었다. 그것이 무엇을 의미하는 것인지.

'쿠웩~ 이건 진짜 똥구란내다. 어제 점심에 먹은 닭갈비가 위로 쏠리고 있다. 이 정도 분사라면 분명 건더기도 나왔을 것이 자명! 독하다. 정말 독하다! 유태인 학살에 사용된 독가스가 이러할까? 바람의 방향과 위치 등을 고려해 보니… 이번에도 저눈이다!! 역시다!! 독. 한. 눈!! 가지가지로 골고루 한다. 그래두 꼴에 쪽팔린지 얼굴이 빨개졌다.

아침에 쉰 김치를 먹었나 부다. 쿨럭!'

　앤써니가 더욱더 고개를 숙여 빨간색 앞머리가 얼굴을 가리도록 최대한의 노력을 기울였다.

　'티를 내면 뒈질 것 같다. 증거 인멸을 위해 살인멸구를 할 만한 인간이다, 저건! 그래서 너무나 힘들지만… 정말정말 너무나 힘들지만… 이를 악물고 버틴다. 서러움에 눈물이 흐른다.'

〈7〉

　두리뭉실 여학생은 고개를 돌려 빨강 머리 소년을 살피다 안도의 한숨을 내쉬었다.

　'정말 다행이다. 그가 눈치를 못 챈 것 같다. 휴~ 내일은 좀 더 좋은 만남이 있었으면 좋겠다. 그가 저렇게 괴로워하는 것을 보니 더 이상 튕기는 것도 너무나 죄스럽다. 내일은 내가 그를 꼭 잡아야겠다.'

　그녀는 그런 엄청난 범죄(?)를 계획하며 빨강 머리 소년에게로 상큼한 미소와 함께 키스를 보냈다. 버스에서 내려 아직 자리에 멍하니 앉아 있는 그를 쳐다보았다.

　'그가 기도하는 모습이 보였다. 난 이제 그가 하는 행동, 생각 모든 것을 읽을 수 있다. 그는 아마 날 만나게 해준 하느님께 감사의 기도를 올리고 있을 것이다. 이것은 바로 사랑의 힘인 것이다! 그와 난 운명이다!!'

　하느님, 감사합니다!!

'드뎌 그눈이 내렸구나. 언제 내리나 했다. 그 잠깐의 일이 분이 일 이 년으로 느껴졌다.'

앤써니는 공포의 대상이 눈앞에서 사라지자 너무나 감사의 마음이 들어 보통 때라면 하지 않았을 짓을 하고야 말았다. 내리고 있는 그 여학생을 창문을 향해 내다본 것이었다.

'쿠, 쿨럭… 저눈이 뼛속까지 시릴 것 같은 살기를 내게 내뿜었다. 이건 도전일까? 그나저나 다른 건 뭐라고 해석해야 할지 정말 모르겠다. 저눈이 나에게 그 오리 주둥이를 쑥 내미는 것은 무슨 뜻일까? 뭔진 잘 모르겠지만 왠지… 신고 있던 신발짝으로 그 주둥이를 열라 갈기고 싶었다!!'

빨강 머리 소년 앤써니는 그 모습에 헛바람을 삼키며 두 눈을 꼭 감고 두 손을 꽉 움켜쥐면서 처절하게 기도했다.

'아~ 하늘이시여! 제발 내일만은 저눈을 만나지 않게 해주소서~!!'

태어나서 처음으로 신에게 빌었다.

〈4권으로 이어집니다〉

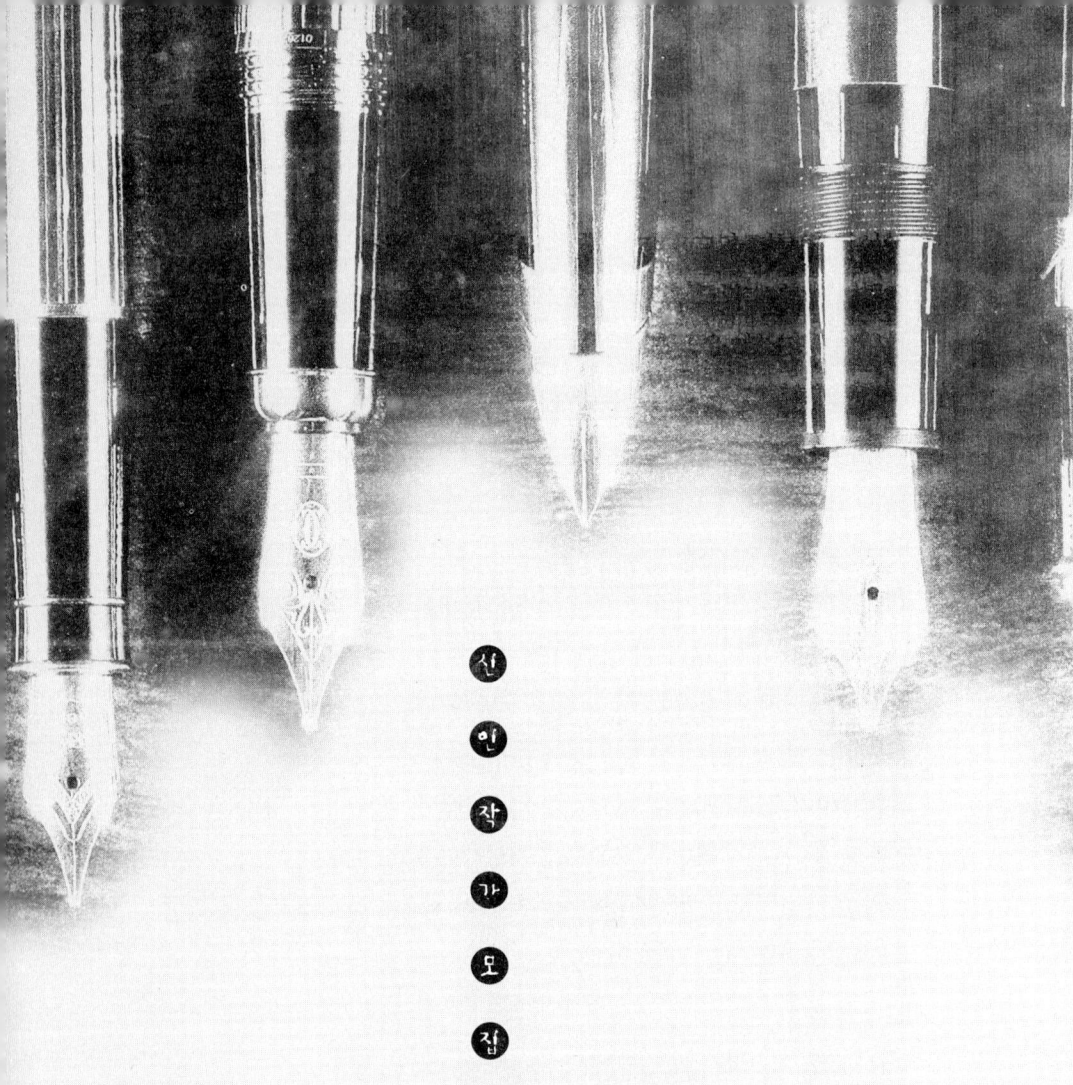